Peter Reich
Der Traumvater
Erinnerungen
an Wilhelm Reich

D1669093

PETER REICH

# DER TRAUMVATER

ERINNERUNGEN
AN WILHELM REICH

Simon+Leutner

Titel des amerikanischen Originals:
"A Book of Dreams"
Nach der amerikanischen Ausgabe übersetzt von
Volker Bradke. Abdruck mit Genehmigung des
Bertelsmann Verlages.
Vorwort aus der Taschenbuchausgabe 1998
E. P. Dutton New York, übersetzt von
Ulrich Leutner

Die Deutsche Bibliothek - CIP - Einheitsaufnahme

*Reich, Peter:*
Der Traumvater : meine Erinnerungen an Wilhelm Reich / Peter
Reich. (Nach der amerikan. Ausg. übers. von Volker Bradke). - 1.
Aufl. - Berlin : Simon und Leutner, 1997
Einheitsacht.: A book of dreams (dt.)
ISBN 3-922389-79-1 brosch.

1. Auflage 1997
© Copyright der deutschen Ausgabe
Simon+Leutner Verlag, Berlin
© 1973, 1997 by Peter Reich

Coverillustration vom Album *Cloudbusting* von Kate Bush
Photo von John Carder Bush - Abdruck mit freundlicher Genehmigung.

Coverkonzept: Hans Vegt, Berlin
Satz und Gestaltung: Simon+Leutner
Druck:Druckhaus Köthen

ISBN: 3-922389-79-1

# Vorwort

Dieses Buch schrieb sich selbst im Sommer 1970.

Der jugoslawische Filmemacher Dusan Makavejev hatte gerade Rangeley in Maine verlassen, und ich blieb zurück - haltlos schwankend zwischen der Realität seines Filmes *WR - Mysteries of the Organism* und einem sprachlosen Dunst aufwühlender Erinnerungen. Noch am Tag seiner Abreise stieß ich im Wald von Orgonon auf einen alten Abfallhaufen. Als ich die moosige Schicht von Piniennadeln und Wurzeln entfernte, entdeckte ich darunter Glasscherben, alte Flaschen und Dosen ... und alte 16 mm-Filmrollen.

Der Film war bläulich verblaßt, und er flimmerte gegen den Sommerhimmel.

Nun übernahm William Faulkner die psychische Choreographie. *The Sound and the Fury* brodelte in meiner Phantasie und brachte mir auf seltsam intensive Weise Erleichterung von der scharfsinnigen Psychologie Makavejevs, der beklagt hatte, daß jeder, sobald es um Reich ging, einen blinden Fleck hatte.

Mein blinder Fleck war der Blick des Kindes und Faulkner legte ihn frei. Ich sah die Welt mit Caddy's, Benjy's und Quentin's Augen ... und lernte sprechen.

Als ich Faulkners Buch zu Ende gelesen hatte, setzte ich mich an die Schreibmaschine, und meine Finger begannen ihren eigenwilligen Tanz über die Tastatur.

Die meisten der Kindheitspassagen sind tatsächlich so, wie sie herausflossen - erster Entwurf. Die Erinnerungen waren so lebhaft und klar, daß ich beim Schreiben nicht die geringste Anstrengung verspürte ... außer der, die Finger schnell genug über die Tasten zu bewegen, um mit dem Strom der Erinnerungen mithalten zu können.

Einige Rezensionen bemängelten, daß das Buch einer klaren Stellungnahme ausweiche. Sie schienen zu sagen: "Gut gemacht, wie Du uns erzählst, wie sich das alles anfühlte. Aber Du hast uns nicht erzählt, was Du über all das dachtest oder heute denkst."

Für den Jungen waren es 13 Jahre des völligen Eingebunden-Seins in ein 50er-Jahre-Abenteuer, das das wahre Leben schrieb - mit traurigem Ausgang. Für den 26 Jahre alten Autor war es atemberaubend, sich so restlos zu verzehren im verbalen Ausdruck quälend-lebhafter Erinnerungen und sie auf dem Papier bedeutungsvolle Gestalt annehmen zu sehen. Es geschehen zu lassen, daß die Worte sich um die geheimnisvollen Ereignisse dieser turbulenten Kindheit ranken - das war pure Befreiung. Der 26-jährige war deshalb gar nicht bereit, darüber nachzudenken. Er suchte Entladung.

Heute ist der 44-jährige Ehemann und Vater ein ganz privater Mensch, dem all dies vor langer Zeit widerfahren ist. Er wartet ab, er beobachtet. Ein Kritiker sagte einmal, Wilhelm Reich habe von der Wahrheit mehr als nur einen Zipfel erwischt. Wieviel mehr? Weiß das irgend jemand? Existiert die Orgonenergie? Also, ja, der Sohn weicht noch immer aus. Aber vielleicht erzeugt die ganze Geschichte jetzt, wo sie heraus ist und kein Geheimnis mehr, ihre eigene Energie.

Ich verdanke Caddy (und ihrem Schöpfer) viel, denn durch sie habe ich begriffen, daß ich das Buch nun schließen konnte "und selbst ein Kind es mit leichter Hand zurückbefördern könnte zu den gestaltlosen Artverwandten in die stillen, ewigen Archive, um es dort weggeschlossen der allumfassenden und traumlosen Nacht zu überlassen."

September 1988

# Erster Teil

# 1

"*Ich, Träumerin, die sich noch an den Traum klammerte, wie der Kranke sich an den letzten unerträglich gespannten Augenblick der Agonie klammert, um das Aufhören der Qual um so inniger auszukosten, ich, öffnete ich vielleicht die Augen vor Wirklichem, mehr als Wirklichem, nicht um der unverändert gebliebenen alten Zeit, sondern um einer neuen willen, eines Traumes willen, der zugleich mit dem Träumer sich als Opfer darbringt und verklärt...*"

William Faulkner, *Absalom, Absalom!*

*Ein halbes Reh bewegte sich auf mein Haus zu und rüttelte an der Tür. Als ich mich nicht rührte, ging das Reh wieder fort, und ich beobachtete, wie es sich in ein ganzes Reh verwandelte. Es ging fort zwischen die Bäume, wo der Wind als wäßrige Stimmen von Leuten lebte, die ich nicht kannte.*

*Fremde, wäßrige Stimmen waren das einzige, was ich hören konnte. Ich konnte nicht sehen, weil ich ganz meine Augen war, meine Augen weinten so heftig, weil ich so verschreckt war.*

*In den Stimmen war von dem Reh die Rede. Ich trat aus dem Haus, als das Reh gegangen war. Die Wiese, feuchtes, langes Gras, lag in dicken Strähnen wie gewaschenes Haar vor mir. Es überraschte mich, daß der See den Hügel zur Hütte hinaufgeklettert war. Das Wasser, das den Hügel überschwemmte, war wolkig und strahlend gelb, als wäre die Sonne darunter gefangen.*

*Als ich die Ufer des angeschwollenen Sees hinauf- und hinunterging, sah ich die Füße eines Mannes unterhalb der Oberfläche treiben. Die Füße eines Mannes trieben dicht unter der Oberfläche, und bisweilen brachen sich kleine Wellen über ihnen. Der Rest seines Körpers verschwand in den Wassertiefen.*

Als ich die Augen öffnete, standen Ärzte und Schwestern um mich herum, die sich in einer fremden Sprache unterhielten. Ein weißes Laken deckte mich zu. O Jesus Christus, ich habe geträumt, und plötzlich erwache ich in einer fremden Umgebung. Ich weiß nicht, wer ich bin oder wo ich bin oder was vor sich geht. Was ist das für eine Sprache?

Ich schloß die Augen, aber ich sah nur Wasser; also öffnete ich sie wieder. Doch nichts hatte sich geändert, und ich konnte auch nichts mehr voneinander unterscheiden. Irgendwann, vor langer Zeit, mußte etwas geschehen sein, und ich hatte eine Amnesie, und nun wachte ich in diesem Krankenhaus auf - war es ein Hospital für Geisteskranke? Da war irgendwo eine Nervenheilanstalt…

Mein Arm begann zu schmerzen, ich legte mich auf den Tisch zurück und versuchte, mich zu entspannen und so viel wie möglich zu erinnern:

Ich wurde am 3. April 1944 in New York City geboren. Meine Eltern, Ilse Ollendorff und Wilhelm Reich, wohnten in 9906 Sixtyninth Avenue in Forest Hills. Die Telefonnummer hatte Boulevard 8-5997 gelautet. Wir wohnten dort lange Zeit und zogen dann nach Maine. Mein Vater war Psychiater. Als wir nach Maine zogen, kaufte er ein großes Gelände und nannte es Orgonon. Er entdeckte die Orgonenergie, die eine "biologische Energie" ist. Er führte eine Unzahl Experimente darüber durch, und es kamen viele andere Ärzte und Wissenschaftler, um dabei mitzuhelfen. Der erstaunlichste Apparat war der Akkumulator. Er ähnelte einer Kiste, und wenn man sich hineinsetzte, fühlte man sich gleich wohler. Ich war damals glücklich. Viele Leute behaupteten, mein Vater sei ein Quacksalber. Es sind dann viele böse Dinge passiert, an die ich mich nicht mehr erinnern kann…

Der Arzt trat zu mir heran und redete in einer seltsamen Sprache auf mich ein. Er sagte irgend etwas von Narkose…

Moment mal. Meine Eltern hatten sich getrennt. Mein Vater war gestorben. Ich kam auf ein Quäker-Internat. Dann besuchte ich in Maine ein College und verbrachte das vorletzte Jahr vor dem Examen im Ausland, in Europa…. Ja, genau so war es, erinnerte ich mich. Ich befand mich in Frankreich. Die Leute um mich sprachen französisch.

Ich war jetzt, im Jahr 1963, in Frankreich und hatte einen Unfall gehabt. Mit einem Freund, der ein Motorrad besaß, war ich nach Genf gefahren. Wir hatten die Nacht in einer Jugendherberge verbracht und am nächsten Tag den Völkerbundpalast besichtigt. Dann waren wir nach Grenoble zurückgefahren, und in einer Haarnadelkurve hatte es uns aus der Fahrbahn geschleudert. Deshalb also schmerzte mich meine Schulter. Ich hatte sie mir verrenkt.

Deshalb verspürte ich Schmerzen und hatte Angst, im Hospital Angst, wegen des Wassers die Augen zu schließen. Ich hatte in der Narkose geträumt.

Der Arzt kam zurück und lächelte. Er sagte, es sei nicht gelungen, mein Schultergelenk wieder einzurenken, und man müsse mich erneut betäuben. Noch einmal? Hatte ich bereits einen Traum durchlebt? Die Maske senkte sich über mein Gesicht, mir wurde dabei übel, doch ich kannte es schon. Das alles war schon häufig passiert. Da war ein *anderer* Traum.

Ich hatte einen unglaublichen Traum gehabt, den mir niemand glauben würde. Das Gas war süß, als ich mich zu erinnern bemühte, und die Eins war schon vorbei und die Zwei kam, denn ich war Soldat in einem längst vergangenen Krieg, aber wie würde jemand Drei oder Vier glauben, und es rannte bereits einen purpurnen Korridor mit Neonzahlen hinunter, die in den Billionen an- und ausgingen und den ganzen Weg durch das purpurne Band hindurchwirbelten, bis sich aus ihnen heraus ein dünnes, schwarzes Band um die Seite meines Kopfes wand, ihn umkreiste, immer weiter wurde und weil niemand glauben würde, daß alles schwarz war, was da vor sich ging.

*So wurde ich schließlich Sergeant bei den Schülerlotsen. Das war 1954.*

*Ich schnallte mir den weißen Sam-Browne-Gürtel aus Plastik um die Hüfte und über die Brust, befestigte das glänzende, neue Sergeantenabzeichen über meinem Herzen und blickte die Straße hinunter. Ein Auto näherte sich, und ich blies auf meiner Trillerpfeife.*

*Ein paar Schritte entfernt von mir, zu beiden Seiten der Straße, schwangen Gefreite ihre Stulpenärmel und hielten zwei Haltesignale in die Fahrbahn. Das Auto hielt an.*

*Ich hob meinen weißen Sergeantenstab, ließ ihn vor mir kreisen und blickte zu dem Drittkläßler, der neben mir stand.*

*"In Ordnung", sagte ich.*

*Wir gingen auf die andere Straßenseite hinüber. Ich ließ den Stab kreisen, und der Drittkläßler durfte den Asphaltweg zur Edward-L.-Wetmore-Schule hinaufgehen. Hinter dem flachen Schulgebäude spielten Kinder auf einem großen, staubigen Sportplatz.*

*Ich ging wieder auf die andere Seite und blies erneut auf meiner Pfeife. Die beiden Haltesignale schwangen zurück, und das Auto fuhr vorbei.*

*Kaum hatte Rudy sein Signal ausgestreckt, schrie er mich an. "He, du Dummkopf, du sollst den weißen Stab nicht vor dich halten. Du sollst damit in die Richtung zeigen, wohin du gehst!"*

*Rudy war neidisch auf mich, weil ich vor ihm zum Sergeanten befördert worden war. Aber er hatte sich auch nicht so eingesetzt wie ich. Ray Urbelejo war Leutnant geworden. Er ist mein Freund.*

*"Ich mache es so, wie es mir paßt."*

*Tatsächlich war ich schon vorher Sergeant geworden, aber das wußte keiner. Ray und Rudy würden das nicht verstehen. Ich bin auch Leutnant in der Kavallerie, und mein Scout heißt Toreano, aber das würden sie genausowenig begreifen. Ich bin Leutnant, wenn ich den Stetson trage, und Sergeant, wenn ich den Tropenhelm auf dem Kopf habe. Sobald wir in Tucson angekommen waren, riefen Bill und ich Daddy an, denn er war mit Eva noch im Auto unterwegs. Ich fragte ihn, ob ich einen richtigen Cowboyhut kaufen dürfe, und er sagte:*

"Genehmigt!" Wir gingen also zu Jacome und kauften einen richtigen Stetson für zwölf Dollar. Es ist ein echter Cowboyhut. Als Daddy dann eintraf und unsere Expedition begann, kaufte er uns allen Tropenhelme, und ich bekam einen roten Buntstift und malte Sergeantenstreifen auf den Helm. Bill Moise, mein Schwager, ist Leutnant, und wir sind kosmische Ingenieure. Aber Ray und Rudy würden das nicht verstehen.

"He, du Blödmann, da kommt ein Auto!" Rudy sah mich ungeduldig an, als ich lostrillerte.

Sobald wir unseren Dienst versehen hatten, ging ich in den Umkleideraum zurück, um meinen Gürtel aufzuhängen; dann wollte ich hinausgehen und Matsch-am-Paddel-Stiele suchen, bis die Schulglocke läutete. Ray hatte schon nachgeprüft, ob alle weißen Gürtel an ihrem Platz hingen, und wir gingen zusammen hinaus, um Matsch-am-Paddel-Stiele zu suchen. Wir gingen zum Gerätespielplatz, wo die meisten Kinder ihr Eis am Stiel lutschten, und begannen, die Stiele aufzusammeln. Ray fragte mich nach Maine, denn ich hatte ihm gesagt, daß ich von dort käme.

"Habt ihr wirklich soviel Schnee dort?"

"Ja, einmal ging er mir sogar bis zur Hüfte. Wir haben in der Schule immer große Schneeballschlachten gemacht."

Ich setzte mich hin und fing an, das erste Bündel Stiele in meine Ingenieurstiefel zu schieben. Ray setzte sich neben mich.

"Mensch, ich hab noch nie Schnee gesehen. Kann man den auch essen?"

Ich schob die Stiele zurecht, so daß sie alle in gleicher Länge rund um mein Bein aus dem Stiefel ragten. "Ja, das kann man, wenn man durstig ist, aber man bekommt dann noch mehr Durst. Man darf nicht zuviel davon essen."

"Mensch, irgendwann möchte ich da mal hoch und mir den Schnee ansehen. Mein Daddy ist viel unterwegs, und vielleicht können wir da mal hinkommen." Er schüttelte seinen Stiefel, damit die Stiele hinunterrutschten. Er trug Cowboystiefel. Sie waren höher als meine, und er konnte mehr Matsch-am-Paddel-Stiele hineinstopfen.

Wir standen auf und sahen uns nach weiteren Stielen um. Wir gingen zu den Schaukeln hinüber, wo die Kinder beim Niederschwingen die Füße in den mullfeinen Sand stießen und kleine Rauchwolken aufsteigen ließen. Wir sammelten Matsch-am-Paddel-Stiele auf, bis unsere Stiefel bis oben damit vollgestopft waren, und holten dann unsere Jojos aus den Taschen. Ray machte ein paar Rund-um-die-Hand-Spiele, und ich hielt mich damit vorerst zurück. Wir spielten eine Weile Jojo und beobachteten Staubteufelchen, die über das Spielfeld fegten.

"He", sagte Ray, "ich dachte, du hättest eins von den Jojos, die im Dunkeln leuchten." Er ließ sein rotes Leuchtjojo rund um die Welt kreisen und machte eine Babywiege.

Mein schwarzdiamantenes Duncan sauste nach einem doppelten Rund-um-die-Hand in meine Hand zurück.

"Jaah, das ist so, mein Vater hat nämlich gesagt, ich müßte mich davon trennen wegen dieses Leuchte-im-Dunkeln-Zeugs."

"Wie?"

"Nun, er arbeitet nämlich mit so einem radioaktiven Zeug, und er hat mir gesagt, daß das Leuchte-im-Dunkeln auf dem Jojo und sein radioaktives Zeug einander nicht vertragen. Ich könnte davon krank werden, oder so was."

"Oh, das klingt ja irre. Was für'n Zeug macht denn dein Daddy?" Er ließ sein Jojo in einen langen Schlaf sinken. Ich schwang mein Jojo um die Welt, und als es zurückkam, führte ich das Hündchen mit dem Jojo spazieren.

"Jaah, eigentlich machen wir gerade eine atmosphärische Forschungsexpedition."

"Eine Expedition? Boh!" Er ließ sein Jojo in die Hand zurückschnellen.

"Jaah, und wir haben da nämlich diese Maschine, den Wolkenbrecher - aber der ist gar keine richtige Maschine -, und wir lassen es damit regnen. Mein Dad, der hat sich vorgenommen, mit der Dürre hier Schluß zu machen." Daddy hatte mir immer gesagt, ich sollte nicht aufschneiden, aber jetzt erzählte ich ja nur. Ein paar Matsch-

16

am-Paddel-Stiele rutschten mir über die Knöchel. Ich blieb stehen, um die Stiele wieder hochzuziehen, und Ray ließ sein Jojo um die Welt kreisen.

"Soll das etwa heißen, ihr könnt es wirklich regnen lassen?"

"Na klar doch. Letztes Jahr, als wir im Osten, in Maine, waren, herrschte dort eine Dürre, und alle Blaubeeren vertrockneten. Du weißt ja, da werden Blaubeeren angebaut."

"Ja?" Er hielt sein Jojo in der Hand fest und lauschte.

"Ja. Und die Blaubeerzüchter hörten von dem Wolkenbrecher und riefen meinen Daddy an. Sie sagten, sie würden ihm zehntausend Dollar geben, wenn er Regen macht."

"Boh, toll!" sagte Ray und schüttelte den Kopf. "Zehntausend Eier ist 'ne Menge Kies. Habt ihr den Regen gemacht?"

Ich ließ das Jojo rund um die Hand kreisen. Ich schnitt nicht auf, ich sagte bloß die Wahrheit. Nebenbei, über die fliegenden Untertassen hätte ich ihm nie etwas erzählt.

"Jap, vierundzwanzig Stunden, nachdem wir den Wolkenbrecher eingesetzt hatten, holte er den Regen herunter. Das Wetteramt hatte gesagt, mehrere Tage lang würde es überhaupt nicht regnen, und dann - platsch!"

Das Jojo sauste gerade in dem Moment in meine Hand zurück, als die Klingel läutete, und wir machten uns auf den Rückweg zum Schulgebäude.

"Teufel auch, da muß dein Daddy aber ganz schön reich sein, wenn er herumfahren und für Geld Regen machen kann, ganz besonders hier in der Gegend." Er grinste.

"Nöh, reich sind wir eigentlich nicht. Es gibt da nämlich Schwierigkeiten mit der Regierung."

"Mit der Regierung?"

"Ja, sie glauben nicht, daß es klappt, deshalb machen sie es meinem Daddy ziemlich schwer ... das ist ganz schön kompliziert."

"Boh, meinst du, ich könnte euch mal besuchen und mir das Wolkending ansehen?"

"Ja, ich glaub' schon."

*Schwärme von Kindern rannten an uns vorbei, als wir den Außen-*
*korridor hinuntergingen, der vor den Klassenzimmern entlanglief.*
*Vor den Türen hatten sich kleine Staubdünen gebildet.*

*"Was macht eigentlich dein Vater?" fragte ich.*

*Rays Gesicht rötete sich leicht. "Och, er arbeitet einfach auf Far-*
*men und so was."*

*Ich begann, mein Jojo aufzuwickeln. "Aber hier gibt's doch gar*
*nicht viele Farmen, oder? Was sind denn das für Farmen?"*

*Ray schob sein Jojo in die Jeanstaschen. "Tja, siehst du, das ist so,*
*wir ziehen so durchs Land, verstehst du? Ehe das Schuljahr zu Ende*
*ist, wird mein Vater wohl meine Geschwister und mich aus der Schule*
*herausnehmen, und wir gehen dann vielleicht nach Kalifornien oder*
*Washington und nehmen da Arbeit an."*

*"Du meinst also, du mußt demnächst von der Schule, um deinem*
*Vater bei der Arbeit zu helfen?"*

*"Ja. Ist dir eigentlich schon aufgefallen, daß ich ein ganzes Stück*
*älter bin als die anderen in der Klasse?"*

*"Tatsächlich?"*

*"Das ist so: Wir müssen jedes Jahr fortziehen, weil es hier keine*
*Arbeit gibt. Deshalb fehle ich viel in der Schule. Und wenn ich dann*
*zurückkomme, hänge ich eine Klasse nach. Eigentlich müßte ich schon*
*in der achten Klasse sein."*

*"Ach." Ich wußte nicht, was ich darauf sagen sollte. Die Schule war*
*in Tucson so leicht, daß ich gleich zu Anfang eine Klasse übersprun-*
*gen hatte und jetzt in der fünften war.*

*"Paß auf, Ray, kann sein, wenn der Wolkenbrecher meines Vaters*
*funktioniert, daß es auch hier unten regnet, und dann gibt es Ernten,*
*und ihr braucht nicht mehr wegzuziehen."*

*Er grinste und sagte, die Hand schon auf der Klinke, um in die*
*Klasse zu gehen: "Ja, ja, das wär' prima."*

*Und ich dachte, wenn wir Freunde blieben, könnte ich ihm viel-*
*leicht auch mal etwas über fliegende Untertassen erzählen.*

*Auf der Heimfahrt saßen wir in der letzten Bank des Schulbusses*
*und spielten in dem Wildleder auf dem Rücken meiner Cowboy-*

*jacke - der mit den Fransen - Tick-Tack-Toe*⃰. *Ich spannte die Jacke über meine Bücher und glättete die Lederoberfläche mit der Hand in einer Richtung, so daß wir ein Tick-Tack-Toe-Kreuz in der Gegenrichtung einzeichnen konnten. Ray knüllte seine Drillichjacke im Schoß zusammen und machte im Spielfeld ein Kreuz. Dann machte ich eine Null und er ein weiteres Kreuz. Ich machte eine Null, und er schlug mich mit dem nächsten Kreuz.*

*"Das ist eine dufte Jacke", sagte er, strich das Leder glatt und malte ein neues Tick-Tack-Toe-Kreuz.*

*"Ja, ein paar Freunde haben sie mir geschenkt, ehe ich in den Westen kam. Ich kriegte auch ein Pferd..." Ich hielt inne. Das war Angeberei. Ray sagte nichts darauf, er schlug mich einfach in der nächsten Tick-Tack-Toe-Runde. Ich schaute auf seine verschlissene Drillichjacke. Sie war voller Army-Flicken in allen Formen und Farben. Ich wollte auch solche Flicken haben. Manchmal hatte ich schon mit Daddy über eine Flagge und Embleme für die kosmischen Ingenieure gesprochen. Vielleicht würden wir eines Tages sogar Uniformen bekommen.*

*"He, Ray, wo hast du all die Flicken her?"*

*"Die ersten hab' ich gekriegt, als mein Bruder bei der Armee war. Und wir haben da einen Jungen in der Schule, der sie wirklich billig verkauft."*

*"Ich möchte auch welche."*

*"Ja, schon, aber du könntest sie nicht auf deine Wildlederjacke heften, oder?"*

*"Na klar doch." Vielleicht konnte ich auch Daddy dazu überreden, mir eine Drillichjacke zu kaufen, wie Ray eine hatte. Nachdem Ray ausgestiegen war, hielt der Bus noch ein paarmal und kehrte dann für ein ganzes Stück der Fahrt auf die Hauptstraße zurück, ehe er in unsere Straße einbog. Ich raffte meine Jacke und Stiefel zusammen und ging nach vorn in den Wagen, als er in die Nähe unserer Ranch kam.*

---

⃰ Tick-Tack-Toe ist ein Schreibspiel, bei dem ein Spieler in Kästchen einer kreuzförmigen Figur drei Kreuze in einer Linie einzeichnen muß, was der Gegenspieler durch das Einzeichnen von Nullen zu verhindern sucht. (d. Ü.)

*Der Busfahrer war ein starkgebauter Mann mit lockigem, blondem Haar. Er sah aus wie jene Muskelmänner, die man auf den letzten Seiten von Comic-Strip-Heften sieht, und die Muskeln in seinen Armen spielten, als er den Bus um die letzte Kurve vor unserem Anwesen lenkte. Ich beugte mich hinunter und sah durch die Busfenster die Rohrbündel des Wolkenbrechers, die zwischen den harten Blättern des Grünholzbaumes aufragten. Der Bus hielt unmittelbar vor dem Tor, und statt die Tür zu öffnen, wandte sich der Fahrer zu mir um und schaute mich an.*

*"He", sagte er, "ich wollte dich schon ein paarmal fragen. Was ist das für ein Ding da mit den Rohren?" Die Furchen um seine Nase verzogen sich zu einem höhnischen Lächeln um den Mund.*

*"Wir nennen das Ding Wolkenbrecher", sagte ich und trat in die Stufen vor der Ausgangstür, um von ihm wegzukommen.*

*"Ein Klötenbrecher?\*" Er griente. Zwischen zweien seiner Zähne gähnte ein schwarzes Loch. Er wandte sich ab, lehnte sich über das Steuerrad vor und schaute wieder auf den Wolkenbrecher. Vom Standort des Busses aus konnte er den gesamten Lastwagen mit der Ladefläche, der schwarzen, quadratischen Basis, den Kabeln, die zu den Rohren hinaufliefen, und der Spindelwelle an der Seite des Lasters sehen. Er schüttelte den Kopf. "Ein Klötenbrecher, häh?"*

*"Nein", sagte ich, "ein Wolkenbrecher."*

*"Und wofür braucht man so einen Klötenbrecher, he?" Er hatte eine Hand auf den Türöffnerhebel gelegt, so als wolle er mich erst hinauslassen, wenn ich ihm Rede und Antwort gestanden hatte.*

*"Och, wir benutzen ihn für atmosphärische Forschungen. Kann ich jetzt raus, bitte?"*

*"Atmosphärische Forschungen? Ha. Was is'n das?" Er grinste.*

*"Och, nun, er ist für ein Experiment über Wettersteuerung." Ich stieg die Stufen hinab, bis ich unmittelbar vor der Tür stand.*

*Er nickte und grinste wieder. "Ach, schon klar. Das Klötenbrecherding da steuert das Wetter, nich? Na, paßt aber auf, daß ihr mir nicht eine von meinen Klöten brecht, haha." Seine wuchtige*

---

* Im Englischen Verwechslungsmöglichkeit: *cloud* buster und *clod* buster. (d. Ü.)

Hand zog den Hebel zurück, und die Tür sprang auf. Ich stiefelte in den Staub hinaus. Er hielt die Tür offen und sah mir mit offenem Mund nach. Dann sagte er: "Mach dir nichts draus, Klötenbrecher", und schmiß die Tür zu.

Der Bus setzte sich die Straße hinunter in Bewegung und zog eine Staubwolke hinter sich her, und ich sah zu, wie er immer kleiner wurde. Ich hatte ein ungutes Gefühl. Deshalb mußte ich tapfer sein. Der Mann hatte die emotionale Pest.

Als der Bus abgefahren war, wandte ich mich um und ging durch das Tor und die Auffahrt zur Ranch hinauf. Daddy nannte das Anwesen Little Orgonon, aber ich fühlte mich dort nicht so wohl wie auf Orgonon. Der Wolkenbrecher war seitlich der Auffahrt aufgestellt. Auf seiner Tür war die große, rote Spindelwelle aufgemalt, von der Daddy unausgesetzt sprach. Ich begriff sie nicht, aber er sagte, sie sei der Schlüssel dafür, wie die fliegenden Untertassen funktionierten.

Wegen der Matsch-am-Paddel-Stiele in meinen Stiefeln humpelte ich die Auffahrt hinauf, auf das Haus zu. Als ich den Grünholzbaum neben der Küche erreichte, zog ich die Stiefel aus und schüttelte die Matsch-am-Paddel-Stiele in zwei Häufchen auf den Boden. Daddys Auto war nicht da, und so blieb mir etwas Zeit zum Arbeiten, ehe er zurückkehrte.

Ich tastete im Sand neben dem Baumstamm herum, bis ich auf eine eingegrabene Metallplatte stieß. Ich schob den Sand von der Platte und hob sie an. Unter ihr befand sich ein kleines Erdloch im Boden. Ich griff vorsichtig in das Loch, denn es konnten Skorpione darin sein, und holte ein kleines Bündel hervor, das in schwarzgewordene Bananenschalen eingehüllt war. Ich legte das Bündel auf die Metallplatte und wickelte langsam das strahlendgrüne Leuchte-im-Dunkeln-Jojo aus. Es war ein schönes, leuchtendes Jojo, und ich bedauerte, daß ich nicht damit spielen konnte.

Ich streifte die Schlinge über meinen Finger, um das Jojo ein wenig sausen zu lassen, aber dann fiel mir wieder ein, daß Daddy gesagt hatte, es sei schädlich für mich. Ich legte mein Spielzeug auf die

*Metallplatte zurück und ging in die Küche, um Wasser zu holen. Dann goß ich das Wasser in das Loch, um das Erdreich aufzuweichen und begann zu buddeln.*

*Daddy sagte, ich müsse das Leuchte-im-Dunkeln-Jojo eingraben, weil der Leuchtstoff genauso tödlich sei wie fluoreszierendes Licht. Leuchte-im-Dunkeln-Licht war schädliche Energie, und sie vertrug sich nicht mit Orgonenergie, denn die war gute Energie. Daddy bemühte sich, die schädliche Energie in der Atmosphäre zu vernichten. Die schädliche Energie stammte von fliegenden Untertassen und Bomben. Der Wolkenbrecher reinigte die Atmosphäre von dem tödlichen Orgon - wir nannten es DOR ("Deadly Orgone"; d. Ü.) - und bekämpfte die fliegenden Untertassen. Nur nannten wir die fliegenden Untertassen EAs ("Energy Absorbers"; d. Ü.). Das E stand für irgend etwas, und das A stand für irgend etwas. Daddy sagte mir wofür, aber ich habe es vergessen. Wir hatten für viele Dinge unsere eigenen Namen. Die Energie der EAs war wie die Leuchte-im-Dunkeln-Energie, und sie machte uns krank.*

*Wir alle, insbesondere meine Schwester Eva, sind sehr empfindlich gegenüber solchen seltsamen Energiedingern. Fluoreszierendes Licht war besonders schädlich, und Eva konnte nie begreifen, wie Menschen in Bürogebäuden mit toter Lichtenergie überhaupt überleben können. Genauso ergeht es ihr mit Leuchtzifferblättern oder mit dem Fernsehen. Sie wurde so empfindlich, daß sie allein aufgrund der spürbaren Energie, die jemanden umgab, sagen konnte, ob er eine Armbanduhr mit Leuchtzifferblatt trug. Fernsehen konnte sie auf die gleiche Weise fühlen, und es machte sie krank. Sie hatte auch mein Leuchte-im-Dunkeln-Jojo aufgespürt. Als ich eines Tages damit in ihre Nähe kam, fühlte sie sich elend und wurde sogar selber ein wenig grün. Sie fragte mich, was ich da bei mir habe und wo ich gewesen sei. Da nahm ich das Leuchte-im-Dunkeln-Jojo heraus und ließ es schnurren; sie wäre beinahe ohnmächtig geworden. Daher sagte mir Daddy, ich solle es schleunigst eingraben.*

*Der nasse Sand bildete inzwischen einen dunklen, kleiigen Haufen neben mir, und ich mußte fast bis zur Schulter in das Loch grei-*

fen, um auf seinen Grund zu stoßen. Als das Loch tief genug war, höhlte ich es eine Weile lang aus, um es zu vergrößern, und holte mir dann die Matsch-am-Paddel-Stiele näher heran. Wie in den alten Goldminen, die man in Wildwestfilmen sieht, fing ich an, die Wände und die Decke von innen mit den Stielen abzustützen, und ich kleidete das Loch damit aus wie eine echte Goldmine. Es erregte mich, die Mine zu bauen und daran zu denken, daß vielleicht einmal jemand an der Stelle graben und sie finden würde. Diese Art von Abenteuer würde Ray überhaupt nicht verstehen. Nach einer Weile bemerkte ich, wie mir allmählich selber ein wenig schlecht wurde, weil ich so dicht bei dem Jojo war.

Manchmal hatte ich schon gedacht, Eva bilde sich ihre Gefühle bei Fernsehgeräten und Leuchtzifferblättern ein bißchen ein, aber im Lauf der Zeit hatte ich bei mir selbst ähnliche Empfindungen feststellen können, und ich war mir meiner Meinung nicht mehr ganz sicher.

Das erste, was Daddy sagte, als er und Eva in Tucson ankamen und ich ihm meinen neuen Stetson gezeigt hatte, war, daß wir alle in einer unverkrampften Weise fühlen und beobachten müßten; so wie wir immer eine Weile warteten und den Himmel beobachteten, um zu sehen, was dort war und was wir fühlten, ehe wir den Wolkenbrecher einsetzten. Um ihn benutzen zu können, mußte man nämlich wissen, wie der Himmel sich anfühlte, und auf diesem Gebiet entwickelten wir einiges Geschick.

Wenn wir uns bisweilen an einem Tag allesamt nicht wohl fühlten, auch wenn wir weit voneinander entfernt waren, fanden wir später heraus, daß eine Atombombe gezündet worden war oder ein EA-Angriff stattgefunden hatte.

Die EA-Angriffe und die Atomexplosionen fielen mit schädlichem DOR zusammen; wir konnten das sagen, weil wir jedesmal, wenn der Himmel häßlich graubraun war und die Leute sich schlecht fühlten oder elend aussahen, feststellten, daß eine Bombe explodiert war. Der Wolkenbrecher bewirkte, daß die Atmosphäre und das Wohlbefinden der Leute sich besserten. Und wir waren die einzigen, die darüber Bescheid wußten.

Als ich gerade den letzten Matsch-am-Paddel-Stiel in dem Tunnel anbrachte, hörte ich ein Auto; Daddy bog in die Auffahrt ein. Er parkte vor dem Haus und kam zu der Stelle geschlendert, wo ich arbeitete.

"Tag, Peeps", sagte er. "Was machst du da? Geht's dir heute gut?"

"Klar. Ich vergrabe gerade das Jojo, wie du es mir gesagt hast."

"Gut so. Es ist sehr gefährlich, so etwas in seiner Nähe zu haben. Vor solchem Spielzeug mußt du dich in acht nehmen. Das ist schon einmal passiert, du erinnerst dich doch?"

"Aber ich begreife immer noch nicht, weshalb ich es eingraben muß", sagte ich und legte das Jojo, das ich wieder in die Bananenschalen gewickelt hatte, auf den Grund meines Goldminenschachtes.

"Ich habe dir doch erklärt, Peeps, daß die Leuchtfarbe negativ geladen ist. Sie ist wie fluoreszierendes Licht. Du kennst doch den Gasballon in meinem Auto?" Auf die Rückscheibe seines Wagens hatte Daddy einen kleinen Vakuumgasballon, mit einem wetterfahnenähnlichen Propeller darin, angeklebt. Auf der einen Seite waren die Propellerflügel weiß und auf der anderen Seite schwarz. Er sagte, es sei das Miniaturmodell eines Orgonmotors. Ich nickte. "Nun, du weißt, daß die Orgonenergie den Propeller in Drehung versetzt. DOR verlangsamt ihn. Deshalb dreht sich der Propeller an schönen Tagen schneller und an schlechten Tagen langsamer. Unter fluoreszierendem Licht aber, oder unter solchem wie von deinem Leuchte-im-Dunkeln-Jojo, würde er sich überhaupt nicht drehen. Statt Energie abzugeben, zieht solches Licht Energie an, absorbiert sie aus den Lebewesen."

"Wie kommt es dann, daß die anderen Kinder nicht krank werden?" Ich begann, den dunklen, nassen Matsch in das Loch zu kleistern und das Jojo auf ewig zu versiegeln.

"Aber das sind sie doch, Pete. Sie sind so fest gepanzert, daß sie die tiefen Auswirkungen der DOR-Krankheit nicht fühlen können. Sie wehren dies Gefühl mit Härte und schmutzigen Witzen ab, und trotzdem frißt die Krankheit sie von innen heraus auf. Ihre Gesichter werden gespannt und ihre Kiefermuskeln starr, weil sie nichts mehr fühlen.

Wenn sie älter werden, sterben sie an Krebs. Manchmal stelle ich auch an dir Panzerungen fest, und deshalb gebe ich dir Behandlungen."

"Und sie sind alle hartleibig?"

"Ja. Und die Art, wie sie etwas leisten oder durchsetzen, ist ebenfalls hartleibig. Erinnerst du dich an den Film mit John Wayne, in dem er stürzt und zum Krüppel wird?"

"Wo er einen Marineoffizier spielt? Ja. Er fiel nachts die Treppe hinunter, und die Ärzte sagten ihm, er würde nie wieder laufen können."

"Ja. Du weißt, als er im Bett saß, auf das Ende seines Gipsverbandes schaute und seine Zehen beobachtete, beschloß er, wieder gehen zu lernen. Und er sagte immer wieder zu sich: 'Ich muß diesen Zeh bewegen. Ich muß diesen Zeh bewegen.' Schau, das ist die starre, die verkrampfte Art, Dinge zu überwinden."

Ich klatschte die letzte Handvoll Matsch über den Schacht, deckte die Öffnung mit der Metallplatte ab und streute trockenen Sand obendrüber. Dann stand ich auf und ging mit Daddy zum Haus.

"Aber schließlich hat er doch wieder gehen können, oder?" fragte ich.

"Ja, schon, aber eines mußt du dir dabei klarmachen: Hindernisse und Behinderungen in dieser Weise zu überwinden, durch Gewalt, durch sogenannte Willenskraft, das ist kommunistisch. Das ist die starre, verkrampfte, mechanistische Art, Leistungen zu vollbringen. Er mußte sich so anspannen und verhärten, sich selbst mit aller Gewalt dazu zwingen, wieder gehen zu lernen, daß er darüber vergaß, wie man liebt und freundlich ist."

"Und es wäre besser gewesen, wenn er Orgontherapie bekommen hätte, stimmt's? Dann hätte er wieder gehen gelernt und wäre dabei ein guter Mensch geblieben."

"Genau, sehr gut, Peeps. Am besten ist es, einfach zu atmen, sich zu entspannen und es auf natürliche Weise kommen zu lassen. Erzwinge nie etwas, laß es einfach auf natürliche Weise eintreten, dann ist es immer okay. Kapiert?" Er lächelte mich an und nickte. "Was hältst du davon", fragte er, "wenn wir jetzt zur Green Lantern fahren und einen besonders leckeren Schwertfisch essen würden? Hast du Lust dazu?"

"Das wäre ganz prima", sagte ich.

*Ich lief ins Haus und wusch mir die Hände. Daddy wartete schon im Auto, und als wir aus der Auffahrt in die Straße einbogen, fiel mir der Busfahrer wieder ein.*

*"Daddy, ich muß dir eine Meldung machen."*

*"Worum geht's?"*

*"Also, heute, als ich mit dem Schulbus heimkam, machte der Fahrer eine Menge komischer Bemerkungen über den Wolkenbrecher. Er nannte ihn einen Klötenbrecher und lachte mich aus, als ich ihm sagte, er werde für atmosphärische Forschungen benutzt."*

*Daddy machte ein ernstes Gesicht. "Laß dich nicht mit ihm ein, Pete. Er könnte ein Spitzel sein, der herauszubekommen versucht, was wir vorhaben, aber vielleicht ist er auch nur ein kranker Mensch. Was immer du auch tust, sei tapfer und denke daran, daß er zum Typ der Mörder gehört, zu den wahren Überträgern der emotionalen Pest. Wo du auch hingehst, du stößt immer wieder auf sie. Hast du ihm sonst noch etwas gesagt?"*

*"Nein, ich habe ihm nur gesagt, daß es ein Wolkenbrecher ist und wir ihn zur Wettersteuerung verwenden. Er nannte ihn einen Klötenbrecher und sagte, ich sollte keinem die Klöten damit brechen."*

*"Das hört sich an, als hätte er einfach Angst gehabt. Aber mach dir keine Sorgen deswegen. Viele Leute haben Angst. Wie die Fernsehleute, die hergekommen sind, um vom Wolkenbrecher für eine Nachrichtensendung Aufnahmen zu machen. Anfangs waren sie interessiert, weil wir über Wettersteuerung und Regenmachen gesprochen hatten, und dann war auf rätselhafte Weise auf einmal der Film kaputt. Es passierten viele rätselhafte Dinge..."*

*"Aber das Gras ist doch nicht rätselhaft", sagte ich und schaute aus dem Fenster in die Wüste entlang der Straße nach Tucson. "Sie werden es schon merken, wenn sie mit eigenen Augen Gras sehen."*

*"Ja", sagte Daddy, "heute bin ich etwa neunzig Kilometer weit ins Umland von Tucson gefahren und habe mit Farmern und Cowboys geredet. Sie haben alle gesagt, sie hätten seit langem nicht mehr ein so schönes, saftiges Gras wachsen sehen. Tja, die werden wohl kaum lachen, wenn es in der Wüste regnet und das Gras wächst."*

*Die Green Lantern hatte eine große Orgel, die auf einem Podest nahe der hölzernen Bar mit der Spiegelrückwand stand, und rote, gelbe und grüne Lichter wanderten in Kreisen über den Organisten hinweg, so daß sein Gesicht ständig die Farbe wechselte. Der Scheinwerfer schien durch bunte Scheiben, und sein Licht wurde im Spiegel hinter der Bar reflektiert, kreuz und quer durch den ganzen Eßraum, als schiene es auf Daddy und mich, während wir an unserem Lieblingstisch saßen. Daddy lächelte mich an, als er an seinem Lieblingsdrink, einem Manhattan, nippte.*

*"Möchtest du die Kirsche?" Er hielt die Frucht am Stiel und rührte seinen Drink damit um; sie verschwamm bei der kreisenden Bewegung im Glas. Daddy vergaß nie, mir die Kirsche aus seinem Manhattan zu geben.*

*"Ja."*

*Er gab mir die Kirsche; sie schmeckte süß und stark, und mein Atem fühlte sich schwer an. Daddy machte der Kellnerin, die uns fast immer bediente, ein Zeichen, und sie kam zu uns herüber, um die Bestellung entgegenzunehmen. Sie war hübsch und hatte strahlende Augen, und sie machte immer viel Aufhebens um mich. Sie lehnte sich zu mir herüber, lachte und zerzauste mir das Haar. "Tag, mein Junge, wie geht's dir heute?"*

*Mein Gesicht wurde heiß. Ich blickte weg. "Och, ich glaube, recht gut." Sie lächelte und schaute auf Daddy.*

*"Er ist so niedlich", sagte sie.*

*Daddy lachte und nickte, dann sagte er: "Ich möchte Krabben, und Pete bekommt Schwertfisch."*

*Sie schrieb die Bestellung auf und ging, in eine Wolke von Parfum und Orgelmusik gehüllt, davon. Daddy trank seinen Drink aus und schaute mich fragend an.*

*"Hast du eigentlich eine Freundin?" fragte er.*

*Er wollte immer wissen, ob ich eine Freundin hätte und ob wir einander küßten und berührten. Er sagte immer: "Hab keine Angst, du kannst es mir ruhig sagen." So kam es, daß wir viel darüber redeten, weshalb man mich nicht habe beschneiden lassen und wie das* bei anderen Kindern sei. In der Schule war ein Mädchen, das war sehr hübsch, und wir schauten uns manchmal verstohlen an, aber wir hatten uns nicht geküßt.

"Na ja", sagte ich, "da ist ein Mädchen, das mag ich, aber wir gehen nicht aus oder so was." Es verwirrte mich, darüber zu reden, und eigentlich machte es mir viel Spaß, Schülerlotse zu sein und Jojo zu spielen.

"Daddy, ich habe heute mit meinem Freund Ray gesprochen, und ich habe ihm ein bißchen über den Wolkenbrecher erzählt. Da ist doch nichts dabei, oder?"

"Ja, aber du mußt aufpassen, daß du nicht zuviel erzählst."

"Ich habe ihm ja nichts von den fliegenden Untertassen und solchen Sachen erzählt. Wir haben bloß übers Regenmachen und so was gesprochen. Sein Vater arbeitet auf Farmen, und weil es hier nicht regnet, muß er weit wegziehen, um Arbeit zu finden."

"Ja, das ist interessant, weil ich meine, es wird uns eines Tages gelingen, Regen nach Tucson zu bringen und die Trockenheit zu beseitigen. Dann brauchte der Vater deines Freundes nicht mehr wegzuziehen."

"Und vielleicht könnte Ray auch zu uns kommen und kosmischer Ingenieur bei uns werden?"

Daddy lächelte und lehnte sich zurück, als die Kellnerin mit den Tellern kam und uns das Essen servierte. Sie beugte sich sehr nahe zu mir herab und zwinkerte mir zu. Ich lächelte und blickte weg.

"Möchten Sie sonst noch etwas?" Sie strahlte uns an.

Daddy sagte nein, und sie sagte: "Wenn Sie noch irgend etwas brauchen, lassen Sie es mich wissen. Ich werde Sie immer im Auge behalten." Sie zwinkerte mir erneut zu und war auch schon fort.

Die wirbelnden Lichter zogen ihre raschen Bahnen in dem Spiegel über der Orgel.

"Daddy, warum gibt es überhaupt so was wie Wüste?" Ich drückte die Zitrone über meinem Schwertfisch aus und begann zu essen.

"Anfangs war ich mir nicht sicher", sagte er. "Als ich in dieser Gegend umherfuhr, sah ich überall die Vegetation absterben. Es war

28

*klar, daß irgend etwas die Atmosphäre angriff. Erst meinte ich nur, es handle sich um eine natürliche Erscheinung, ungefähr wie die trockenen Stellen am menschlichen Körper, und daß der Wolkenbrecher - zusammen mit dem Akkumulator - die Sache wieder in Bewegung bringen könnte. Aber dann begann ich mich zu fragen, ob nicht die EAs die Wüste verursacht hätten. Nun glaube ich, daß auch der radioaktive Niederschlag der Atombombenversuche DOR hervorruft. All das DOR von den EAs und den Atombomben tötet nach und nach die Erdhülle aus Orgonenergie."*

*"Sammeln wir deshalb dauernd Gesteins- und Holzproben?"*

*"Sehr gut getroffen, Peeps. Haargenau. Als das DOR in sehr hoher Konzentration auftrat, fingen die Felsen um Orgonon zu bröckeln an. Du erinnerst dich, daß wir die Felsstücke gemeinsam im Laboratorium untersucht und dabei beobachtet haben, wie sie zerfallen. Das ist nur eines von vielen Beispielen dafür, wie die gesamte Atmosphäre zerstört wird."*

*"Wissen die EAs auch etwas von der Orgonenergie?"*

*"Ich glaube schon. Ich glaube, sie benutzen sie als Treibstoff. Das würde erklären, weshalb sie geräuschlos sind und so eine silberblaue Farbe haben. Es würde auch erklären, weshalb sie reagieren, wenn wir sie mit Orur anziehen."*

*Daddy hatte ein Experiment durchgeführt, das wir Oranur nannten. Er hatte dabei eine Radiumnadel in einen großen Akkumulator eingeführt, aber es passierte etwas Schädliches. Statt gute Energie hervorzubringen, erzeugte das Gerät schlechte. Bei dem Experiment wurde die Nadel stark geladen, und gelegentlich benutzten wir sie auch im Wolkenbrecher. Sie machte den Wolkenbrecher stärker.*

*Ich träufelte noch mehr Zitrone über meinen Schwertfisch. Wir aßen eine Weile, und dann sagte Daddy: "Peeps, ich weiß, für dich ist das alles schwer zu verstehen. Wenn du jemals Angst bekommen solltest oder fortwillst, sag es mir; dann kannst du zu Mummy zurück. Ich weiß, daß es sehr schwer für dich ist; denn wir werden nicht nur von der Regierung angegriffen, sondern jetzt auch noch von fliegenden Untertassen. Du mußt tapfer sein, mein Junge."*

*Daddy sagte, die Lage entwickle sich zu einer großen Schlacht, aber mich schreckte das nicht. Ich war Sergeant im Korps der Kosmischen Ingenieure, hatte Sergeantenstreifen auf meinem Tropenhelm und war gut geübt im Umgang mit dem Wolkenbrecher.*

*"Ich habe keine Angst, Daddy. Ich glaube, die Luftwaffe ist auf unserer Seite, stimmt's?"*

*Kaum hatte Daddy angefangen, der Luftwaffe seine Arbeitsberichte über die EAs einzureichen, flogen viel häufiger Luftwaffendüsenjäger über Orgonon hinweg, manchmal sehr nahe, manchmal weiter weg.*

*Wenn sie hoch am Himmel waren, hinterließen sie lange, weiße Kondensstreifen. Nach einer Weile sagte Daddy, er meine, die Luftwaffe helfe ihm, indem sie ihm anzeigte, wo in der Atmosphäre das DOR sei, denn wo das DOR schädlich war, lösten sich die Kondensstreifen rasch auf, und wenn Orgonenergie vorherrschte, hielten sie sich lange.*

*Daddy war sich sicher, die Luftwaffe wußte und begriff, was er tat, und auf unserer Fahrt in den Westen machten Bill und ich beim Wright-Patterson-Luftwaffenstützpunkt halt, um mit einem General über fliegende Untertassen zu sprechen. Aber der General empfing Bill nicht, und er mußte sich mit jemand anderem begnügen.*

*"Hm, hm, hm", machte Daddy und nahm die letzten Krabben auf die Gabel. "Ich glaube, die Luftwaffe blickt durch, aber aus irgendeinem Grund kann sie uns immer noch nicht helfen. Sie schien anfangs an dem, was wir machen, sehr interessiert zu sein, und dann war da plötzlich nichts mehr, wenn auch ihre Düsenjäger weiterhin Orgonon überflogen. Dieser plötzliche Bruch ... es mutet einen wie die Einstein-Affäre an ... manchmal wirkt es ganz wie eine Verschwörung. Dieser Gesinnungswandel durchzieht alles wie ein roter Faden." Er schüttelte den Kopf.*

*"Was für eine Einstein-Sache?"*

*Er sah mich nachdenklich an und schüttelte wieder den Kopf. "Nichts, Peeps, nichts. Ich habe nur laut überlegt. Möchtest du ein Eis?"*

*"Na klar. Mokka und Erdbeer."*

"In Ordnung." Er winkte der Kellnerin. Sie kam zu uns herüber, und während Daddy das Eis bestellte, ging ich zu dem Mann an der Orgel, der unter den strahlenden, bunten Lichtern saß. Er war groß und fett und stank wie eine Zigarre. Als ich dicht bei der Orgel stand, beugte er sich herüber und zwinkerte mir zu.

"He, junger Mann", sagte er. "Hast du ein besonderes Lied, das ich dir spielen soll?"

Ich nickte. "Kennen Sie das Lied aus Der Teufelshauptmann?"

"Klarer Fall doch. Warum? Magst du das Lied?"

"Genau", sagte ich stolz. "Ich hab den Film fünfmal gesehen, und das fünfte Mal bin ich umsonst reingekommen."

"Na, wenn das so ist, muß ich es dir wohl spielen." Er gönnte mir ein breites Grinsen und tatschte mich auf die Schulter.

Daddy schaute mich durch den Spiegel an und lächelte. Dann nickte er dem Orgelmann zu, und der nickte zurück. Ich ging wieder an den Tisch und begann, mein Eis zu verspachteln, und der Orgelspieler fing an, "She wore a yellow ribbon" aus dem Teufelshauptmann zu spielen. Das Eis schmeckte gut. Während ich es aß, lauschte ich dem Lied und beobachtete, wie die Lichter an der Orgel in den verschiedenen Farben über den Orgelspieler dahinsausten. Ich dachte an Toreano, meinen Scout, und an unser Kavalleriefort auf Orgonon. Ich hatte beschlossen, Toreano mit der Aufsicht zu betrauen, denn Arizona war zu weit entfernt, als daß er hätte mitkommen können. Es war Herbst, und Toreano ritt wahrscheinlich gerade mit seinem Pony über die regennassen Felder und bewachte Orgonon.

Die Kellnerin kam und setzte sich neben mich an den Tisch. Sie legte den Arm um mich und drückte die Brust an meine Schulter. Es fühlte sich angenehm an, aber ich wußte nicht, wie ich mich verhalten sollte.

"Magst du das Lied?" fragte sie und drückte sich wieder an mich.

Ich nickte und löffelte das Eis aus dem Becher. Daddy beobachtete uns und lächelte.

"Ich wette, du bist ein guter Cowboy", sagte sie. "Und ich wette, du bist schnell mit dem Schießen bei der Hand."

Ich nickte und sie lachte, wobei sie mich wieder an sich drückte.

"Falls du mal ein gutes Cowgirl brauchst, laß es mich wissen." Sie lächelte Daddy an und schlüpfte zwischen Tisch und Bank hervor, wobei sie das Geld ergriff, das Daddy ihr auf die Rechnung gelegt hatte. Sie lächelte uns beide an und sagte: "Dankeschön, und schauen Sie mal wieder herein", und ging davon. Auf dem Weg aus dem Lokal winkten wir dem Orgelmann zu, und als wir ins Auto stiegen, gluckste Daddy in sich hinein.

"Weißt du, weshalb die Kellnerin mit dir geflirtet hat?" fragte er.

"Etwa, weil sie mich mag?"

"Klar, die mag dich", sagte Daddy, "aber der wahre Grund ist der, daß sie gern mit mir schlafen möchte, und sie weiß nicht, wie sie es mir zeigen oder sagen soll. So zeigt sie dir ihre Liebe."

"Oh, so ist das."

Daddy wußte immer, was die Leute taten und was sie dachten. Einmal saßen wir in einem Restaurant, als Daddy mich plötzlich in die Rippen stieß. Er wies mit dem Kopf auf ein Paar, das mit dem Rücken zu uns einige Tische entfernt saß. "Im nächsten Augenblick", sagte Daddy, "wird jener Mann dort sich umdrehen und mich anstarren." Daddy wandte sich wieder seinem Teller zu, während ich im Raum herumblickte, als würde ich nach niemandem Ausschau halten. Und richtig, nach wenigen Sekunden wandte sich der Mann sehr langsam um und schaute Daddy lange und boshaft an. Als der Fremde sich wieder umgedreht hatte, flüsterte ich Daddy zu: "Woher wußtest du, daß er das tun würde?" Daddy lächelte. "Vor ein paar Minuten hat seine Frau mit mir geflirtet, mich angeschaut und gelächelt. Sobald ich ihr Lächeln erwiderte, wandte sie sich ab und sagte etwas zu ihrem Ehemann. Ich bin sicher, sie hat zu ihm gesagt: 'Dreh dich mal um und sieh dir den komischen Mann da an, der uns immerfort anstarrt'; dann hat er sich umgeschaut."

Doch ich konnte mir nicht vorstellen, weshalb die Kellnerin mit mir flirtete, es sei denn, sie mochte mich.

Als wir wieder zu Hause waren, beschäftigte ich mich mit ungekürzter Division, aber das Rechnen fiel mir schwer, und ich hatte

*das Gefühl, es könnte ein EA oder etwas anderes in der Luft liegen;*
*also ging ich nach draußen auf die Beobachtungsplattform.*

*Ich stand lange dort, wechselte vom Teleskop zum Binokular über*
*und suchte nach fliegenden Untertassen. In stockfinsteren Nächten*
*konnten wir sogar die Ringe um den Saturn und die Monde des*
*Jupiter sehen, und es war eigenartig, diese Erscheinungen zu beob-*
*achten und dabei dann und wann einen Kojoten heulen oder einen*
*Zug nach Tucson rattern zu hören.*

*Manchmal sahen wir ein EA südwestlich von Tucson. Es war ein*
*roter und grüner pulsierender Ball, der am Himmel schwebte. Es*
*kam so regelmäßig, daß wir es "Schöne des Südens" getauft hatten.*
*Manchmal bewegte es sich vor und zurück, manchmal wurde es ab-*
*wechselnd heller und dunkler, und manchmal bewegte es sich rasch*
*über den Himmel, wobei es der Anziehungskraft des Wolkenbrechers*
*aus dem Wege ging.*

*Ich wollte gerade wieder zu meiner ungekürzten Division zurück-*
*kehren, als ich das EA sah; es schwebte im Süden. Ich beobachtete es*
*eine kleine Weile. Es pulsierte und glühte. Dann rannte ich hinunter,*
*um Daddy zu holen.*

*Er saß an dem langen Schreibtisch in seinem Arbeitszimmer und*
*schrieb in einem seiner großen roten Hauptbücher. Als ich zu ihm*
*hereinstürmte und ihm Bericht erstattete, kam ich mir vor wie ein*
*Hauptdarsteller in einem Kavalleriefilm.*

*"Daddy, ich hab eins aufgespürt. Im Osten. Es sieht ziemlich groß*
*aus. Ich glaube, es ist die 'Schöne des Südens'."*

*Er stieß seinen Stuhl zurück und stand auf. "Seh'n wir mal nach."*

*Wir stiegen beide aufs Dach, und Daddy betrachtete meine Ent-*
*deckung lange durch das Fernglas. Hm, hm, hm.*

*"Peter, lauf hinunter und rufe Bill und Eva. Sag ihnen, sie sollen*
*sofort raufkommen. Wir wollen den Wolkenbrecher einsetzen."*

*Ich raste die Treppe ins Haus hinunter. Kaum hatte Bill auf mein*
*Pochen reagiert, sagte ich ihm:*

*"Bill, ein EA. Du sollst sofort kommen. Wir wollen den Wolken-*
*brecher einsatzbereit machen."*

Als ich wieder oben ankam, spähte Daddy durch das Teleskop. "Hier, schau mal durch. Schau, wenn du kannst. Ich habe ein dünnes, zigarrenförmiges Gebilde mit kleinen Fenstern entdeckt."

Ich blickte durch das Teleskop und stellte es scharf ein. Das EA war strahlend hellblau und leuchtete, aber die Fenster konnte ich beim besten Willen nicht erkennen.

"Siehst du es?"

"Ja, Daddy. Aber ich kann die Fenster nicht entdecken."

"Egal, auf jeden Fall sind sie da. Lauf zum Wolkenbrecher und mach ihn einsatzbereit. Nimm die Abdeckungen von den Röhren und fahre sie auf volle Länge aus. Ich komme gleich nach."

Meine Stiefel trommelten auf den trockenen Boden. Meine Jacke war offen; jedesmal, wenn meine Arme im Lauf zurückschwangen, schlug das Leder gegen meinen Körper, und die Fransen machten ein Geräusch wie prasselnder Regen. Kaum war ich am Wolkenbrecher angekommen, sprang ich auf die Plattform und entstöpselte die Röhren. Die Röhren glichen altmodischen Ferngläsern; sie ließen sich in zwei weiteren Sektionen teleskopartig ausfahren. Bill und Eva kamen angefahren, als ich gerade das letzte Rohr ausfuhr. Sie parkten den Wagen dicht bei dem Laster.

Bill zog sein Fernglas aus dem Futteral und legte sich den Riemen um den Nacken. "Wo steht das EA?" fragte er.

Ich zeigte ihm die Richtung, und er setzte das Glas an die Augen. Er pfiff durch die Zähne.

"Junge, Junge, das ist ein Ding", stieß er hervor und reichte Eva das Glas.

Sie schaute eine Weile hindurch und meinte: "Ich wußte, daß es kommen würde. Den ganzen Tag habe ich mich unwohl gefühlt, und ich habe zu Bill gesagt, es läge etwas in der Atmosphäre."

Wir standen da und warteten auf Daddy. Ich spürte ein wohliges Prickeln, als seien wir drauf und dran, etwas Abenteuerliches und Heimliches zu unternehmen. Ich wünschte, Ray könnte mich sehen, wie ich da auf dem Sprung stand, von einer fliegenden Untertasse Energie abzuziehen. Aber er würde es nie glauben, nie begreifen.

Daddy kam die Straße herunter, auf dem Kopf den großen, grauen Stetson, der matt im Sternenlicht glänzte.

"Ah, Ihr seid schnell gewesen. Okay, gehen wir an die Arbeit!"

Bill kletterte auf die Plattform, und wir übrigen hielten uns dicht an der Seite das Lastwagens. Es war nicht gut, allzulange in der Nähe zu bleiben.

Daddy sagte: "In Ordnung, Moise. Richten Sie die Rohre auf das EA."

Die kleinen Gummistöpsel an den oberen Enden der Röhren pendelten sanft, als Bill die Bedienungsräder drehte und die Rohre unmittelbar auf das EA richtete. Wir warteten. Es tat sich nichts. Manchmal schwangen die Rohre von einer Seite zur anderen, wenn wir mit dem Ziehen begannen, und manchmal wurden sie immer schwächer, so als befänden sie sich am Ende einer langen Jojo-Schnur, die in den Himmel zurückgezogen wird. Normalerweise zog Bill die Energie ab, aber auch ich tat es bisweilen.

"Ich fühle mich schrecklich elend", sagte Eva. "Ich spüre geradezu, wie es bereits reagiert. Ich bekomme wieder diesen salzigen Geschmack im Mund."

"Ja, ich spüre es auch", sagte Daddy. "Spüren Sie etwas, Moise?"

"Mmhm", sagte Bill, "ich fühle ein wenig, wie es in meinem Magen zu rumoren anfängt."

"Ich habe so ein Würgegefühl in der Kehle", sagte ich.

"Hm, hm, hm", Daddy nahm seinen Hut ab und fuhr sich mit der Hand durch sein langes, silbriges Haar. "Ich wüßte gern, ob das nun ein Angriff war oder ob sie die Erde nur beobachten und nicht wissen, was sie tun sollen."

Wir beobachteten alle das blaufunkelnde EA, wie es heller, dann schwächer, dann wieder heller wurde.

Nach einer Weile sagte Daddy: "Pete."

"Ja."

"Du weißt, wo die Orur-Nadel aufbewahrt ist, ja? Geh und hol sie. Paß auf, daß du sie äußerst behutsam trägst. Im Laster liegt eine Stablampe."

*Es war schreckenerregend, unter den schattigen, dunklen Kakteen hindurchzugehen, aber die Taschenlampe war mir dabei eine Hilfe. Die Nadel war in einem trockenen Bachbett unter einem kleinen Steinhaufen versteckt. Ich räumte einige der Felsbrocken weg und richtete den Lichtkegel auf den dunklen Bleibehälter. Darin war die Nadel an einem Faden aufgehängt, dessen anderes Ende herausing. Ich nahm es auf, hielt es soweit wie möglich von meinem Körper entfernt und ging zum Wolkenbrecher zurück.*

*"Hier ist die Nadel", sagte ich.*

*"Gut", sagte Daddy. "Reiche sie vorsichtig Moise hinüber. Ja. Gut so."*

*Eine weitere Bleiflasche befand sich an der Basis des Wolken-brechers, dort, wo die Metallkabel zu den Rohren hinaufliefen.*

*"Wie fühlen Sie sich?" fragte Daddy. Bill sagte, er sei okay, aber Eva meinte, sie müsse ins Haus zurückkehren. Sie war gegen das Orurisieren überempfindlich.*

*Bill zielte mit dem Wolkenbrecher weiter auf das EA, aber es wich nicht aus. Ich brannte darauf, selbst das Gerät zu bedienen, denn ich hatte einen Einfall, der vielleicht klappen konnte.*

*"Daddy, darf ich Bill ablösen?"*

*"Ja. Das wäre vielleicht gut. Er ist schon ganz schön lange oben. Machen Sie eine Pause, Moise."*

*Ich kletterte auf den Lastwagen und fühlte mich einen Augenblick lang wie John Wayne oder Clark Gable, der den Kommandostand von Robert Mitchum oder William Holden übernimmt.*

*"Wie reagiert das EA?" fragte ich.*

*Bill wandte seinen Blick nicht von dem Objekt ab. "Ich ziele ge-nau auf es drauf."*

*"Okay."*

*Bill kletterte zu Daddy hinunter; beide blieben dicht neben dem Wolkenbrecher stehen und richteten ihre Ferngläser auf das EA. Ich bediente die Steuerungsräder, mit der einen Hand das zum Ausfah-ren der Rohre, mit der anderen das zum Einfahren.*

*"Moise", sagte Daddy, "gehen Sie bitte zum Auto und holen Sie*

mir den Geigerzähler. Ich möchte sehen, wie stark die Werte durch das EA angestiegen sind."

Während Bill den Geigerzähler holte, probierte ich meine Idee aus. Ich hatte mir überlegt, daß es gelingen müßte, das EA irgendwie zum Absinken zu bringen, wenn ich unter ihm und zu seinen Seiten Energie abzog und so das Energiefeld um es herum schwächte, vorausgesetzt natürlich, daß man mit dem Wolkenbrecher tatsächlich Energie abziehen oder abschwächen konnte. Also bewegte ich den Wolkenbrecher langsam von einer Seite des EA auf die andere. Ich ließ ihn eine Weile auf der rechten Seite Energie abziehen, tauchte dann langsam unter das EA wie eine Kinderwiege auf dem Jojo, fuhr die Rohre am Himmel unter dem EA vor und zurück und zog dort Energie ab und wechselte dann auf die linke Seite. So ließ ich den Wolkenbrecher auf beiden Seiten orurisieren.

Bill brachte den Geigerzähler und leuchtete die Skala aus, Daddy stellte das Gerät ein.

"Unglaublich", sagte Daddy. "Derart hohe Werte können unmöglich vom Orur allein verursacht werden. Sie können nur vom EA oder aus der Atmosphäre kommen. Es sieht fast so aus, als wären wir direkt in den Abgasschweif des EA geraten. Vielleicht ist es dieses Abgas, das die Wüste verursacht, indem es alle Feuchtigkeit aufsaugt."

Bill pflichtete ihm bei. "Das scheint zu Ihrer Theorie zu passen, daß Orgonenergie nuklearen Fallout bei einem atomaren Angriff neutralisieren kann. Wenn das Abgas des EA DOR ist, genauso wie radioaktiver Niederschlag DOR hervorruft, dann könnte der Wolkenbrecher die Antwort auf die Frage nach der Wüste und der absterbenden Atmosphäre sein."

"Ja. Die Atmosphäre ist nach dem Orurisieren immer so klar und frisch. Wenn es uns gelingt, die Zersetzung der Atmosphäre aufzuhalten und Regen vom Pazifik herbeizuholen, können wir die Dürre beseitigen und unsere These beweisen. Dann wird die Luftwaffe unsere Arbeit auch begreifen. Aber schauen Sie doch mal! Die Werte des Geigerzählers sind ein ganzes Stück gefallen! Wo ist das EA?"

Sie schauten angestrengt in den Himmel hinauf.

"Ja, es ist weg", sagte Bill und suchte den Horizont mit seinem Fernglas ab.

Ich grinste. Meine Idee hatte sich als richtig erwiesen.

"Wie machst du das mit dem Wolkenbrecher?" fragte Daddy.

"Paß auf: So hab ich's gemacht." Ich bewegte den Wolkenbrecher vor und zurück und auf und ab, wobei ich die Operation durch das Zielfernrohr beobachtete und steuerte. Ganz sicher, das EA war nur noch ein schwacher Schimmer und schien immer kleiner zu werden, als würde es vom Himmel aufgesogen.

Als es ganz verschwunden war und wir die Rohre wieder einfuhren, sagte Daddy: "Das war sehr gut, Peeps, sehr gut. Du bist ein wirklich guter kleiner Soldat, denn du hast eine neue Methode entdeckt, die EAs kampfunfähig zu machen. Ich bin sehr stolz auf dich."

Nachdem ich die Nadel in das trockene Bachbett zurückgebracht und Bill die Rohre des Wolkenbrechers wieder zugestöpselt hatte, gingen wir gemeinsam zum Haus zurück. Ich ging in der Mitte zwischen Bill und Daddy. Er hatte mir den Arm um die Schultern gelegt.

"Ja", sagte er, "wir befinden uns mitten in einem kosmischen Krieg. Peeps, du mußt sehr tapfer und sehr stolz sein, denn wir sind die ersten Menschen, die mit Raumschiffen einen Kampf auf Leben und Tod führen. Wir wissen jetzt, daß sie unsere Atmosphäre zerstören. Vielleicht benutzen sie dazu Orgonenergie als Treibstoff, vielleicht stoßen sie auch DOR als Abgas aus. Wie dem auch sei, wir sind die einzigen, die begreifen, was sie in unserer Atmosphäre anrichten, und wir können sie mit ihren eigenen Waffen bekämpfen. Die Luftwaffe kann nur irreführende Berichte über die fliegenden Untertassen herausgeben und ohnmächtig hinter ihnen herjagen, wohingegen wir nach ihren eigenen Funktionsprinzipien gegen sie vorgehen, mit der Orgonenergie. Wir bekämpfen das Feuer mit dem Feuer, und deshalb werden wir gewinnen. Wir arbeiten mit dem Wissen der Zukunft." Er schlug mir auf die Schulter. "Und du, Peeps, bist wohl das erste Kind jener Generation der Zukunft. Mit elf Jahren hast du bereits eine fliegende Untertasse kampfunfähig gemacht, die kosmische Orgonenergie benutzt. Eine beachtliche Leistung."

*Ich war stolz und glücklich, als wir zum Haus zurückgingen. Bill und ich blieben draußen, während Daddy hineinging, um Eva zu holen. Wir standen eine kleine Weile da und betrachteten den Himmel. Bill sagte: "Das hast du verdammt gut gemacht, Peter. Du bist wirklich ein ganz hervorragender Soldat. Tatsache," - er grinste - "nach dem heutigen Abend solltest du deine Sergeantenstreifen gegen Leutnantswinkel austauschen. Ich glaube, du hast sie verdient."*

*Ich war so glücklich, daß ich nicht wußte, was ich sagen sollte. Bill lächelte mich an, als wüßte er, wie glücklich ich war. Als Eva herauskam und sie zusammen ins Auto stiegen, lehnte er sich aus dem Fenster. Das Auto fuhr die Auffahrt hinunter.*

*"Gute Nacht, Herr Leutnant", sagte er. Wir salutierten.*

*Ich fühlte mich ungeheuer wohl. Ich war stolz und glücklich. Ich hatte eine fliegende Untertasse kampfunfähig gemacht und gehörte zu den kosmischen Ingenieuren. Und es war klar, falls eine Schlacht mit den Raumschiffen oder sogar mit der Regierung kommen sollte, würde ich ein tapferer Soldat sein, und ich hatte gerade eine Beförderung erhalten.*

*Ich wünschte, Toreano wäre da und könnte mich jetzt sehen.*

*Drinnen saß Daddy an seinem Schreibtisch und schrieb in seinem großen roten Notizbuch. Die Feder kratzte laut über das Papier. Das Grammophon spielte Beethovens Neunte Sinfonie. Ich setzte mich auf die Couch und lauschte eine Weile.*

*"Ich fühle mich viel wohler nach dem Orurisieren", sagte ich.*

*"Ja", sagte Daddy.*

*Ich lehnte mich in die Couch zurück und vertiefte mich in die Musik.*

*"Daddy, erinnerst du dich, wir haben darüber gesprochen, ob wir Uniformen bekommen?"*

*"Ja."*

*"Ich meine, wir sollten blaue nehmen. Und vielleicht könnten sie weiße Gürtel haben wie bei den Schülerlotsen." Wenn ich mein Koppel mit nach Hause genommen hätte, hätte ich es auf dem Wolkenbrecher tragen können.*

*Daddy summte vor sich hin und nickte im Takt der Musik. Er sah mich an und blickte dann auf.*

*"Ja. Und auch eine hübsche Flagge. Eine blaue Flagge mit einem weißen Spindelwellenwappen. Für den Himmel und die Sterne."*

*"Ich mag auch grün. Vielleicht könnten wir sie grün und blau machen. Grün für das Gras, das wir wachsen lassen werden."*

*Ich schloß meine Augen, und mein Geist war mit Daddys und Beethovens Geist vereinigt, und wir sahen alle dasselbe: eine riesige Ebene mit kühnen, weißen Wolken, die wie mächtige Hengste den Himmel hinaufkletterten, und durch die Wolken kam auf Sonnenstrahlen die Armee der Kosmischen Ingenieure, marschierte stramm und stolz unter Flaggen, die im Winde flatterten, in schicken, blauen Uniformen und mit Hüten, die glänzende Krempen hatten, und mit glänzenden, weißen Koppeln. Zuerst Daddy, der General, dann Bill, Eva und ich und Tom und die anderen, und vielleicht könnte auch Ray einer der unsern sein, und wir würden vorwärts marschieren zum Sieg über die EAs und die Food and Drug Administration (Arzneimittelbehörde der Vereinigten Staaten; d. Ü.).*

*"Und aus Seide müßte sie sein, damit sie hübsch im Wind flattert."*

*"In unserem Wind."*

*"Ja, mein Junge, in unserem Wind."*

# 2

*Richte mich, Gott, und führe mir meine*
*Sache wider das unheilige Volk, und errette*
*mich von den falschen und bösen Leuten.*
*Denn du bist der Gott meiner Stärke; war-*
*um verstößest du mich? Warum lässest du*
*mich so traurig gehen, wenn mich mein*
*Feind dränget?*
*Sende dein Licht und deine Wahrheit, daß*
*sie mich leiten und bringen zu deinem hei-*
*ligen Berg und zu deiner Wohnung.*

Der Psalter, 43. Psalm

*Monsieur?*
Das Atmen brachte mich langsam in die Wirklichkeit zurück. Ich fühlte mich wie betäubt, sämtliche Glieder waren steif; nur dort, wo der Atem immer lauter ein und aus ging, spürte ich ein sanftes Prickeln. Dann wurde mir bewußt, daß ich den Atem einer anderen Person vernahm, und ich versuchte angestrengt, mich zu erinnern, warum mir die Situation bekannt vorkam, denn irgend etwas, an das ich mich einfach nicht mehr erinnern konnte, hatte ich zuvor schon einmal erlebt.

*"Monsieur? Monsieur?"* Ich schüttelte den Kopf. Die Stimme überschlug sich und brachte die regelmäßigen Atemzüge aus dem Takt. *"Monsieur?"* Als ich die Augen aufschlug, beobachtete mich der Arzt und redete in französischer Sprache in einem französischen Krankenhaus auf mich ein … aber für mich existierte noch ein anderes Krankenhaus, in meinem Traum…

Der Arzt machte mir klar, es sei nicht gelungen, meinen Arm wieder vollständig in die Gelenkpfanne einzufügen. Daher, erklärte er, müsse man mich noch einmal narkotisieren. Diese Vorstellung rief alte Ängste in mir wach, denn jener andere Traum in einem anderen Krankenhaus schlich sich langsam in mein Bewußtsein zurück. Er war zum Greifen nahe. Er hatte etwas mit der Schulter oder dem Arm, demselben Arm, zu tun. Der Arzt nannte es eine üble und schwierige Verrenkung.

*"Une luxation très sévère"*, sagte er.

"Ipswich", sagte ich.

*"Comment?"*

Ich schüttelte den Kopf. Der Arzt lächelte und wiederholte, sie seien leider gezwungen, mir abermals eine Narkose zu verabreichen; dabei schien mir das Krankenhaus zum Greifen nahe. Es war in Ipswich. Die Schwester traf die notwendigen Vorbereitungen, mir die Maske aufzusetzen, aber ich konnte mich einfach nicht entsinnen. Die wahnwitzige Dunkelheit des Krankenhauses betäubte meine Sinne. Ich mußte mich einfach daran erinnern, was ich in diesem Traum erlebt hatte, denn es gab noch einen *weiteren* Traum. Die Schwester näherte die Maske meinem Gesicht. Ich dachte an den wirren Sommer in England. Den ganzen Sommer lang raste ich wie ein Wilder auf altersschwachen Fahrrädern die Fußwege der riesigen, recht altertümlichen Nervenheilanstalt entlang; dabei mußte ich sorgsam darauf achten, den Patienten auszuweichen, die dort spazieren gingen. Jeder war überzeugt, ein Zusammenstoß sei unvermeidlich...

*"Attendez!"* rief ich. Der Arzt und die Schwester blickten erstaunt auf. Ich hatte gerade Arizona verlassen, um bei meiner Mutter zu leben, als es geschah. Im Sommer 1956 wollte sie mich nach England mitnehmen, um Verwandte zu besuchen. Ich wußte nicht, ob ich wirklich mitfahren wollte. Ich hätte es eigentlich vorgezogen, bei meinem Vater zu bleiben, da irgend etwas Unangenehmes in der Luft lag. Trotzdem fuhr ich schließlich mit. Der Sommer war schauderhaft. Die meiste Zeit schwelgte ich in meinem Elend und zerstörte irgendwelche Sachen. Aus Ungeschicklichkeit zerbrach ich einen Gutteil des kostbaren chinesischen Porzellans meiner Tante. Bei einem Abstecher nach Schottland zerbrach ich aus reiner Ungeschicklichkeit meine Brille und brachte den Rest der Reise damit zu, mich schmollend in meinen Regenmantel einzuigeln. Die letzten Tage, kurz bevor wir nach Amerika zurückkehrten, wo ich die verbleibenden Sommerwochen bei meinem Vater auf Orgonon verbringen sollte, hielten wir uns in Ipswich auf; mein Onkel arbeitete dort als Anstaltspsychiater. Das Unglück ereignete sich, als ich wieder einmal wie ein Besessener mit meinem Fahrrad auf dem Klinikgelände her-

umradelte; ich brach mir ungeschickterweise meinen rechten Arm.
Im Krankenhaus bekam ich eine Narkose verabreicht.

*Doch da war noch ein Traum!*

"Der Traum!" rief ich. Ich richtete mich auf und schaute zum
Arzt und den Schwestern hoch. Sie schienen verwirrt zu sein.
"Ich muß diesen Traum wiederfinden!" schrie ich erregt. "Und
ich werde ihn finden!"

In gebrochenem Französisch erklärte ich dem Arzt, ich würde
ihm ein Handzeichen geben, wenn er mit der Einrenkung der
Schulter beginnen könne. Ich brauchte Zeit, bis die Wirkung der
Narkose einsetzte, bis der Traum mich umfing, bis ich wirklich
bewußtlos wurde. Ich ermahnte den Arzt noch ein zweites Mal,
keinesfalls zu beginnen, bevor ich ihm das Zeichen gegeben hatte. Er zuckte die Achseln, und die anderen nickten.

"In Ordnung, *allons-y*", sagte ich.

Die Schwester stülpte mir die Maske vorsichtig übers Gesicht,
und ich hielt meine linke Hand mit ausgestrecktem Zeigefinger
in die Höhe. Ich mußte mich an alles erinnern, an jede noch so
geringe Einzelheit, die damals geschehen war, in jenem Sommer,
als ich mir den Arm gebrochen hatte. Die Maske saß gut. Ich
hörte das Zischen des ausströmenden Narkosegases, und ich atmete tief, saugte das Gas begierig ein, um den Traum zurückzu-
beschwören. Schwer, sanft und leibhaftig kam der Traum ständig
näher und erfüllte mich wie eine riesige Brust, und durch das Zischen hindurch erinnerte ich mich an das riesige Krankenhaus,
das sich regelrecht um mich ausbreitete. Aufhören! Warten! Das
tut weh! Dies ist eine Nervenklinik! Ich versuchte zu schreien,
doch schon waren die regenfeuchten, dunklen Backsteingebäude
des englischen Hospitals so schwer, daß ich verzagte und mein
Mund mir nicht mehr gehorchte; auch das Hospital begann zu
atmen und wuchs zu übermächtiger Größe heran, bis es einem
riesigen Ballon glich, der auch mich völlig erfüllte und jeden Augenblick zu platzen drohte. Die dunklen Ziegel würden auf mich
herniederprasseln, mich überrollen und ertränken wie jener graue

Ozean stumpfer Nadeln, als ich noch in Maine lebte, ein kleiner Junge in einem blauen Schlafanzug mit einem winzig kleinen schwarzen Fleck - einem Fleck, der wuchs und wuchs und wuchs und rabenschwarz war.

*Regelrechte Wasserfluten strömten durch Daddys weiße Brustbehaarung und durchnäßten die völlig ergrauten Locken, die seine Stirn umrahmten, so daß sie ihm tief ins Gesicht herabfielen, und es schien, als wollten sie seine Wangen hochziehen, als er mir zulächelte.*

*Ich erwiderte sein Lächeln und drehte mich unter der Dusche um, so daß das Wasser direkt auf meinen Kopf rieselte und sich dann über den ganzen Körper ergoß.*

*Während wir im warmen Sonnenschein auf dem Dach des Observatoriums unser kühles Bad genossen, eröffnete sich uns der Blick auf den Mount Washington und über das gesamte Gebiet von Orgonon; man sah den See und den Burnham Hill bis hinauf zum Saddleback. Ich liebte diese Dusche oben auf dem Dach.*

*Ich war glücklich, nach dem schauderhaften Sommer in England wieder daheim auf Orgonon zu sein. Es war ein befreiendes Gefühl, auf dem Observatoriumsdach zu stehen und unser Orgonon wiederzusehen. Das große Feld vor dem Observatorium war bis zum Fuße des Berges mit Gras bewachsen, durch das der Wind leichte Wellen zog. Als ich noch jünger war und die Bäume noch nicht so hoch waren, konnte man sogar das Dach des Laboratoriums am Fuße jenes Berges erspähen; heute kann man seine Existenz nur erahnen, weil es eine Straße gibt, die von der Badger Road dort hinaufführt. Die Badger Road schlängelt sich durch die Felder von Orgonon zur Hauptstraße. Aber bevor man die Hauptstraße erreicht, biegt ein Weg zu unserer Hütte ab, jener unteren Hütte mit dem roten Dach; inzwischen kann man es kaum noch sehen, da auch die Bäume ringsum älter geworden sind und den Pfad von unserem Häuschen zum See stärker überschatten und dunkler erscheinen lassen. Das Gebiet vor Orgonon dehnt sich so weit aus,* daß - strecke ich im Sonnenlicht beide Arme aus - alles, was sie fassen, vom Observatorium bis zum See, uns gehört.

Als Daddy die Dusche abgedreht hatte, herrschte vollkommene Stille, bis auf vereinzelte Wassertropfen, die durch die nassen Holzbohlen auf das Kiesdach fielen, und das Gezwitscher der Vögel in den Bäumen. Der Kies bohrte sich in meine Fußsohlen, als ich mich zum Rand des Daches vorwagte. Es war nicht mehr wie früher, als ich noch jünger war und meine Füße durch häufiges Barfußlaufen abgehärtet waren.

"Sei vorsichtig dort am Rand", sagte Daddy.

"Klar. Ich wollte ja nur das Gelände besser sehen können. Schau, wie blau der See ist. Es hat ja reichlich Orgon heute."

So allmählich entwickelte ich ein recht gutes Beobachtungsvermögen.

"Ja, es ist sehr geladen." Er trocknete sich am ganzen Körper mit seinem großen Badetuch ab, bis auf die Stellen, die seine triefnasse, recht unförmige Unterhose bedeckte. Er zeigte sich nie nackt. Ich dagegen duschte vorzugsweise nackt; am ganzen Körper glitzerten helle Wassertröpfchen in der Sonne, als seien es lauter kleine Medaillen aus Gold.

Als ich auf die Felder hinabblickte, konnte ich Toreano beobachten, wie er seine Truppen ins Manöver führte. Seit ich aus England zurückgekehrt war, hatten wir uns auf allerhand gefaßt gemacht. Daddy sagte, die Agenten könnten jeden Tag kommen.

"Daddy, könnten wir nicht mal wieder schießen?" Obgleich ich den Gipsverband erst vor wenigen Tagen losgeworden war, wollte ich mich vergewissern, ob ich noch richtig zielen und treffen konnte. Der Akkumulator trug dazu bei, daß mein Arm schneller heilte; ich fühlte mich schon wieder ziemlich kräftig.

"Klar, wenn du möchtest."

"Darf ich mit der Fünfundvierziger schießen?"

"Nein, du nimmst dein Gewehr. Ich nehme die Fünfundvierziger."

"Wann kann ich denn wieder mit der Fünfundvierziger schießen?"

"Du wirst bald dazu in der Lage sein."

*Wir gingen die Treppe hinunter, um uns anzukleiden; dann begab ich mich in den kleinen Raum neben Daddys Arbeitszimmer, wo er die Gewehre aufbewahrte. Mein Gewehr war eine 32-20er Winchester-Kleinkaliber mit der Seriennummer 906608. Diese Art Büchse wurde im Jahre 1864 patentiert, und James Stewart benutzte in dem Film, in dem er eine Glocke am Sattel hatte, den gleichen Typ, nur mit dem Unterschied, daß seine Waffe an der Seite mit einem Ring versehen war. Zunächst besaß ich nur ein ganz simples BB-Gewehr, doch eines Tages, als ich damit bei Tom spielte, öffnete ich den Verschluß und zog den Abzugshahn. Der Verschluß sprang zurück und hätte mir um ein Haar meinen Finger abgeschnitten. Es blutete stark, doch mit Hilfe des Akkumulators verheilte die Wunde rasch. Trotzdem befürchte ich, daß ich wohl einen Nerv getroffen habe; immer wenn ich mich an dem Finger stoße, kribbelt er entsetzlich. Später, im Alter von sieben oder acht Jahren, schenkte mir Daddy eine 22er Special. Das war zwar ein ausgezeichnetes Gewehr, doch der Rückstoß war ziemlich stark. Bevor wir daher nach Tucson fuhren, kauften wir bei Pearson's in Farmington die 32-20er Büchse.*

*Ich bewahrte sie in demselben Regal auf, wo auch Daddys andere Waffen aufgehoben waren: eine doppelläufige, zwölfkalibrige Flinte mit einer 38-55er Winchester darunter, die ich kaum heben konnte, daneben eine Mannlicher und eine Mauser. Beides waren 8- oder 9-Millimeter-Gewehre, mit denen ich aber noch nicht umgehen konnte. Außerdem gehörte ihm eine 32er Special, die er Bill geliehen hatte - für alle Fälle -, und im Halfter hing die 45er.*

*Daddy trug eine Khaki-Hose und wartete bereits auf der Terrasse auf mich. Er schaute durch das Fernglas, um die Lage zu sondieren.*

*"Fang an", sagte er.*

*Ich drückte drei Patronen in das Magazin und ging zur Geländerbrüstung vor. Daddy blieb beim großen Fenster zurück. Wir sind immer sehr vorsichtig. Daddy hat mich gelehrt, Schußwaffen niemals auf Personen zu richten, weil es gefährlich ist.*

*Das Geräusch des Metalls, als die Patronen beim Durchladen des Gewehres aus dem Magazin in die Patronenkammer glitten, gab mir*

48

*das Gefühl, ich sei in einem Western.* Klick. *Ich entsicherte und visierte das Ziel über Kimme und Korn an, genau wie Daddy es mir mit den Fingern erklärt hatte, so daß das Korn am Ende des Laufes direkt in der Mitte des Vs saß. Daddy hatte es mir mit den Fingern vorgemacht. Das erinnerte mich an eine Situation in der Schule, wo mir eines Tages ein Mädchen mit den Fingern ein V zeigte und dann mit einem anderen Finger mitten in dieses V hineinstach. Ob ich wisse,was das bedeute, fragte sie. Ich antwortete, ich hätte keine Ahnung, und sie erklärte mir, es bedeute bumsen.*

Bumms!

*In den Comics machen die Revolver immer* Dschoing. *Sie machen* Peng, Peng *oder* Dschoing. *Einmal las ich einen Comic, der vom Krieg handelte; dort knallten die Revolver* Dadd, Dadd, Dadd *und* Womm. *Mein Gewehr klingt allerdings wirklich mehr wie* Dschoing.

*"Sehr gut", sagte Daddy, als er sein Fernrohr herunternahm. "Fast ein Volltreffer. Versuch's noch mal." Vom Saddleback dröhnte das Echo zurück, als stürze eine gewaltige Regenflut auf einmal vom Himmel.*

*Ich wandte mich wieder dem Geländer zu und spannte das Gewehr. Die leere Hülse fiel auf den Kies. Ich visierte das Ziel an, bis es sich im V befand. Bumsen ist etwas Schlechtes, da es ohne Liebe geschieht. Auch der Krieg kennt keine Liebe, aber gegen die Kommunisten ist er erlaubt.*

Dschoing!

*Der Holzblock wackelte. Daddy stellte sein Fernglas scharf ein. "Na, dieses Mal hast du etwas daneben geschossen. Hast du noch eine Kugel?"*

*Ich nickte. Das Echo verebbte.*

*"Okay, dann versuch's noch mal."*

*Laden, Spannen,* Klick, *Zielen. Und die Leute sind darauf aus, Daddy zu erwischen.*

Dschoing!

*"Ja, gut. Schon näher als beim ersten Mal, aber immer noch nicht ins Schwarze getroffen. Jetzt bin ich mit Schießen dran."*

*Als mein Echo vom Saddleback zurückgeworfen wurde, nahm Daddy seine 45er aus dem Halfter und reichte mir das Fernglas.*

*Er bewegte sich auf das Geländer zu und nahm das Magazin zur Kontrolle heraus. Mit der flachen Hand schob er es wieder an seinen Platz, zog den Hahn seines Gewehrs zurück, um ihn zu spannen, und zielte. Kaum hatte er seinen Arm ausgestreckt, begann ich zusammenzuzucken, denn seine 45er machte viel mehr Krach als meine 32-20er. Meine Augen schlossen sich automatisch, und meine Schultern zuckten in die Höhe.*

Bumm!

*Der Knall erschütterte meinen ganzen Körper, und ich sah, wie Daddys Hand hochgeschleudert wurde. Bei meiner 32-20er verspürte ich kaum einen Rückstoß, aber die 45er konnte einen schon umwerfen. In den Western benutzt man nie Waffen mit starkem Rückstoß; schießt man jedoch mit einem richtigen Gewehr, ist der Rückstoß überraschend hart; aus diesem Grunde waren Daddys übrige Waffen mit Schulterpolstern versehen.*

*Das Echo hallte über den See zurück, als ich das Fernglas an die Augen hob.*

*Die Zielscheibe füllte das gesamte Objektiv aus, sie schien sehr nahe, und das Fernglas gab ihr eine grobkörnige Struktur. Direkt in der Mitte konnte ich ein großes Loch erkennen, und drei weitere, etwas kleinere Einschüsse befanden sich unweit davon entfernt.*

*"Du hast genau ins Schwarze getroffen!"*

*Um den Holzblock herum entdeckte ich in dem grobkörnigen, etwas schneeigen Bildausschnitt meines Fernrohrs verstreute Holzsplitter, die vom Einschlag früherer Kugeln stammten; und etwas weiter entfernt, im Walde, an eben der Stelle, wo Tom und ich vor langer Zeit im Winter das Gestrüpp abgebrannt hatten, schienen sich Dickicht, Farn und noch sehr junge Blaubeerbüsche breitgemacht zu haben.*

*Ich hielt das Fernglas verkehrt herum vor die Augen und beobachtete Daddy durch das dickere Ende. Es sah aus, als sei er weit von mir entfernt. Er spannte die 45er erneut, um zum zweiten Mal zu schießen. Ich hoffte, die Verkleinerung seiner Person würde auch den Krach verringern.*

Bumm!

*Er wandte sich um und sah mich erstaunt an.*

*"Was machst du denn da?"*

*"Ich habe einfach das Fernglas umgedreht. Du hast so viel kleiner ausgesehen." Das Echo überfiel uns wie ein schwerer Platzregen.*

*"Daddy, darf ich bei dir bleiben, wenn dieser Streit vorüber ist?"*

*"Ich denke schon, Peter. Ich hoffe, wenn erst alles vorbei ist, können wir endlich wie eine richtige Familie leben und mit Aurora glücklich werden."*

*Aurora war Daddys neue Freundin. Ich wußte nicht, ob ich sie mochte oder nicht. Sie wohnte in Washington D.C., und Daddy wünschte von ganzem Herzen, daß ich eine tiefe Zuneigung zu ihr entwickeln möge. Er erzählte eine Weile von ihr und kam dann auf die Berufung zu sprechen."Es wird sich bald entscheiden, ob ich ins Gefängnis muß oder nicht. Ich meine schon, daß der Berufung stattgegeben wird, denn die Verhandlung hat, glaube ich, deutlich gezeigt, worum es uns geht. Es ist eine regelrechte Verschwörung gegen mein Projekt im Gange, Peter. Irgendwo stört es irgend jemanden, wenn meine Arbeit über Orgonenergie weitergeht. Mir ist zwar recht unklar, warum, obwohl mir so langsam ein Licht aufgeht. Du mußt begreifen, daß ich vielleicht umkommen werde. Jemand könnte versuchen, mich umzubringen."*

*Er hielt inne und schaute mich ernsthaft an. "Peeps, lauf nicht weg, laß du mich nicht auch noch im Stich."*

*Alle ließen sie uns im Stich. Am Tage der Verhandlung schickten sie mir ein Grußtelegramm. Darin nannten sie mich einen Leutnant. Ich wäre gern bei der Verhandlung dabei gewesen, aber ich mußte in die Schule gehen. Der Grund der Anklage war, daß alle vor der Orgonenergie Angst hatten. Sie sagten, Daddy dürfe es keinem Menschen mehr erlauben, Akkumulatoren zu benutzen. Aber Daddy hielt sich nicht daran, und daher versuchten sie jetzt, ihm etwas Böses anzutun. Ich will tapfer sein.*

*"Was auch immer geschehen mag, ich möchte, daß du tapfer bist und dein eigenes Leben lebst. Aus diesem Grunde ist es besser für dich, wenn du während dieser Zeit bei deiner Mummy lebst und ein Internat besuchst. Es ist wichtig für dich, Freunde um dich zu haben und in einer Atmosphäre aufzuwachsen, die nicht so spannungsgeladen ist. Du mußt dein eigenes Leben leben. Und was immer mir auch zustößt, du mußt stets tapfer sein."*

*Ich preßte mich so fest an ihn, daß wir beide den Druck des Fernglases spüren konnten. Am liebsten hätte ich geheult, aber dazu war jetzt keine Zeit. Wir mußten gefaßt sein.*

*"Ich verstehe schon", sagte ich, "und ich verspreche dir, immer tapfer zu sein."*

*Ich schaute ihm voll in die Augen, und wir mußten beide lächeln. Danach ging er ins Haus hinein, um zu arbeiten.*

*Eine ganze Weile blieb ich allein an der Brüstung zurück und betrachtete Orgonon durch das Fernglas. Toreano führte gerade seine Truppe durch den Wald und winkte. Ich war stolz darauf, Orgonon zu beschützen.*

*Nachdem ich die Waffen gereinigt hatte, ging ich durch das Arbeitszimmer, wo Daddy über seinen Forschungen saß, und stieg die Treppe zum Dach hinauf.*

*In dem kleinen Raum auf dem Dach des Observatoriums war ein winziges Labor eingerichtet. Ein Pendel hing von der Decke herab; ich versetzte es in langsame Schwingungen. An der Tür, die auf das Dach hinausführte, drückte ich auf einen Knopf am Oszilloskop; die Schlange auf dem Schirm begann zu tänzeln. Manchmal ließ mich Daddy an den Knöpfen herumspielen, dann verwandelte ich die Schlange in einen Punkt und den Punkt wiederum in eine Linie.*

*Durch das Fenster konnte man noch immer vereinzelte Wasserperlen auf den nassen Bohlen unter der Dusche schimmern sehen. Ich hielt mir das Fernglas vor die Augen und stellte die Entfernung so gering ein, daß die nassen Bretter der Dusche völlig unscharf wurden und ganz verschwommen in den unterschiedlichsten Farben funkelten. Die unscharfe Einstellung wirkte wie ein Prisma, das* die Strahlen brach, so daß jeder Wassertropfen gegen die farblos-braunen Bretter in rot, blau und gelb glitzerte.

Ich richtete mein Fernglas in die Höhe und betrachtete den Horizont; keine klare Grenze zwischen Himmel und Bergen war auszumachen. Unterhalb dieser verschwommenen Linie leuchtete das verschwommen-rote Dach der unteren Hütte inmitten der Bäume, die wie grüne Farbkleckse aussahen, und auch die Straße, auf der irgend etwas lustig einherfunkelte, schien ihre Umrisse verloren zu haben. Ich drehte an der Schärfeneinstellung, und das tänzelnde Funkeln blieb fest auf der Straße, wurde immer schärfer, bis es sich als ein blitzendes, schwarzes Auto entpuppte, das langsam die Straße entlangfuhr und das Regierungsemblem an der Seite trug.

"Daddy! Daddy!" rief ich, während ich die Treppe hinunterrannte, "Daddy! Sie sind da! Sie kommen! Die Agenten sind da!"

Daddy stand abrupt vom Tisch auf und eilte auf die Veranda, ich rannte hinter ihm her. Sein Gesicht war sehr ernst.

"Gib mir das Fernglas."

Er richtete das Fernglas auf die Straße unten am Labor, wo die schwarze Limousine in der Auffahrt parkte. Ich hielt den Atem an, bis mein Herz zu hämmern anfing.

"Was sind das für Leute, Daddy? Kommen sie, um dich abzuholen?" Ich hatte solche Angst. Daddy hatte immer gesagt, sie müßten ihn in Ketten legen, um ihn von hier fortzubringen.

"Ich habe keine Ahnung. Warte."

Er stand ganz still und hielt das Fernglas mit beiden Händen. Der schwarze Wagen hielt noch immer in der Auffahrt. Unsere Mannlicher war mit einem Zielfernrohr ausgerüstet, wir könnten sie also von hier aus kriegen.

"Was tun sie?"

"Ich weiß nicht. Ganz einfach da 'rumsitzen."

Vielleicht konnte Daddy ihre Gesichter durch das Fernglas erkennen. Alles, was ich sehen konnte, war das Auto. Ich hatte erst ein einziges Mal mit einem Zielfernrohr geschossen, aber das Fadenkreuz machte das Zielen einfach.

*Der Wagen setzte sich in Bewegung, fuhr ein Stück die Straße hin-auf und hielt genau an der Stelle, wo das Schild mit der Aufschrift* Nur nach Vereinbarung *angebracht war. Dann rollte er bis zur Bie-gung zurück, wobei er die ganze Zeit in der Sonne blitzte und blink-te. Der Wagen wendete und fuhr die Straße hinab, er entfernte sich immer mehr von Orgonon in Richtung Stadt. Das Fernglas verfolg-te das Auto, bis es außer Sicht war.*

*"Hm, hm, hm. Nun ja, vielleicht melden sie sich sogar mal an." Er drehte sich um und kehrte in sein Arbeitszimmer zurück.*

*"Glaubst du, daß sie wiederkommen?"*

*"Ja, aber ich glaube, das nächste Mal werden sie sich vorher telefo-nisch ansagen. Ich meine, wir haben letztes Mal unsere Einstellung recht klargemacht."*

*Seit langem führten Daddy und Bill Waffen im Auto mit, denn die Agenten kamen zu jeder Zeit, ohne sich anzumelden oder um einen Termin nachzufragen, sie kamen einfach herauf. Das brachte Daddy zur Weißglut. Und die Leute schossen auch Löcher in unser Orgonon-Schild. Das versetzte Daddy noch mehr in Wut. Bei einer solchen Gelegenheit hatte mich Daddy gebeten, von jetzt an eine Pfeife bei mir zu tragen. Er gab mir eine glänzende Polizeipfeife aus Metall, die an einem ungegerbten Lederband hing und die ich um den Hals tragen sollte, wenn ich draußen in den Feldern spielte. Falls jemand versuchte, mich festzunehmen, brauchte ich nur zu pfei-fen.*

*Er saß an seinem Schreibtisch und kurbelte am Telefon herum; er wartete, daß das Fräulein vom Amt sich meldete. Hm, hm.*

*"Ja, Vermittlung. Können Sie mich bitte mit sechs-vier-null-drei verbinden?"*

*Während er wartete, bis die Vermittlung die gewünschte Nummer in der Leitung hatte, setzte er sich die Brille auf und schob einige Papiere, die auf dem Tisch lagen, beiseite. Dann sah er mich über die Brille hinweg an.*

*"Warte noch einen Augenblick, geh noch nicht hinaus. Ja? Moise!" Er gab mir einen Wink, ich solle mich setzen. Ich ließ mich in*

*einen der großen, weichen, grauen Sessel nahe dem Kamin plump-*
*sen und spielte mit dem Finger auf einer der komischen weichen*
*Stellen herum. Ich rubbelte den weichen Stoff hin und her.*

*"Moise. Dr. Reich am Apparat. Ja. Wir haben gerade beobachtet,*
*wie ein Auto vor unserem Tor hielt, und wenn ich mich nicht irre,*
*waren das wieder mal die Leute von der Food and Drug Admini-*
*stration. Ich habe durch das Fernglas geschaut und meine, auch ei-*
*nen U.S. Polizeihauptmann erkannt zu haben. Ja. Wegen der Akku-*
*mulatoren."*

*Bills Stimme an meinem Ende des Raumes klang sehr hoch und*
*gewunden, aber ich konnte nicht verstehen, was er sagte.*

*"Ja. Sie sind wieder weggefahren, ohne uns hier zu belästigen, und*
*ich nehme an, daß sie anrufen werden, bevor sie wiederkommen.*
*Ich glaube, wir haben unseren Standpunkt klargemacht. Können*
*Sie nicht sofort herüberkommen? Ja? Gut."*

*Bills gewundene Stimme verklang. Daddy sah auf seine Uhr.*

*"Nein. Ja. Mr. Ross wird auch in Kürze vom Essen zurück sein.*
*In Ordnung. Bis bald. Tschüs."*

*Nachdem er aufgelegt hatte, verstaute er einige Papiere und schlug*
*eines der roten Bücher auf. Ich hörte seine Feder einige Minuten*
*lang über das Papier kratzen, und der weiche Stoff des grauen Sessels*
*bewegte sich unter meinem Finger. Die Wanduhr tickte hörbar.*

*"Daddy?"*

*"Ja."*

*"Was wird nun geschehen?"*

*"Hast du Angst?"*

*"Ich glaub, schon ein bißchen. Ich will nicht, daß sie dir weh tun."*

*"Komm mal her."*

*Er rückte seinen Stuhl vom Tisch ab und streckte mir die Arme*
*entgegen. Ich rannte über den Teppich zu Daddy.*

*Er legte mir die Hände auf die Schultern und sah mich tief an.*

*"Schau mich mal an, Peeps." Er machte ein betrübtes und trauri-*
*ges Gesicht, und ich konnte seine Wärme fühlen und das Öl auf*
*seiner Haut riechen. Daddy benutzte wegen seiner Hautkrankheit*

Baby-Öl, und manchmal duftete er genauso wie ein Baby. Seine Augen waren immer so gut zu mir, daß ich am liebsten geweint hätte.

"Peeps, du bist wirklich ein guter Soldat, und du bist auch tapfer. Aber du mußt noch härter werden. Wir kämpfen einen harten Kampf gegen die lebensvernichtenden Kräfte. Das ist manchmal sehr schwer. Viele Leute sind schon einfach davongelaufen. Du bist sehr tapfer gewesen."

Ich nickte schweigend. Es überforderte uns alle: Oranur, die fliegenden Untertassen, der Wolkenbrecher und die Food and Drug Administration. Viele Leute hielten Daddy für übergeschnappt. Wir waren von Schnüfflern umgeben, die den Orgonmotor stahlen. Und alle, die davonrannten, außer mir, Bill, und Eva, hatten Angst vor der Wahrheit. Wir aber kannten die Wahrheit.

"Du weißt doch, Peeps, vor einigen hundert Jahren grassierte eine Krankheit, die man Schwarze Pest nannte. Sie verbreitete sich über ganz Europa und tötete Tausende und Abertausende von Menschen. Viele berühmte Ärzte bemühten sich mit ganzer Kraft darum, diese Menschen zu heilen; sehr oft setzten sie ihr eigenes Leben dabei aufs Spiel und wurden selbst Opfer der Schwarzen Pest. Ich habe entdeckt, daß in der heutigen Zeit eine ganz andere Art von Pest umgeht.

Es ist eine Pest, die die Gefühlswelt zerstört und von innen kommt. Sie tötet die Fähigkeit der Menschen, Emotionen zu empfinden und läßt ihre Leiber verhärten. Sie veranlaßt sie zur Lüge, zum Klatsch und zum Herumspionieren. Die Zerrüttung und das Absterben der Gefühlswelt, die emotionale Pest, sind viel gefährlicher als die Schwarze Pest, denn die Menschen, die davon befallen sind, wünschen keine Heilung. Voller Wut wenden sie sich gegen jeden, der versucht, ihnen zu helfen, denn sie schleppen diese Krankheit schon so lange mit sich herum, daß sie ihnen als normal erscheint. In ihrem Wahn halten sie sich selbst für gesund. Aus diesem Grunde greift man auch mich an. Ich habe versucht ihnen beizubringen, daß ihr Haß ihnen nichts nützt, und gerade deshalb hassen sie mich. Aber, erinnerst du dich, wir haben dieses Problem schon viele Male diskutiert?"

Ich nickte, und mein Blick hing an seinen Augen; ich kam einfach nicht davon los.

"Der Haß und die Angriffe gegen mich begannen schon vor langer Zeit, als ich gezwungen war, Deutschland, Österreich, Dänemark und Norwegen zu verlassen. Schon seit jenen Jahren verbreiten Leute, die Angst haben vor dem, was ich ihnen zu sagen habe, das Gerücht, ich sei von Sinnen. Auch hier in Amerika hat man mich aus den Berufsverbänden ausgesperrt und, wie du weißt, von seiten der Regierung unablässig attackiert. Du weißt auch, daß man befohlen hat, noch diese Woche einige meiner Bücher zu verbrennen.

Ich kann nicht begreifen, wie so etwas möglich ist, und dennoch geschieht es laufend. Seltsame Dinge haben sich in diesem Lande zugetragen: das Verschwinden des Orgonmotors, die Einstein-Affäre, die Luftwaffe ... das alles weist auf eine unglaubliche Verschwörung hin. Es ist einfach beängstigend. Natürlich ist es beängstigend. Sie würdigen meine Arbeit keines Blickes, ihre Angriffe richten sich gegen meine Person. Peeps, kein Mensch wehrt sich in dieser Weise, wenn er nicht selbst vor Angst fast stirbt; und sie haben Angst - Angst vor der Wahrheit der kosmischen Orgonenergie. Sie haben Angst vor dem Leben. Aber, was immer auch passiert, Peeps, ich werde mich nicht beirren lassen, ich werde meine Arbeit nicht einstellen. Egal, was passiert, die Arbeit muß weitergehen. Nichts kann die Wahrheit aufhalten. Kein Gesetz kann der wissenschaftlichen Forschung Einhalt gebieten. Das ist der Grund, warum wir kämpfen, und das ist auch der Grund, weshalb ich vielleicht sterben muß. Die Wahrheit ist tödlich, und sie wissen, daß ich recht habe. Die Pest, die die Seele und das Gefühl zerstört, kann töten.

Auch vor Gericht habe ich versucht, meine Erkenntnisse darzulegen, aber sie hörten mich nicht an. Ich habe sie darauf hingewiesen, daß ein Gerichtshof sich kein Urteil über die grundlegenden Prinzipien der Wissenschaft anmaßen darf, doch sie lehnten es ab, die wahren Probleme ins Auge zu fassen. Es ist daher bedeutungslos, daß sie mich für schuldig befunden haben, denn selbst wenn die Berufung abgelehnt wird, bleiben wir Sieger. Darum ist dies ein so bedeutender

Kampf, und darum mußt auch du tapfer sein. Es ist ein hartes Brot, für die Wahrheit einzutreten, aber es ist von größter Wichtigkeit. Allein darum habe ich dich immer ermahnt, niemals zu lügen.

Nun hör gut zu. Ich möchte, daß du zum Labor gehst. Sobald Moise eintrifft, bitte ihn, unverzüglich hier heraufzukommen, und wenn Mister Ross vom Essen zurückkehrt, sag ihm, ich möchte, daß auch er hierher kommt. Falls die Männer von der Food and Drug Administration sich nochmals sehen lassen, ist es deine Aufgabe, das Auto am Labor abzufangen. Du rufst mich dann an und fragst, ob ich hinunterkomme oder ob sie heraufkommen sollen. Laß sie auf keinen Fall heraufkommen, ohne vorher anzurufen. Begriffen?"

"Geht klar." Ich wollte mich sofort in Bewegung setzen, doch er hielt mich zurück.

"Peeps?"

"Was ist?"

"Schau mich an."

Als ich gerade um das Observatorium bog, um den Berg hinunterzugehen, hörte ich das Telefon läuten. Ich hatte keine Ahnung, was als nächstes passieren würde; dennoch verspürte ich keinerlei Angstgefühl. Toreano kam mir mit einem Pony am Zügel entgegen, und wir ritten gemeinsam den Berg hinab.

Daddy war so außergewöhnlich ernst und besorgt. Ich wußte, es gab eine Menge unangenehmer Dinge, die die Leute ihm nachsagten. Eines Tages, vor langer Zeit, als ich allein im Observatorium herumstöberte, fand ich im Keller einen ganzen Stapel Zeitschriften. Die Titelbilder zeigten zumeist Mädchen mit fast völlig entblößten Brüsten oder Filmstars. Auf einer stand Unzensiert. Ich begann, eine der Zeitschriften durchzublättern, weil es mich erregte, die weichen, wohlgeformten Brüste und Beine zu betrachten. Hübsche Mädchen lagen mit harten Jungs im Clinch. Die Jungs trugen Bürstenhaarschnitt und Hakenkreuz. Aber das war fuck!

Dann entdeckte ich ein Bild, auf dem ein nacktes Mädchen seine Brüste hüpfen ließ, mit einer Reihe Akkumulatoren im Hintergrund.

*Männer starrten aus den Akkumulatoren auf das Mädchen, und im Text hieß es, die Männer masturbierten gerade, wobei ihnen die Akkumulatoren - nur nannten sie sie Orgon-Kästen - den höchsten Orgasmus verschaffen sollten.*

*Ich habe noch niemals masturbiert, aber wenn ich es einmal tun sollte, wird es mir Spaß machen. Und es macht mir auch nichts, daß die Leute, nur weil sie krank sind, behaupten, es sei ungesund. Daddy hat gesagt, ich könne Vaseline oder Öl benutzen, um mir den Penis einzureiben. Ich verstand nicht, warum, aber Daddy meinte, ich solle einfach abwarten.*

*Ich nahm eine andere Zeitschrift zur Hand; darin fand ich nicht so viele Bilder, aber dafür einen Artikel, daß wir Orgonon mit Maschinengewehren bewachen ließen und daß eine Menge nackter Leute auf dem mit Stacheldraht eingezäunten Gelände herumliefen. Aber soweit ich mich erinnerte, war ich der einzige Mensch, der häufig nackt herumlief. Es machte mir richtig Angst, daß die Leute so etwas annahmen. Außerdem: Ich habe schon Akkumulatoren ausprobiert und mich danach viel wohler gefühlt als zuvor. Mummy benutzte sie, als sie die Hand verbrannt hatte, und sie heilte viel schneller als gewöhnlich. Daddys Akkumulator hat sogar Licht innen drin, so daß man lesen kann, und wir besitzen auch einen mit einem Brett darin, für die Brust.Ich mag es, denn es verschafft einem ein prikkelndes und warmes Gefühl, und dann ist es Zeit aufzuhören und herauszuklettern. Als ich mir zum Beispiel mit dem BB-Karabiner um ein Haar den Finger abgeschnitten hätte, legte ihn Daddy vor die Orgonkanone und erklärte mir: Warte, bis es zu kribbeln anfängt, dann nimm ihn weg. Das Kribbeln bedeutet, daß wieder Leben in der Hand ist und das Blut pulsiert.*

*Auch als ich meine Hand in die Mangel unserer Waschmaschine gesteckt hatte, benutzte ich die Orgonkanone. Ich half damals gerade Mummy, die Wäsche durch die Mangel laufen zu lassen; eine ganze Weile starrte ich gebannt auf die Wäsche, die zwischen den beiden weißen Rollen verschwand und auf der anderen Seite ganz zusammengepreßt und glatt wieder herauskam.*

*Ich sah also zu, wie nasse, schwere, verknitterte Wäsche in die Mangel hineinlief und geglättet wieder herauskam, und ganz plötzlich hob ich unversehens meine Hand hoch und ließ sie hinter einem Kopfkissen durch die Rollen laufen. Mummy schrie entsetzt auf, als meine Finger auf der anderen Seite herausschauten; bevor meine ganze Hand durch die Mangel laufen konnte, hatte Mummy bereits nach oben gelangt und den Ausschalthebel heruntergepreßt. Die Rollen öffneten sich sofort einen kleinen Spalt. Mummy nahm meine Hand in die ihre, und wir gingen zur Veranda hinüber, wo Daddy saß und las. Warum hast du das getan, fragten mich beide. Ich antwortete, daß ich keine Ahnung hätte. Daddy regte sich fürchterlich auf, aber er ging schnurstracks die Orgonkanone holen und legte den Trichter über meine Hand. Schon nach wenigen Minuten begann es zu prickeln, und ich fühlte mich sogleich wesentlich besser. Daddy hat immer behauptet, es sei ein Zeichen von Krankheit, wenn man starrt.*

*Als wir am Laboratorium ankamen, befahl ich Toreano, die Truppen draußen in Position zu bringen. Er ritt davon, und ich kramte den Schlüssel aus dem Versteck hervor und öffnete die Labortür.*

*Sobald ich die Tür geöffnet hatte, schlug mir der frische, trockene Geruch von Chemikalien entgegen. Drinnen war es sehr kühl, und den abgestandenen Dunst von Chemikalien überlagerte der üble Gestank des Oranurs, der sofort Kopfschmerzen verursachte. Das Labor hatte sich seit den Oranur-Experimenten kaum verändert; es war immer noch so stark geladen, daß es außer Betrieb bleiben mußte. Seit vier Jahren hatte niemand mehr darin gearbeitet. Die wissenschaftlichen Gerätschaften hatte man zum größten Teil ins Observatorium transportiert; verblieben waren einzig ein paar Tische, Stühle, Vitrinen, leere Gläser, Kisten und der Geruch. In der Nähe der Tür lagerten einige Akkumulatoren, die die Leute aus Angst vor der Food and Drug Administration nicht zu benutzen gewagt und zurückgeschickt hatten. Die Food and Drug Administration setzte die Leute unter Druck und jagte ihnen Angst ein.*

*Da alles ruhig war und ich keine Autos entdecken konnte, stöberte ich ein bißchen in den kleinen Hinterzimmern herum. Die Farbe* des Warmwasserboilers im Badezimmer blätterte langsam ab, und der Fußboden quietschte bei jeder Belastung. Im nächsten Zimmer befanden sich größere Mengen Gesteins- und Holzproben, die durch DOR zersetzt worden waren. Fast alle Regale enthielten Gläser mit verrotteten Proben und Steinen, an denen vergilbte Papierfetzen mit Daten und Ortsnamen klebten. Auf dem Regal standen Flaschen mit sonderbarem Inhalt; in einer schwamm zum Beispiel eine gelbliche, quallige Masse in einer klaren Flüssigkeit.

Einmal, als Leute da waren, führte mich eine Dame in diesen Raum und zeigte mir jene Flasche. Sie erklärte mir, es sei ein Tumor, und knöpfte sich die Bluse auf. Ihre Haut glänzte verführerisch in dem weichen, gelblichen Licht, das durch das Fenster fiel und durch die Unterwäsche hindurch bis auf ihre weichen Brüste drang; es ließ sie zart und sanft erscheinen. Dann entfernte sie die andere Seite ihrer Bluse, und an der Stelle, wo man die andere Brust erwartet hatte, sah ich viele Bandagen. Sie behauptete, das Ding im Glas sei der Tumor; ich versuchte ernsthaft zu bleiben, aber ich hatte Angst.

Piep! Piep!

Tom hielt mit dem Bulli vor dem Laboratorium und lehnte sich aus dem Wagenfenster. Ich lief zu ihm hinaus.

"Hallo, Tom."

"Tag, Pete. Die Tür zum Labor stand offen, und da wollte ich mal reingucken, ob du's bist."

Er lehnte sich zurück, als ich zu ihm ans Fenster rannte. Seine Hand, die auf dem Gangschaltungsknüppel ruhte, vibrierte im Takt des Motors. "Was machst du hier so mutterseelenallein?"

"Tom, eben waren einige Agenten hier, sind aber sofort wieder abgehauen. Daddy läßt dir bestellen, du sollst sofort zum Observatorium 'raufkommen."

Tom guckte die Straße hinauf und wollte gerade den ersten Gang einlegen. Dann drehte er sich um und schaute zu mir zurück.

"Und was ist mit dir? Bleibst du hier unten?"

"Ja. Bill soll angeblich auch gleich hier sein, und ich muß ihm sagen, daß er sich schleunigst auf den Berg begeben soll. Und dann, *falls die Agenten zurückkommen, muß ich sie hier anhalten und telefonisch Bescheid geben."*

*Tom legte den ersten Gang ein.*

*"Das wär's. Sei vorsichtig."*

*"Alles klar, Tom."*

*Er nahm den Fuß von der Kupplung und fuhr langsam den Berg hinauf. Ich ging auf die Straße und sah ihm so lange nach, bis die hintere Wagenklappe am ersten kleinen Hügel hinter den Bäumen verschwand. Ich überquerte die Straße und ging zwischen Scheune und Maschinenschuppen entlang auf den harten, bemoosten Dreckhaufen zu. Mein Schwanz lag weiß in meiner Hand, als ich mich breitbeinig zum Pinkeln hinstellte. Die Vorhaut war bis zur Spitze völlig zugekrempelt und zusammengezogen, so daß sich die Pisse erst einen Weg bahnen mußte, bevor sie als gelber, plätschernder Strahl auf den Abfallhaufen traf. Möglicherweise strullte ich gerade auf das Experiment 20. Man hatte es hier vor vielen Jahren eingegraben, vielleicht damit es der Erde näher war oder irgendsowas. Experiment 20 - ich nannte es gewöhnlich XX - war von vorrangiger Bedeutung. Geraume Zeit hindurch, als die Leute noch da waren, standen sie mit ihren Mikroskopen an den großen Tischen im Labor, an denen eifrig gearbeitet wurde, und hielten Glasfläschchen in die Höhe. Jeder sprach ausschließlich von dem Experiment, und dann, eines Tages, gingen sie alle hier hinaus, standen mit ihren weißen Mänteln andächtig zwischen den Bäumen und übergaben es der Erde. Ich beobachtete alles sehr genau von meinem Baumhaus aus.*

*Ich schüttelte die letzten Tropfen ab, sackte ihn wieder ein und ging durch das Gras auf die Wolkenbrecher-Plattform nahe dem Labor zu. Wir besaßen eine ganze Reihe Wolkenbrecher, einige auf Traktoren, einige auf Rampen. Einer stand am Labor und einer oben am Observatorium. Durch diese Anordnung konnten wir bei größeren Operationen gleich mehrere Wolkenbrecher einsetzen. Wie eine Armee.*

*Auf der Rampe stand ein Werkzeugkasten, den Tom gebaut hatte. Er hatte schon eine ganze Menge Dinge gebaut. In der Kiste lagen*

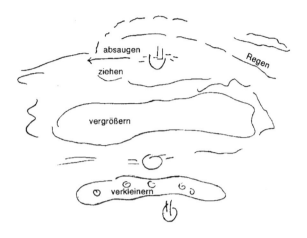

einige große Steine und ein zusammengefaltetes Stück Papier. Es war ein alter Plan, auf dem ich aufgezeichnet hatte, wie man Regen macht.

Wenn wir eine große Absaugoperation durchführen, benutzen wir mehr als einen Wolkenbrecher und verwenden ein besonderes System, um den anderen mitzuteilen, aus welcher Richtung wir absaugen, denn die Entfernung zwischen den einzelnen Wolkenbrechern ist bisweilen groß. Bei unserem System gebrauchen wir Pfeifen. Meine Metallpfeife mit dem ungegerbten Lederband ist am lautesten; darum bleibe ich gewöhnlich bei Daddy und gebe seine Befehle weiter. Ein Pfiff bedeutet Norden; drei lange Pfiffe sind Westen. Vier ist Süden, weil das so selten vorkommt, und drei kurze bedeuten Osten. Zwei ist Zenit. Zenit bedeutet, daß die Rohre senkrecht gestellt werden, aber das Wort hört sich an wie Gott oder ein Ort in Kalifornien. Zenit ist wie ein Ort der Sammlung. Nach einigen Minuten Absaugoperation ist Zenit wie das Zusammenziehen des Zugbands an meinem gestreiften Murmelbeutel und als wollte man den Himmel zusammenhalten. Wenn er erst einmal im Beutel ist, kann man das Band wieder lockern und mit den Wind, den Wolken und der Energie allerlei Sachen machen.

Manchmal stoßen wir Löcher in die Wolken, und manchmal vereinigen wir mehrere Wolken. Ein anderes Mal, wenn es ein schlechter Tag ist, setzen wir sie nur in Bewegung, und zeitweilig spielen wir einfach und fangen den Wind ein. Einmal näherte sich ein fürchterlicher Hurrikan. Der Radiosprecher bezeichnete ihn als sehr gefährlich, da er direkt auf die Küste von Maine losbrauste. Wir begaben uns alle hinaus und hantierten mit unseren Gerätschaften, worauf der Hurrikan verschwand. Der Ansager zeigte sich sehr verblüfft und sagte, es mute seltsam an, daß der Hurrikan sich ganz plötzlich und ohne ersichtlichen Grund gedreht und Kurs auf den Ozean genommen habe. Wir waren alle sehr stolz. Daddy meinte, wir seien Menschen der Zukunft.

Er schrieb in dieser Sache einen Brief an die Luftwaffe, wie er es auch im Fall der fliegenden Untertassen getan hatte, und an das Wetteramt. Aber er erhielt keinerlei Antwort. Er nannte es einen Teil der Verschwörung. Diese Verschwörung besteht darin, daß die Kommunisten und Gangster, die in der Regierung sitzen - die HIGs -, es darauf abgesehen haben, uns fertigzumachen; zum entscheidenden Schlag können sie aber nicht offen ausholen, da sie ja hinterhältige Schleicher sind. Die Verschwörung bringt es mit sich, daß Präsident Eisenhower und die Luftwaffe, obwohl sie auf unserer Seite stehen und wissen, was gespielt wird, nicht einschreiten und uns helfen können. Ansonsten sind alle gegen uns, und darum werden sie heute kommen.

Und darum muß auch ich ein guter Soldat sein. Daddy hat in der österreichischen Armee gedient, und Bill war bei der Marine. Jetzt ist Bill Major, und ich bin Leutnant im Korps der Kosmischen Ingenieure. Daddy ist der General.

In meiner anderen Rolle bin ich allerdings Leutnant Cohill aus Der Teufelshauptmann.

Toreano kam mit der Nachricht herangeritten, Bill sei im Anmarsch; daher ging ich ins Labor zurück und wartete auf ihn. Sein grüner Kombiwagen tuckerte die Straße herauf. Er bog in die Auffahrt ein, und als er sich näherte, nahm ich Hab-Acht-Stellung ein und grüßte. Er beugte sich zum Fenster herüber, als er vorbeifuhr, und erwiderte meinen Gruß.

*"Viel Glück, Herr Leutnant!"*

*"Danke, Herr Major!"*

*Bevor ich mich ins Laboratorium zurückbegab, sprang ich von der Veranda hinunter und ging auf die Wiese hinaus. Ich wandte mich dem Wald zu und salutierte.*

*"In Ordnung, Männer! Es wird ein hartes Stück Arbeit." Die Offiziere und Feldwebel saßen aufrecht in ihren Sätteln, eine ausgerichtete Linie vor den Bäumen. Die trockenen Blätter der Pappeln rauschten über ihren Köpfen, und ihre gelben Halstücher flatterten im Wind. "Ich ermahne euch, seid tapfer und haltet durch wie gute Soldaten. Es ist ungewiß, was uns heute bevorsteht, doch ich erwarte, daß ihr euch jederzeit bereithaltet. Wir dürfen den General nicht im Stich lassen. Bezieht eure Stellungen. Wegtreten."*

*Wieder im Labor, durchquerte ich den großen Raum der Länge nach, ging zum Telefon und schaute aus dem Fenster. Alles schien ruhig, bis auf die Grille, die ab und an zirpte. In Wirklichkeit war die Grille ein indianischer Scout. Raben krächzten in den Bäumen.*

*Auf dem Tisch, gleich neben dem Telefon, lag ein altes, olivgrünes Teleskop, das gänzlich zugestaubt war. Früher, als das Labor noch nicht geschlossen war, habe ich oft damit gespielt, denn es hatte eine Skala, mit der sich die Farbe des Bildausschnittes verändern ließ. Daddy benutzte es, um die Orgonenergie über die Felder strömen zu sehen. Ich schaute hindurch, und es verwandelte Orgonon in ein sauberes Rechteck, als sei es eine gutgetroffene, brandneue Ansichtskarte in einem Fotoladen. In der oberen rechten Ecke kam die Straße oberhalb der Apfelbaumbepflanzung aus den Bäumen. Sie verlief quer durch das Bild, unter dem roten Dach der unteren Hütte vorbei und über die Biegung bis zum Laboratorium. Klick. Alles war in Gelb getaucht, in strahlendes Gelb, als hätte sich die Sonne vom Himmel herabbemüht und über die ganze Welt ausgebreitet. Klick, alles grün und dunkel wie in einer Traumnacht. Klick, leuchtend rot, als ergösse sich ein rotes Feuer über die Bäume, die Straße, ja sogar über unser ohnehin schon rotes Dach. Klick. Ganz normal. So wirklich und scharf, daß es mit seinem grünen Gras, dem blauen*

*Himmel und den dunklen Bergen wahrhaftig einer Postkarte glich;*
*nichts rührte sich, außer dem schwarzen Auto, das in der oberen*
*Ecke auftauchte und sich gemächlich die Straße hinunterbewegte,*
*wobei es mich durch die Lichtfunken auf seinem Dach blendete.*

*Mir verschlug es plötzlich den Atem. Die Skala klickte langsam*
*durch rot-gelb-grün. Jedesmal, bevor die neue Farbe einrastete, ent-*
*stand ein schwarzer Fleck, der das Auto für eine Sekunde aufhielt.*
*Meine Finger bewegten sich immer schneller, denn wenn ich schnell*
*genug an der Skala drehte, würde sie den Wagen stoppen und das*
*Auto rückwärts blau in gelbes Gras und roten Wald zurückschicken.*

*Aber das Auto blieb, schwarz und glänzend, es verringerte seine*
*Geschwindigkeit kurz vor dem Labor in einem grünen Feld roten*
*Staubes.*

*Der Staub ließ sich langsam auf der glänzendschwarzen Haube*
*nieder, als ich aus der Tür trat und die Augen vor dem grellen Son-*
*nenlicht zukniff. Ich erkannte drei Männer in dem Auto. Zwei vor-*
*ne und einer hinten. Strickartige Krawatten, weiße Hemden und*
*dunkle Anzüge. Ihre Gesichter glänzten, und der Ausdruck ihrer*
*Augen war nicht vertrauenerweckend. Der Mann neben dem Fah-*
*rer lehnte sich aus dem Fenster. Er streckte mir seine Hand entgegen.*
*Sie hielt ein kleines, schwarzes Lederetui, in dem sich ein blankes*
*Abzeichen befand. Der Mann behauptete, er sei ein U.S. Marshal.*

*"Diese Herren hier sind Vertreter der Food and Drug Admini-*
*stration. Wir möchten bitte Doktor Reich sprechen."*

*Ich schaute zum Fenster hinein. Wenn ich meine Zähne zusam-*
*menbiß, sah ich tapferer aus und ähnelte mehr Gary Cooper oder so.*
*Die Agenten rührten sich nicht. Der Mann auf dem Rücksitz nickte.*
*Ich richtete mich auf und betrachtete weiterhin stumm die Männer,*
*ohne zu antworten. Schließlich platzte der Marshal heraus: "Ver-*
*dammt, wir sind angemeldet."*

*"Ist recht. Aber Sie müssen schon warten, bis ich von drinnen*
*telefoniert habe. Sie wissen ja, nur auf Vereinbarung."*

*"Ja, gut, zum Teufel, aber wie gesagt, wir sind bereits angemeldet.*
*Ich nehme an, der Doktor erwartet uns."*

"Na schön, aber ich muß trotzdem anrufen und ihm sagen, daß Sie hier sind. Es dauert ja höchstens eine Minute."

Der Marshal nickte.

Ich drehte mich um und ging ins Labor zurück, wobei ich mich angestrengt bemühte, nicht zu rennen. Ich mußte in diesem Augenblick auf jeden Fall die Ruhe bewahren und langsam machen. Meine Hand glitt über jeden Nagel in der Aluminiumleiste eines jeden Tisches, als ich das Labor durchquerte, um zu telefonieren; im Gehen wandte ich mich mehrfach um, damit ich das schwarze Auto im Auge behielt. Und tapfer.

Die Sonne bildete einen gelben Punkt auf der schwarzen Blechkiste. Die Männer unterhielten sich. Einer drehte sich um und schaute aus dem Fenster zum Labor herüber.

Mit der einen Hand drückte ich auf den Hörer, mit der anderen wählte ich. Zweimal lang und einmal kurz. Zwei lang, eins kurz. Dann nahm ich den Hörer ab. Er zitterte, daher griff ich fester zu. Daddy nahm im Observatorium ab. "Ja, Pete?"

"Daddy, sie sind hier. Einer ist ein U.S. Marshal, und die beiden anderen sind ..."

"Ja. Ich weiß. Geh, und sage ihnen..."

Draußen rutschte die Sonne langsam von dem großen Blechrumpf des schwarzen Autos. Es setzte sich in Bewegung. Es konnte doch unmöglich den Berg hinaufrollen. Daddys Stimme wand sich, und die Sonne glitt über das Heck des Autos hinweg und fiel in Wolken von Staub und Tränen.

"Daddy! Sie haben nicht gewartet!"

Tränen trübten meine Stimme und benetzten den Hörer, auf dem sie kleine, glänzende Flecke hinterließen. Das Auto verschwand um die Ecke des Labors, den Berg hinauf.

"Daddy! Sie kommen rauf! O Daddy, o Gott, sie haben nicht gewartet, sie kommen rauf, Daddy, sie kommen rauf!"

Die Sicherheitstür schlug bereits zu, noch bevor der Hörer auf den Boden knallte. Schon peitschte mir Gras an die Beine, als ich den Berg hinaufrannte. Das ganze Feld war verschwommen, und bei *jedem Ausatmen brüllte ich laut* unh, *um mir das Laufen bergauf zu erleichtern. Everett Quimby hat gesagt, wenn man mit geöffneten Händen läuft, ist man schneller; daher waren meine Hände weit offen und pendelten vor und zurück wie ein Zug, den ganzen Berg hinauf, wie ein fahrender Zug. Denn wenn ich schnell genug lief, konnte ich die Männer möglicherweise bis zur Anhöhe einholen und Daddy warnen. Was wollen sie bloß? Warum mußten sie uns immer unglücklich machen? Wenn ich nur darauf achtete, daß meine Handflächen immer* uunnh *wie ein Zug vor- und zurückpendelten, würde es schneller gehen, als wenn ich stets auf den Gipfel des Berges hinaufschaute, in der Hoffnung, das Observatorium würde endlich auftauchen. Die Hände bewegten sich schneller, und dann wurden sie mit den* unhs *langsamer. Kurz bevor ich die Anhöhe erreicht hatte, mußte ich eine Minute lang normal gehen. Dann hielt ich inne. Ich konnte kein Autogeräusch hören; durch den Krach, den der Motor beim Bergauffahren und in den Kurven machte, konnte man immer genau ausmachen, wo sich das Auto gerade befand.*

Uunnh, *ich begann wieder zu laufen, und als ich oben ankam, mit Salzkrusten in den Mundwinkeln, war nur mein eigener Atem zu vernehmen, sonst nichts. Ich rannte an der Veranda entlang zur Vorderseite des Hauses. Das schwarze Auto parkte auf dem kleinen Platz zusammen mit dem Bulli und Bills Wagen. Daddys Auto stand in der Garage. Ich rannte die letzten ausgetretenen Stufen zur Tür hinauf und bemühte mich dann, das schnelle Atmen und die* uunhs *zu unterdrücken, damit ich die Ohren spitzen konnte. Ich hörte keinen Ton. Wenn sie nun Waffen trugen…. Mit Schalldämpfern hätte ich wohl kaum Schüsse hören können.*

*Vorsichtig ging ich auf dem roten Läufer die Treppe hinauf und blieb gespannt auf dem ersten Absatz stehen, um zu lauschen; dann stieg ich die restlichen Stufen hinauf und warf einen Blick in das Arbeitszimmer. Daddy saß am Schreibtisch. Die drei Männer standen vor dem Tisch, mit dem Rücken zu mir. Am Fenster lehnten Tom und Bill. Daddy trug das rotschwarz-karierte Hemd, und die Federhalter in der Brusttasche, nahe seinem Herzen, glänzten.*

Ich verkroch mich hinter der Doppeltür, direkt unter dem Foto mit den beiden Händen und dem Energiefeld. Man kann Orgon sogar fühlen, wenn man die Handflächen ausstreckt und sie ein und aus bewegt. Ich schniefte und putzte mir die Nase.

Daddy schaute verstohlen zwischen den Männern hindurch und entdeckte mich. Er nickte und winkte mich zu sich herein. Ich rannte quer über den Teppich zu Daddy.

Die Männer drehten sich um und betrachteten mich erstaunt, als ich an ihnen vorbeistürmte und mich neben Daddy stellte, der hinter dem Schreibtisch saß. Ihre Krawatten glänzten, und ihre Münder bewegten sich; ich konnte es nicht fassen, daß eben jene Worte, die ich deutlich hörte, aus diesen Mündern stammen sollten.

"Das ist genau das, was uns aufgetragen wurde, Doktor.... Hm, sind Sie auch ganz sicher, daß Sie den Jungen dabeihaben wollen?"

Plötzlich wurde mein Rücken steif, und ich mußte mir auf die Unterlippe beißen, damit die Mundwinkel sich nicht verzogen oder zitterten.

"Ja. Das ist schon in Ordnung. Fahren Sie nur fort", sagte Daddy. Ich legte meine Hand auf die Rückenlehne seines Stuhls.

Der Marshal ergriff das Wort. Sein Haar war kurzgeschoren und an den Kopf geklatscht. Seine Kieferknochen stachen dicht an den Ohren eckig hervor.

Die beiden Männer schauten zuerst auf ihn und dann auf Daddy, die Hände hinter dem Rücken verschlungen.

"Ja, Doktor Reich, der Befehl lautet, daß die Angelegenheit heute bereinigt und erledigt werden muß, an Ort und Stelle in Orgy-non. Glauben Sie mir, es tut mir persönlich natürlich leid, Herr Doktor."

"Schon gut. Nehmen Sie es sich nicht so zu Herzen. Wir müssen alle unsere Pflicht tun, nicht wahr?"

Der Marshal versuchte zu lächeln.

"Ganz richtig, Herr Doktor Reich!"

"Na dann. Wie sollen wir denn vorgehen?"

Daddy hielt einen Bleistift in der Hand. Er drückte den Radiergummi auf die Tischplatte, ließ Zeigefinger und Daumen am Stift

*hinuntergleiten, packte den Radiergummi und drehte den Stift flink*
*um und stieß ihn mit der Spitze auf den Tisch.* Tick. *Dann ließ er*
*erneut seine Finger bis zur Bleistiftspitze gleiten und wiederholte das*
*ganze Spielchen.* Tock. *Noch einmal und noch einmal.*

*"Sollen wir es mit unseren bloßen Händen tun?"*

*Er lächelte und wandte sich Bill und Tom zu. Bill lachte laut auf*
*und nickte. Tom grinste und scharrte mit den Füßen. Die beiden*
*Männer räusperten sich verlegen und beobachteten interessiert, wie*
*der Bleistift auf und nieder tanzte.*

*"Na ja. Herr Doktor Reich, wir werden doch sicherlich irgend*
*etwas finden. Sie werden doch wohl einen Hammer, 'ne Säge, Hak-*
*ke, Axt..."*

*Ich konnte das Glühen von Daddys Kopf spüren. Um seine Oh-*
*ren herum war das Rot tiefer, und ich wußte, er sah sie jetzt sehr*
*scharf an, denn einer nach dem anderen senkte den Blick und scharrte*
*mit den Füßen. Klickend hüpfte der Bleistift rauf und runter. Keiner*
*sagte ein Wort. Der Marshal erwiderte Daddys Blick und versuchte*
*zu lächeln, aber dann verschwand das Lächeln, und er starrte auf*
*den Bleistift. Daddy strömte Wärme aus. Er roch wie ein Baby. Sein*
*rotes Hemd hob und senkte sich beim Atmen, während sein Blick*
*auf die Männer gerichtet war.*

*Mitunter hat Daddy mir vorgeführt, welchen Gesichtsausdruck*
*Geisteskranke haben. Er hielt dann plötzlich inne, ließ sein Gesicht*
*schlaff durchhängen und seine Augen trübe werden. Sein Blick rich-*
*tete sich in die Ferne. Ich stellte mich dann vor ihn, winkte nahe vor*
*seinen Augen, aber er zwinkerte nicht einmal. Es war beängstigend,*
*und ich kreischte jedesmal: Aufhören, Daddy, aufhören!*

*Wenn er dann den Spuk beendete, lächelte er und sagte, man kön-*
*ne Verrückte daran erkennen, daß ihre Augen trübe seien und keine*
*Reaktion zeigten. Aus diesem Grund machten wir stets Augen-*
*übungen.*

*Wenn Daddy wütend ist, fällt sein Gesicht herab, und sein Blick*
*bohrt sich in sein Gegenüber. Sein ganzes Gesicht läuft rot an, und*
*seine Augen brennen, daß man das Gefühl hat, man glühe wie Feu-*

er. Er sagt, die einzige Farbe, die kein Maler mischen könne, sei die Farbe von erlöschendem Feuer.

Der Bleistift stieß Tock auf den Tisch, und die Uhr über dem Kamin ging Tick, und gelegentlich fielen ihr Tick und das Tock zusammen. Nach einer sehr langen Pause sagte endlich Daddy: "Mister Ross, gehen Sie zusammen mit Pete ins Labor. Macht euch daran, die Akkumulatoren auseinanderzunehmen. Schafft auch einige Äxte herbei." Der Bleistift hielt inne, aber Daddys Augen bewegten sich nicht. Die Männer stierten noch immer gebannt auf den Bleistift.

Tom nickte. "Geht in Ordnung, Herr Doktor." Er sah mich an und nickte in Richtung Tür. Daddy wandte sich mir zu. Seine Augen ermahnten: Sei tapfer.

Die Tür des Lastwagens drückte heiß gegen meinen Arm, aber ich ertrug es.

Als wir am Laboratorium ankamen, parkten wir den Lastwagen und gingen gemeinsam in den Schuppen hinein.

"Du weißt doch, wo die Schraubenzieher sind, Pete. Warum holst du nicht schon ein paar?"

Er nahm drei glänzende, zweischneidige Äxte von der Wand, während ich mich nach dem Werkzeugkasten umtat und einige Schraubenzieher mit leuchtend-gelben Griffen herausnahm. Ich kramte meinen eigenen roten Schraubenzieher aus meinem Werkzeugkasten, steckte sie alle in meine Gesäßtasche und folgte Tom nach draußen.

Auf der Rückklappe des Lastwagens breitete Tom die drei mitgebrachten Äxte aus. Sie strahlten. Das Blatt meiner Axt war schmaler, weil wir sie im Winter oft zum Holzschlagen benutzt hatten und ihr Blatt durch das häufige Schleifen immer kleiner geworden war. Der Stiel war am oberen Ende mit Klebeband umwickelt, weil ich einmal, als ich gerade eine Axt schwingen lernte, mit dem Stiel statt mit dem Blatt gegen den Baum hieb; der ganze Stiel splitterte bis unten hin, als schlüge man mit dem dünnen Ende eines Schlägers auf einen Baseball. Tom wickelte schwarzes Klebeband um den oberen Teil, so daß die Axt wieder in Ordnung war.

Tom hat mir einen besonderen Trick beigebracht, wie man eine Axt schwingen muß; er behauptete, mit meiner Axt sei es noch einfacher, weil er sie schon viele Jahre benutzt habe, bevor er sie mir schenkte; auch der Griff war dunkler und glatter als bei den anderen Äxten, und sie roch gut.

Tom sah von der Veranda des Laboratoriums zu mir herüber. "An die Arbeit", sagte er.

Er stellte einen großen Glasbehälter auf einen der Tische und begann, die Akkumulatoren zu demontieren. Eine Schraube nach der anderen fiel in das Gefäß.

Tom konnte die Schrauben schneller lösen als ich. Er drehte sein Handgelenk einige Male, und draußen waren sie. Ich mußte mich viel mehr anstrengen und stärker drehen; aber ich wurde trotzdem ganz gut damit fertig.

Schrauben klirrten ins Glas. Tom hatte schon Tür und Seite eines Akkumulators abgebaut. Er lehnte sie gegen die Wand.

Motorengeräusche drangen durch das Fenster. Zuerst Daddys Auto, dann das der Agenten und dann Bills. Sie stiegen alle aus und begaben sich zum Labor. Ihre Schatten verdunkelten den Eingang.

Bill kam herüber, zog einen Schraubenzieher aus meiner Gesäßtasche und half beim Demontieren. Am schwierigsten war es, an die hohen Aufhängungen zu gelangen, besonders, wenn man gleichzeitig die Männer im Auge behalten wollte. Ich wünschte, ich hätte mein Gewehr irgendwo versteckt, für den Fall, daß sie irgend etwas unternehmen sollten. Die Aufhängungen sahen aus wie silberne Schmetterlinge, die sich an die blaßgelben Ecken des Akkumulators klammerten. Nachdem die Schrauben entfernt waren, purzelten sie mir in die Hand, und wenn ich einen ganzen Haufen zusammen hatte, trug ich sie zum Glasbehälter hinüber. Alle waren so schweigsam, daß es mich regelrecht beängstigte. Die drei Männer standen neben dem grünen Teleskop und blickten aus dem Fenster. Einer von ihnen machte Notizen in ein schwarzes Buch. Daddy wanderte umher, prüfte die Kisten und überwachte unsere Arbeit. Tom schaute ihn an.

"Herr Doktor, wo sollen wir die demontierten Akkumulatoren denn hinbringen?"

Die Männer sahen auf.

Daddy sagte: "Meine Herren, enthalten Ihre Weisungen auch Angaben, wo wir es tun sollen?"

"O je, nein, Herr Doktor."

"So."

Daddy ging auf die Veranda hinaus und schaute über die Wiese in Richtung Wolkenbrecher. Dann drehte er sich in die entgegengesetzte Richtung um und blickte direkt in die Sonne. Die Straße gabelte sich. Der geteerte Arm führte den Berg hinauf und bog rechts zum Observatorium ab, den anderen benutzte Tom als Treckerweg, um zum rückwärtigen Gelände zu gelangen. Ich gehe gern mit Tom mähen, bis auf ein einziges Mal, als ich vom Trecker heruntergefallen bin. Die Sonne schien auf den grasbewachsenen Platz, wo die beiden Straßen ein V formten. "Hm, hm, hm. Mister Ross?"

"Ja, Herr Doktor?" Tom ging auf die Veranda hinaus und ließ auf dem Wege eine Handvoll Schrauben in das Glas fallen. Das Glas war jetzt nahezu voll. Daddy und Tom standen etwa eine Minute schweigend auf der Veranda; dann deutete Daddy zum Hospitalgebäude hinüber, und sie kamen wieder herein.

Tom sagte: "Komm her, Pete."

Er nahm die Seite eines Akkumulators und ging zur Tür hinaus. Ich griff mir den oberen Teil und folgte ihm. Bill blieb im Labor zurück und hielt ein Auge auf die Männer. Mühsam zerrten wir die Teile die Straße hinauf und schleppten sie zu der Wiese hinüber, deren Gras von den Treckerreifen plattgewalzt worden war. Tom trottete den Treckerweg ein Stück hinunter und ging dann auf die freie Stelle zwischen den beiden Straßen zu. Er setzte seinen Teil direkt in der Mitte des Vs zwischen der Straße zum Observatorium und dem Weg zu den Feldern ab. Ich legte meinen oberen Teil darauf. Auf dem Rückweg begegnete uns Bill mit weiteren Teilen. Daddy wartete auf der Veranda. Auch die drei Männer kamen nach draußen, um das Anwachsen des Haufens besser verfolgen zu können.

*Drinnen waren noch zwei Akkumulatoren übriggeblieben; ich nahm meinen roten Schraubenzieher und begann, die Schrauben zu lösen, während Tom und Bill weitere Gänge zu dem Haufen in dem V in der Mitte der beiden Straßen unternahmen. Der Haufen wuchs immer mehr an. Dann halfen sie mir, und zu dritt nahmen wir uns den letzten Akkumulator vor und trugen ihn gemeinsam hinaus.*

*Auch die drei Männer hatten sich näher herangewagt und standen, in die Sonne blinzelnd, gleich neben dem Haufen.*

*Tom ging zum Lastwagen hinüber und nahm die Äxte von der hinteren Klappe. Er reichte eine Bill und eine mir.*

*Wir standen mit den Äxten in der Hand vor dem Haufen, als Daddy die Veranda verließ. Er schlenderte langsam über die Wiese, wobei er die drei Männer scharf fixierte. Sie standen zusammen, reckten ihre Hälse und lüfteten die Kragen ihrer Hemden.*

*"Gut", sagte Daddy. "Fangt an."*

*Ich schwangt die Axt, wie Tom es mich gelehrt hatte: Meine linke Hand habe ich unten am Ende des Stiels, die rechte gleitet hinauf, und gleichzeitig schwinge ich die Axt über meine rechte Schulter. Dann reiße ich ganz schnell die linke Hand hinunter, wobei die rechte den glatten hölzernen Stiel ganz hinuntergleitet, bis sie mit der linken zusammentrifft. Während der ganzen Zeit rolle ich, dem Schwung folgend, die rechte Schulter und drehe meine Hüfte nach links.*

*Die Blätter blinkten in der Sonne und gruben sich tief in das Celotex, die Stahlwolle und das Blech ein; in den Seitenteilen der Akkumulatoren blieben tiefe Schnitte zurück. Tom und Bill schwangen ihre Äxte ebenfalls, so daß wir alle zusammen in der Sonne schwangen:* Tschang, tschang, tschang. *Die hölzernen Leisten an den Seiten splitterten sofort weg, und nach einer Weile fiel die gesamte Verkleidung unter dem* tschang, tschang, tschang *auseinander.*

*Ich hielt einen Augenblick inne, um mich zu verschnaufen. Daddy beobachtete immer noch die drei Männer. Er sah uns überhaupt nicht. Er hatte nur Augen für sie.*

*Wir mußten lange Zeit hacken, bis jedes Verkleidungsteil ein großes Loch aufwies oder zersplittert war. Als wir fertig waren, ging*

*Tom um den Haufen herum und zog mit seiner Axt Teile heraus, um gewissenhaft zu kontrollieren, ob wir auch ja keines vergessen hatten. Bill ging zu Daddy hinüber und stellte sich den drei Männern gegenüber. Ich ging auch zu Daddy hinüber, und eine Weile lang beobachteten wir alle, wie Tom mit der Axt den Haufen durchstöberte, außer Daddy, der immer noch die drei Männer im Auge behielt.*

*Daddy sagte: "Jetzt reicht's, Mister Ross."*

*Tom wandte sich von dem Haufen ab und stellte sich neben mich. Die Teile auf dem Haufen waren zu Kleinholz verarbeitet, die Stahlwolle hing grau und flockig aus der Umrahmung.*

*Daddys Stimme war meist laut, fast ein Brüllen, aber jetzt war sie nicht laut, jetzt war sie hart und scharf.*

*"Nun, meine Herren, sind Sie zufrieden?"*

*Er wartete einen Augenblick lang. Es herrschte vollkommene Stille, bis auf ein paar Krähen, die im Ahornbaum neben dem Schuppen Lärm schlugen.*

*"Wünschen Sie, daß wir den Schrott jetzt verbrennen?"*

*Der Marshal nahm die Hände aus der Tasche.*

*"Nein, Doktor Reich, ich glaube, das genügt."*

*"Sind Sie auch ganz sicher?" Daddys Gesicht war gerötet, und seine Augen glühten.*

*"Ja, Herr Doktor, ich glaube, das ist mehr als genug."*

*"Aber wir haben Benzin! Es würde bestimmt ein schönes Feuerchen geben, glauben Sie nicht?"*

*"Ich glaube, wir müssen jetzt gehen, Doktor Reich. Wir haben nur das getan, was man von uns erwartet."*

*Die drei Männer gingen los, um den Haufen herum, zum schwarzen Auto. Daddy ließ uns stehen und eilte davon, bis er mit dem ersten auf gleicher Höhe war. Er sah ihn die ganze Zeit hart an.*

*"Wie steht's mit den Büchern? Nicht alle Bücher sind in New York! Hier gibt es auch noch ein paar, die Sie verbrennen können! Warum eigentlich nicht?"*

*"Nein. Bitte, Doktor Reich!"*

*Die Männer versuchten ihm zu entkommen, aber dann hätten sie geradewegs in den Wald flüchten müssen; daher versuchten sie, seitwärts zu ihrem Auto zu gelangen. Einer von ihnen zog ein Taschentuch aus der Tasche und wischte sich die Stirn. Er blickte zum Himmel auf. Der andere befeuchtete seine Lippen mit der Zunge. Der Marshal versuchte, Daddys Blick standzuhalten, aber seine Augen senkten sich immer wieder von selbst.*

*"Ich habe auch noch mehr Instrumente!" Daddys Stimme klang noch schärfer und ließ sie zusammenschaudern. "Ja, meine Herren. Apparate. Wissenschaftliches Instrumentarium. Möchten Sie das nicht auch noch auf dem Haufen sehen? Nein? Wirklich nicht?"*

*Der Marshal und einer der Männer gingen um das Auto herum auf die gegenüberliegende Seite und stiegen schleunigst ein. Der dritte Mann, der Fahrer, versuchte die Tür zu erreichen, aber Daddy war schneller und stellte sich vor ihn. Er stand mit gesenktem Kopf vor Daddy. Daddy sah ihn nur an. Nach einer geraumen Weile hob der Fahrer den Kopf, sah Daddy an, dann ließ er verstört den Kopf wieder sinken.*

*"Verzeihen Sie, Doktor Reich. Bitte."*

*"O ja. Ich werde Ihnen verzeihen. Natürlich." Er trat zur Seite, und der Mann drängte an ihm vorbei und schlüpfte ins Auto.*

*Daddy ging herum und blickte ihn durchs Fenster an.*

*Der Fahrer lehnte sich heraus. Sein Gesicht war ganz bleich.*

*"Doktor Reich. Mir … mir tut es leid."*

*"Ja. Ihnen tut es leid. Selbstverständlich. Tut es uns nicht allen leid? Auf Wiedersehen, meine Herren. Eines Tages werden auch Sie begreifen lernen."*

# 3

*Bisweilen mußt Du einiges Leid und die Beschränkung des Glücks hinnehmen; nur solltest Du dir dabei gewiß sein - wie Du es tust -, daß Glück so überaus wichtig im Leben ist. Es gedeiht am besten, wenn Du weißt, wie Du Dich innerlich rein erhältst. Dann verlierst Du nie die Fähigkeit, glücklich zu sein, selbst wenn die Lebensumstände manchmal sehr traurig sind und Du einsam bist.*

Wilhelm Reich in einem
Brief vom 25. Januar 1956

Gas war in meinen Augen, in süßen, schwirrenden Farben. Die Leute um mich herum sprachen wieder französisch, doch ich verstand sie nicht. Ich begriff nichts, außer daß der Traum mich ängstigte. Beim Erwachen weinte ich, denn in der Narkose hatte sich etwas Trauriges ereignet.

Der junge Arzt schaute mich mit einem Verzeihung heischenden Blick an und sagte, es sei noch immer nicht gelungen, meine Schulter wieder einzurenken. Dies sollte nun das letzte Mal sein, versicherte er mir. Er sagte, sie zögen weitere Schwestern und Assistenten hinzu, und diesmal würde es klappen.

Ich wartete auf die anderen, die kommen und helfen sollten, legte mich schwitzend auf dem Operationstisch zurück, verwirrt, weil mich ängstigte, was ich geträumt hatte, und zugleich begierig darauf, zu dem Traum zurückzufinden. Irgendwie hatte ich tief in der Narkose zwei Vorstellungsbilder miteinander verknüpft und dadurch die Trennungslinie zwischen zwei Welten überschritten. Die Träume, an die ich mich nicht erinnern konnte, waren mir ganz nahe, und doch konnte ich sie nicht verstehen. Es war etwas, so nahe und zart wie die Linie eines flimmernden Horizonts, der den Himmel von der Erde scheidet. Manchmal, wenn ich mit Tom auf dem Traktor saß, hatte mich die Nähe zwischen diesen Dingen fasziniert. Wenn ich so auf dem rumpelnden Kotflügel hockte, während Tom den Traktor steuerte, betrachtete ich den Horizont und die Baumwipfel. Tagsüber waren Bäume und Himmel ein einziges klares Bild. Dann, wenn der Dunst aufstieg und das Geräusch des Mähers immer dumpfer wurde, verloren die Blätter und Zweige ihre Kenntlichkeit und wurden zu einer dunklen Masse. Alle Bäume hoben sich klar gegen den Himmel ab, bis es nur noch dunkle Bäume und einen fahlen Himmel gab, die eine helle Linie trennte. Auf dem Traktor hockend, war ich überzeugt, es gebe auch ein Auf-dem-Kopf, eine andere Seite, eine andere Welt, von der aus ein anderer kleiner Junge eine Welt beobachten konnte, in der der Himmel fest und faßbar war und die Erde leer, ungreifbar. Manchmal sah ich ihn, jenseits der hellen Linie, auf dem Traktor fahren und neugierig schauen. Eines Tages, als ich im Sonnenschein mit Tom auf dem Traktor fuhr, fiel ich kopfüber vom Kotflügel ins frisch gemähte Gras hinunter, auf die rechte Schulter.

Und nun kam diese selbe Schulter in diesem selben Traum in diesem narkoseumwölkten Krankenhaus vor. Wie der Himmel und die Bäume waren diese Träume aufeinandergepreßt, aber ich konnte jeweils nur eines auf einmal sehen; genug, um zu wissen, daß ein anderes Leben zu diesem einen parallel verlief, nur war es nicht hier. Zwei Geschichten liefen nebeneinander her und vermischten ihre Realität. Wie ich da in dem kalten französischen Krankenhaus lag, fühlte ich mich leblos, wie eine Spiegelung. Ich hatte in der Narkose ein anderes Leben erlebt, und nun bereiteten mich die Schwestern für das Sterben vor. Drei Schwestern hüllten mich in ein weiteres Laken ein, und der Arzt erläuterte: Drei Schwestern würden an dem Laken ziehen, so als läge ich in einer horizontalen Hängematte, während zwei Ärzte an der Schulter zogen, um sie wieder in die Gelenkpfanne zu fügen. Die Narkose würde den Schmerz in den Muskeln dämpfen, aber - oh, mein Gott - was für ein Schmerz, und ich hatte beim Erwachen aus dem Traum geweint, weil ich erkannte, die beiden Realitäten verliefen gar nicht parallel, sie würden sich vielmehr an irgendeinem Punkt in der Zukunft treffen.

Die Maske wurde wieder über mein Gesicht gestülpt, über Nase und Mund, und ich mußte immer noch herausfinden, was mit jener anderen Person in dem Traum geschah. Das Gas begann zu zischen, und ich atmete tief, saugte es mit aller Kraft ein. Als sich alles zu drehen begann, fing mein Zeigefinger langsam zu kreisen an. Ich mußte mich an alles erinnern. Die Maske wurde immer weicher und drückte gegen mein Gesicht, verlor ihre Form, schmolz. Aber ich mußte mich an alles erinnern. Meine Hand sank herab. Alles im linken Finger dann, hielt ich ihn hoch, um ihnen zu sagen, sie sollten warten, wartete auf die Erinnerung, wurden die Nase, der Mund immer länger, krochen hinter dem Gas her in die Maske, den Schlauch entlang wie *ein Reh, ein Reh, ein Reh, ein Reh, ein Reh.*

*Matte weiße Kugeln hingen an der Decke des Silentiums und warfen verschwommene Schatten unter die fünfunddreißig Jungen, die, unbequeme Schlipse um den Hals, in schleppendem Schweigen an altmodischen hölzernen Pulten saßen. Einige der Jungen lernten. Andere versuchten zu schlafen. Im schwarzen Fenster gespiegelt, kritzelte vor mir Blackman an seinen Algebra-Aufgaben. MacGregor malte Männchen, Hershberger saß vornübergebeugt auf seinem Stuhl und versuchte zu lesen. Ich schaute an mir selbst hinunter. Mr. Hannaford blickte von seinem Pult auf und dann weg. Ich wandte meinen Blick wieder Eutropius zu.*

*Meinem Lateinlehrer, Mr. Craft, war es gelungen, einen lateinischen Text auszugraben, für den es keine Klatsche gab. Ich mochte Latein nicht und hatte im Moment auch nicht die geringste Lust dazu. Ich griff in meine Schultasche, zog mein OROP-Wüstentagebuch heraus und schlug die letzte Eintragung auf: "26. Okt. 1957: Schwere Wolken. Etwas DOR. Deutet auf EAs hin."*

*Ich schrieb: "27. Okt. Bewölkt. Weniger DOR."*

*Ich führte jeden Tag Tagebuch.*

*Ich schaute auf die Uhr. Es war zehn vor acht, und in zehn Minuten sollten wir alle zu einer außerordentlichen Versammlung in die Aula gehen. Blackman sagte, Mr. Hutton werde für ein paar Tage schulfrei ankündigen, wegen der Grippe. Ich hatte die Grippe schon hinter mir. Wenn es jetzt einige Tage schulfrei gab, konnte ich vielleicht nach Lewisburg fahren und Daddy noch einmal besuchen. Ich hatte ihn am 5. Oktober besucht, und er hatte mir gesagt, er wolle mir eine geheime Formel geben, die ich mir merken sollte für den Fall, daß ihm etwas zustieß. Ich sollte tapfer sein, und ich hatte ihm versprochen, ich würde tapfer sein.*

*Blackman drehte sich um und ließ rasch einen Zettel auf mein Pult fallen. Ich schaute zu Mr. Hannaford hinüber, er hatte es nicht bemerkt. "Schwartz sagt, Hutton will uns bloß nachtsüber frei geben, also kein schulfrei."*

*Mindestens ein Drittel der Schüler, ungefähr siebzig, lagen in der Krankenabteilung oder waren zu Hause. Ich war zwei Wochen zusammen mit Davis im Krankenrevier gewesen. Nur ein einziges Mal hatten wir etwas zu lachen: als wir Wasser die Treppe hinunter ins Schwesternzimmer kippten. Ich hatte ihnen gesagt, ich könnte keine gewöhnlichen Medikamente nehmen, weil mein Vater ein besonderer Arzt sei und nicht wolle, daß ich gewöhnlichen Medizin nehme; sie gaben mir trotzdem eine Spritze.*

*Ich entfaltete den letzten Brief, den ich von Daddy erhalten hatte. Er schrieb, es bestehe die Chance, daß er am 7. November bedingt aus der Haft entlassen werde, und er würde mich dann von der Schule abholen, und wir könnten ins Howard Johnson's essen gehen. Ich hoffte, er würde während des Silentiums kommen, dann könnte ich durchs Fenster beobachten, wie sein großer Chrysler 300 die lange, schattige Auffahrt heraufrollte. Es würde ein herrliches Gefühl sein, hinauszulaufen und ihn zu umarmen. Im letzten Sommer, den wir zusammen in Maine verbracht hatten, waren wir einmal spazierengegangen und dann zur unteren Hütte zurückgekommen. Er sagte, daß die schwerste Schlacht noch bevorstünde, und ich müsse sehr stark sein, denn vielleicht müsse er ins Gefängnis. Dann blieb er an der Hintertür stehen und sagte: "Peter, wenn ich ins Gefängnis gehen muß, werden sie meinen, es sei ein Sieg für sie. Aber letzten Endes werden wir siegen. Aber du mußt auch wissen, daß ich, falls ich ins Gefängnis muß, vielleicht nicht lebend wieder herauskom-*

me. Du verstehst?" Ich nickte. Dann griff er in eine kleine Höhlung, die neben der Tür in die Wand der Hütte eingelassen war, und zog eine 45er hervor. "Peeps", sagte er und schaute mich sehr ernst an, "du sollst wissen, daß ich diese Pistole hier verstecke." Er legte mir die Hand auf die Schulter. "Wenn es wirklich schlimm kommt, erschieße ich mich vielleicht. Aber es wird in Ordnung sein - ich weiß nicht, ob ich den Mut habe, mich der Haft zu stellen." Tränen standen in seinen Augen, und er drückte meine Schulter. "Peeps, manchmal ist es so schwer." Seine Augen blickten ganz sanft, und als ich ihn umarmte, weinte er.

Einmal weinte er auch in Washington. Er wohnte in Alban Towers, einem großen Hotel, und lebte unter falschem Namen, Walter Roner. Es war wohltuend, dicht bei ihm zu schlafen und sein Öl zu riechen, und manchmal unterhielten wir uns im Dunkeln miteinander, und ich beobachtete, wie die Scheinwerferstrahlen der Autos an der Decke entlangwanderten. Ich fuhr gern zu ihm nach Washington, denn wir schauten uns dann viele Sachen an und gingen oft ins Kino. Daddy kaufte mir etwas zum Anziehen und Modellflugzeuge. Er wollte, daß ich auf die Luftwaffenakademie ging, denn er meinte, sie würden mich bewachen. Eines Nachts wachte ich sehr spät auf, und er war nicht im Bett. Ich hörte die Schreibmaschine im Arbeitszimmer klappern und stand auf. Er saß dort und schrieb. Er sah mich an und sagte: "Peter, sie werden kommen und mich in Ketten abführen müssen. Ich gebe nicht auf." Und dann zog er mich zu sich heran und weinte an meiner Schulter. Sein Haar war weich und weiß, und ich streichelte es lange.

Die Klingel läutete, und alle sprangen auf. Blackman wartete auf mich, während ich den Brief faltete, und wir gingen gemeinsam zu der Versammlung.

Alle waren dort. "Sie haben sogar für die Mädchen das Silentium abgeblasen", sagte Blackman. "Ich wette, es gibt eine wichtige Bekanntmachung."

"Ja", sagte ich, als wir die Bücher unter unsere Sitze legten. "Ich bin froh, daß ich die Grippe schon hinter mir habe."

Die gesamte Schülerschaft - oder was von ihr noch übrig war - versammelte sich nach und nach in der Aula, und allerlei Gerüchte gingen durch die Reihen. Metallstühle quietschten und knarrten, wenn Schüler sich vorbeugten, um weiterzuflüstern, was sie gehört hatten.

Auf der Bühne stand Mr. Hutton auf und räusperte sich.

"Wie ihr alle wißt, sind wir ziemlich heftig von der Grippewelle betroffen. Die Ärzte haben gesagt, es komme noch schlimmer, ehe es besser wird. Deshalb bin ich hier, um euch mitzuteilen, daß morgen kein Unterricht stattfindet."

Die Schüler waren begeistert.

"Mehr noch, der Unterricht wird die ganzen nächsten zwei Wochen ausfallen."

Der Saal dröhnte unter den Rufen, dem Händeklatschen und den Freudenschreien der Schüler.

Mr. Hutton wedelte mit den Armen, um die Ruhe wiederherzustellen.

"Wenn ihr in die Schlafräume zurückgeht, könnt ihr eure Eltern anrufen, um eure Heimfahrt zu vereinbaren. Die Schule besorgt einen Bus zum Vier-Uhr-Zug morgen nachmittag. Wer von euch nicht heimfahren kann, kann hierbleiben. Ein Schlafsaal und die Eßhalle bleiben geöffnet. Ihr könnt jetzt gehen."

Hershberger stand vor mir in der Schlange an der Telefonzelle im Hauptschlafsaal.

"He, Hershberger", fragte ich ihn, "fährst du nach Hause?"

Er wandte den Kopf zu mir um und brummte: "Weiß nicht. Mein Dad muß diese Woche zu einer Konferenz irgendwo, und ich weiß nicht genau, ob ich es mir überhaupt leisten kann."

Eds Mutter war vor ein paar Jahren gestorben, und ich erzählte ihm, daß Daddy im Gefängnis saß, und wir wurden Freunde.

"Schau mal, Ed, wenn du nicht heimkannst, warum kommst du dann nicht zu mir? Vielleicht besuche ich meinen Vater, aber wenn der Straferlaß durchkommt, bin ich die meiste Zeit zu Hause, und meine Mutter ist eine wirklich gute Köchin."

"Nun…"

"Warte ab, was dein Vater sagt, und ich rufe meine Mutter gleich nach dir an."

"Okay."

Wir drängelten und schubsten, bis Ed sich schließlich in die Telefonzelle zwängte. Er mußte sich beim Telefonieren den Finger ins Ohr stecken, weil all die Jungen hinter mir redeten und lärmten. Wir schubsten und drängelten uns noch eine Weile, bis Ed wieder herauskam.

"Also, ich fahre nicht heim nach Ohio, da könnte ich wohl mit dir nach Hause kommen."

"Großartig, ich ruf gleich meine Mutter an."

Nachdem ich die Sache mit den Grippeferien erklärt hatte, fragte ich Mummy wegen Ed, und sie sagte: "Selbstverständlich, auf jeden Fall. Ich komme und hole euch morgen nachmittag nach der Schule ab. Ich werde wahrscheinlich so gegen sechs da sein."

Upper North glich einem Irrenhaus, wie die Jungen so durch die Zimmer rannten, packten und Pläne machten, wie sie sich während der Ferien treffen könnten.

Ich ging in den Schlafraum, wo Blackman untergebracht war, und sah ihm beim Packen zu.

"Wenn du nach New York kommst, kannst du mich besuchen. Bloß schade, daß die Baseballsaison schon zu Ende ist. Schön, wenn du die Yankees hättest spielen sehen können."

"Weiß nicht so recht", sagte ich. "Hershberger kommt nämlich zu mir. Und dann will ich sehen, ob ich meinen Vater besuchen kann…"

Blackman hielt einen Moment inne und nickte dann. "Verstehe. Wäre schön, wenn du ihn sehen könntest. Wann kommt er denn schätzungsweise raus?"

"Na, vielleicht am siebten November, falls seine Strafe ausgesetzt wird. Insgesamt wurde er zu zwei Jahren verurteilt. Und er ist erst seit sieben oder acht Monaten drin."

"Das ist aber eine verdammt lange Zeit bloß für Mißachtung des Gerichts."

Ich zuckte die Achseln. *"Ich habe dir doch davon erzählt. Da war so einiges schief."* Konnte ich ihm von der Verschwörung erzählen? Er würde das mit den Gangstern in der Regierung, den EAs oder der Verschwörung nicht verstehen; oder daß Daddy sogar meinte, sie hätten ihn ins Gefängnis gesteckt, um ihn zu schützen. Wieviel davon würden Hershberger oder Blackman begreifen?

*"Sag mal, hatte er eigentlich keinen guten Anwalt?"*

*"Nein"*, ich lachte stolz. *"Daddy traute den Anwälten nicht. Verdammt, der Staatsanwalt war ein Bursche, der sogar eine ganze Zeit lang unser Rechtsanwalt gewesen ist. Daddy hat ihn einen Judas genannt."*

Blackman schüttelte den Kopf. *"Das ist aber wirklich seltsam"*, sagte er.

*"Ja, weiß ich. Da war alles mögliche schief. Sie haben ihn wegen Mißachtung des Gerichts zu zwei Jahren verknackt, und normalerweise ist die Strafe für Mißachtung nur sechs Monate. Da war alles mögliche schief."* Und auch im Gefängnis war einiges sonderbar. Deshalb wollte Daddy mir die Formel geben.

Das elektrische Licht flackerte an und aus und gab uns die Zehn-Minuten-Vorwarnung.

Ich stand gerade auf, als MacGregor, Blackmans Zimmerkamerad, hereinkam. *"Ich gehe jetzt auf mein Zimmer zurück. Falls ich nach New York komme, rufe ich dich an."*

*"Okay"*, sagte Blackman.

*"Okay, gute Nacht."* - *"Nacht."*

Ich lag lange im Bett, bevor ich einschlafen konnte.

Mein Zimmerkamerad lag mit Grippe im Krankenrevier, ich war also allein. Nach einer Weile stand ich auf und ging zum Fenster, um zu sehen, ob EAs da waren.

Die Nacht war kühl, und über das Lacrosse-Feld hinter dem Schlafsaalgebäude fegte ein kalter Wind. Aus den dunklen Fenstern über und neben mir hörte ich Stimmen von Jungen, die bei Taschenlampenlicht ihr Gepäck zu Ende packten. Gelegentlich durchschnitt die Stimme eines Proktors die murmelnde Stille.

Bob Blackman und Ed Heshberger waren meine Freunde. Es war schön, Freunde zu haben, aber eigentlich wäre ich lieber in Massachusetts geblieben, wo Mummy lebte. Sie sagte, sie finde es besser, wenn ich auf ein Internat ginge. Viele der Jungen kamen aus Familien, die getrennt lebten oder in denen die Eltern geschieden waren, aber es war einsam hier, denn mir fehlte die freudige Erregung, Daddy besuchen und auf dem Land leben zu können. Ich wünschte, Daddy käme und holte mich. Ich wollte mit ihm im Korps der Kosmischen Ingenieure sein. Das war wichtiger als Cheops oder Eutropius.

Am nächsten Tag spazierten Hershberger und ich auf dem Campus herum und schauten zu, wie die Eltern die Auffahrt herauffuhren, um ihre Kinder abzuholen, und wie die Schulbusse zum Bahnhof losfuhren. Der Campus war still und kalt. Es war wie am Abend vor Allerheiligen, spukhaft und leer.

Wir gingen durch die leeren Klassenzimmer, über die leeren Sportplätze und redeten. Eddy wollte mehr über Daddy hören.

"Wenn er aus dem Gefängnis kommt, was macht er dann?"

Wir hatten darüber gesprochen, daß er inkognito gelebt hatte und dann für lange Zeit untergetaucht war, aber ich wollte gern haben, daß er das hübsche Haus in Maryland kaufte, auf das wir ein Auge geworfen hatten. "Ich weiß nicht, was er tun wird. Kann sein, daß er ein Haus in der Nähe von Washington kauft."

"Aber wird er noch legal arbeiten können? Ich meine, wird er weiter diese Energie verwenden können?"

"Ich glaube schon. Ich meine, die Sache liegt so, daß er bloß diese … Akkumulatoren nicht verkaufen darf. Manche Leute nennen sie Orgonkästen." Schon das Wort Orgonkasten klang geheuchelt und falsch. Außerdem war das nicht der Grund, weshalb er weiter inkognito leben würde. Es war wegen des Weltraumkrieges. Ich konnte Ed und Blackman - und selbst Mummy - nicht erzählen, wie ernst dieser Krieg war. Daddy sagte, er wisse, wie ernst die Lage sei, denn jener Ruppelt hätte darüber geschrieben, was ihm passiert sei. Die Luftwaffe hatte Ruppelt damit beauftragt, eine Untersuchung über die Raumschiffe und die Luftwaffe durchzuführen. Eines Tages, als er daran arbeitete, kamen drei Männer in schwarzen Anzügen und sagten ihm, er solle die Nachforschungen über die fliegenden Untertassen einstellen. Und dann gingen sie wieder. Es sei ein großes Rätsel, sagte Daddy, die gleiche Verschwörung des Schweigens, die auch die Food and Drug Administration veranlaßt habe, uns anzugreifen. Und diese Verschwörung war viel stärker als die Akkumulatoren.

"Was forscht er eigentlich noch?"

"Hm, er hat mir aus dem Gefängnis geschrieben, daß er eine Menge mathematischer Berechnungen angestellt hat und ... hm ... daß er mir sogar einige Formeln geben will, die ich auswendig lernen und mir merken soll, bis er herauskommt."

Es war die Formel für die negative Schwerkraft, und niemand würde je wissen, ob er sie mir nun wirklich gegeben hatte oder nicht. Ich würde nie jemandem erzählen, ob er sie mir tatsächlich mitgeteilt hatte, denn dann würden die drei Männer in den schwarzen Anzügen mich nicht töten, wenn sie mich holen kamen: Ich hatte ja die Formel. Und eines Tages, wenn Daddy wieder frei war, würde ich Hauptmann oder noch mehr bei den Kosmischen Ingenieuren. Wenn alles wieder besser war, würden sie mit einer Kolonne Wolkenbrecher-Lastwagen geradewegs die baumgesäumte Auffahrt heraufgefahren kommen, vor dem Silentium halten und auf mich warten. Ich würde aus der Lateinstunde oder aus dem Geschichtsunterricht hinausgehen und meine Uniform holen. Alle Jungen, auch die älteren, wären dann neidisch, wie ich einfach so hinausging, meine Leute im Korps der Kosmischen Ingenieure militärisch grüßte und wir losfuhren, um Wolkenbrecher-Basen auf der ganzen Welt zu errichten. Vielleicht kämen sie sogar in einer fliegenden Untertasse, um mich abzuholen. Vielleicht könnten wir mit der Formel sogar Freundschaft mit ihnen schließen, und es würde keinen Krieg mehr geben.

Wir spazierten den ganzen Nachmittag herum und unterhielten uns. Ed erzählte mir von seiner Familie, und daß er Kriegsdienstgegner aus Gewissensgründen sei. Ich sagte ihm, ich würde auf die Luftwaffenakademie gehen.

"Wie kommt es dann, daß du hier in Oakwood bist? Die Quäker sind doch Pazifisten."

Aber die Luftwaffe, nun, die Luftwaffe wußte, um was es ging. Sie würden mir schon helfen.

"Och, ich werd' schon hinkommen."

Es war bereits dunkel, als Mummy kam und wir unser Gepäck einluden und nach Sheffield zurückfuhren. Ich hatte Mummy, seit ich das letzte Mal bei Daddy auf Besuch war, nicht mehr gesehen, und sie wollte alles darüber wissen.

Die Bundesstrafanstalt Lewisburg war groß und öde. Man wurde durch eine Schleuse aus zwei verschlossenen Türen eingelassen, so daß immer Gitterstäbe zwischen einem selbst und allem, was man sah, waren. In der Haupthalle waren die Decken hoch, und Schatten fielen auf den gebohnerten Boden.

Beim Eingang standen alte Glasvitrinen voller Geldbörsen und Kämme, die die Gefangenen angefertigt hatten, um sich ein Taschengeld zu verdienen. Inmitten der großen Halle stand ein Pult, an dem man sich in die Besucherliste eintrug, und dann wandte man sich nach links, und Schritte folgten einem durch die Halle.

Am Ende der Halle befand sich ein großer Raum mit Stühlen und Sofas, die so angeordnet waren, daß der Gefangene auf dem Stuhl vor dem Tisch saß und die Besucher ihm gegenüber auf dem Sofa. Die Sofas waren mit glattem, grünem und rotem Kunststoffmaterial bezogen. Beim Eingang war ein freier Platz, auf dem eine schwarze Gummimatte lag. Das war eine Art Auslauf für Umarmungen und Zärtlichkeiten. Entlang der Wände waren Wachen postiert. Daddy trug eine blaue Uniform, nur war sie aus Drillich, und sein Gesicht sah traurig aus. Ich besuchte ihn zusammen mit Aurora. Daddy sagte, sie wollten in der Gefängniskapelle heiraten. Im Gefängnis hatte er angefangen, in die Kirche zu gehen, und er sandte mir Gebete und ein Blatt aus der Kirchenzeitung, auf dem die "Betenden Hände" von Dürer abgebildet waren. Wir sprachen leise miteinander. Er fragte mich nach der Schule, und ich sagte ihm, da sei alles in Ordnung. Er *fragte mich nach Mädchen, und ich sagte ihm, da wäre ein Mädchen in Maine gewesen, als ich im Sommer bei Bill und Eva war. Ihre Brust habe genau in meine Hand gepaßt, und ich hätte dabei ein Gefühl gehabt, als liefe ich durch Gras. Er sprach nicht viel über sich selbst, aber er sagte, er habe von einem anderen Häftling gehört, man habe vermutet, er - Daddy - sei in seiner Zelle umgebracht worden, aber aus irgendeinem Grund sei das nicht geschehen.*

*Als die Besuchszeit um war, umarmten wir uns auf der langen Gummimatte, und ein Wärter führte ihn zu einer vergitterten Tür am Ende des Raums ab. Wir schauten ihm nach. Nachdem der Wärter die Gittertür geschlossen hatte, drehte sich Daddy in seinem blauen Hemd um, sein Blick wanderte durch den ganzen Raum, und er schaute mich an, und dann winkte er und war hinter den Gittern verschwunden. Schritte folgten uns den ganzen Weg zurück durch die Halle.*

*"Es war in Ordnung", sagte ich. "Irgendwie traurig."*

*"Hat er dich nach mir gefragt?"*

*"Ja. Er sagte, ich solle dir liebe Grüße ausrichten. Ich hab dir das geschrieben. Das war so ungefähr alles."*

*"Oh."*

*Ich glaube, Mummy war eifersüchtig auf Aurora. Mummy sagte, sie habe vierzehn Jahre mit Daddy zusammengelebt, und das sei die längste Zeit, die er mit einer Frau verbracht habe. Einmal hat sie versucht, ihn in Lewisburg zu besuchen, aber er wollte sie nicht sehen.*

*Sheffield ist eine hübsche, kleine Stadt auf dem Land, und wir wohnten in einer kleinen Wohnung im obersten Stockwerk eines großen, alten Neuengland-Hauses direkt an der Route 7. Ed und ich hatten viel Spaß miteinander, und an Halloween, dem Abend vor Allerheiligen, gingen wir sogar von Haus zu Haus und bettelten um Süßigkeiten. Die Abende verbrachten wir damit, Hausarbeiten für Oakwood zu machen oder fernzusehen. Am Morgen des 3. November, einem Sonntag, läutete das Telefon; Mummy nahm ab. Von*

*dem Schlafzimmer aus, das ich mit Ed teilte, hörte ich, wie sie sagte:
"Hallo? Ja. Wie bitte?" Dann wurde ihre Stimme plötzlich gespannt
und schrill. "Wann? Oh, mein Gott. Oh, mein Gott."*

*Ich rannte ins Wohnzimmer und lauschte. Sie weinte ins Telefon
und sagte: "Oh, mein Gott. Oh, mein Gott."*

*Ich schaute sie an.*

*"Mummy, was ist los?" Sie schüttelte den Kopf. "Was ist los?"
Sie schüttelte den Kopf. "Oh, mein Gott."*

*Sie war in die Couch gesunken und hielt weinend den Hörer.*

*"Hat es was mit Daddy zu tun?"*

*Sie nickte, wankte hin und her und weinte in den Hörer.*

*"Ist er tot?"*

*Sie nickte, oh, mein Gott.*

*Der Vormittag ging nur schleichend vorbei, und ich betrachtete
durch die Doppelfenster eine verschwommene Welt. Draußen er-
weckte es nicht den Anschein, als müßten sich die Bäume bewegen,
aber sie taten es, ließen die letzten Blätter auf Weg und Rasen fallen
und lautlos ihre Zweige hin- und herfedern. Es war traurig zu sehen,
wie ein Fenster so viele Bewegungen erstarren ließ.*

*Sein Herz hatte ausgesetzt, und am Morgen hatten sie ihn gefun-
den, nachdem er sich beim Namensaufruf nicht gemeldet hatte. Ich
hätte gern gewußt, ob er beim Sterben aufgewacht war, oder ob ihn
der Tod im Schlaf ereilt hatte. Zwischen den Telefonanrufen, in denen vereinbart wurde, wie wir zum Begräbnis nach Orgonon ge-
langten, entschieden wir, daß Mummy am 4. November Ed nach
Oakwood zurückbringen sollte. Der Karikaturist Bill Steig und seine Frau Kari, die von New York kamen, sollten mich am Abend
abholen; wir würden dann die Nacht durchfahren.*

*Ich schaute durchs Fenster zu, wie Ed und Mummy ins Auto stie-
gen und winkten, und dann war ich allein.*

*Ich trat vom Fenster zurück und hatte das gleiche Gefühl, das ich
im ersten Augenblick gehabt hatte, als Mummy nickte: als ob meine
Arme sich höben, von ganz allein aufstiegen, und ich hob mich mit
ihnen. Meine Arme waren leicht und leer. Sie lagen vor mir auf dem*

*Kissen, und dann strichen sie über meine Augen, meinen Magen,*
*und legten meine Finger zwischen meine Beine.*

*Nach einer Weile stand ich auf und holte den braunen Umschlag,*
*in dem ich Notizen und Post von Daddy aufbewahrte. Er hatte mir*
*eine ganze Menge meiner eigenen Briefe und Aufzeichnungen zur Auf-*
*bewahrung gegeben. Ich legte sie auf den Tisch und schaute sie an.*

*Auf dem ersten Blatt stand ein Gedicht, in meiner Handschrift:*

Auf einem Mound
Auf einem Gelände
Auf einem Hügel
Liegt der Leib eines großen Mannes
Gedanken -
Zur einen Seite hin weint er
Und dachte an das Leben, das er führte
Als es spät wurde, dachte er an Orgonon,
Das Große, das
er damals entdeckte
Er denkt an seinen
Sohn, den er so liebte
Auf dem Hügel
Auf dem Gelände
In einem Mound ruht er
Denkend

*Und dabei dasselbe Gedicht, in Daddy's Handschrift. Am Ende*
*stand: "Dies schrieb Peter am 27. Feb. 1954."*

*Dann kam ein Foto, das ich gemacht hatte; es zeigte die Röhren*
*eines DOR-Brechers - in der Badewanne in Washington. Man konnte*
*darauf vor allem das Energiefeld rings um die Röhren sehen.*

*Und ich fand noch ein Gedicht. Oben auf dem Blatt stand: "CCA-*
*Cloudbuster CORE of America\*. Es lautete:*

---

\*CCA = Cloudbuster Corps of America; CORE = Cosmic Orgone Engineering
(Kosmisches Orgonenergie-Ingenieurwesen). (d. Ü.)

Ein Gedicht von Peter Reich

Die trockenen Gegenden werden bald befeuchtet
sein von einem ungewöhnlichen, sanften Regen
für Leute, die wichtige Pflanzen anbauen.

Auf den Wolkensäern werden wir uns verdient
machen um ihren alten albernen "Regen"
und jene komischen Wolkenmacher.

Und über all dem breiigen Brei
wird ein Mann allein das alles vollbringen.

*Darunter stand dann in meiner Schrift: "Lieber Daddy, hier ist ein Gedicht für Dich, Pete."*

*Ein paar Telegramme aus der Zeit des Prozesses sagten mir, ich solle tapfer sein und ich solle nicht hartleibig werden. Das Bild von Dürers Händen. Daddy hat darauf geschrieben:*

Für Pete, damit er danach betet
10. Mai 1957, Dad.

*Draußen regnete es, und es war fast finster. Autos fuhren auf der Route 7 vorbei, und ihr Scheinwerferlicht taumelte über die Zimmerdecke. Die Bäume langten in den Himmel hinauf, fast reglos. Kein Laut.*

*Die Steigs trafen ein, als es dunkel geworden war. Der große, grüne Plymouth bog in die Auffahrt ein, und ich kam den beiden an der Tür unter einer Lampe entgegen, von der die Regentropfen abperlten. Kari war schwanger. Wir fuhren in die Nacht hinaus, und das Armaturenbrett warf einen grünen Schimmer auf unsere Gesichter. Wir sprachen leise und ruhig über das, was geschehen war, und über das, was bevorstand. Kari sagte, es tue ihr wohl, mit dem Kind unter dem Herzen auf die Beerdigung zu gehen.*

Der Tag des Begräbnisses war grau verhangen, und ich trug einen schwarzen Anzug und einen roten Schlips, und der Fußboden war rot. Tom hatte den Linoleumboden gewachst, so daß er glänzte und die Sohlen daran haften blieben.

Bill und Dr. Baker richteten die Beerdigung aus, und es geschah alles in dunklen Schatten auf dem Linoleum. Draußen war der Boden mit gelben und roten Blättern übersät, und ich ging unter eine nässetropfende Kiefer, um mit dem Fuß in den Nadeln herumzustochern und nach etwas zu suchen, das ich dort - meiner Erinnerung nach - vergraben hatte. Auf den Nadeln standen glänzende Wassertropfen. Wir holten einen Plattenspieler, um das Ave Maria und andere Stücke spielen zu können, und der Aufkleber auf der Platte war rot, aber nicht so rot wie der Fußboden. In der Mitte des Bodens stand matt kupferfarben der Sarg. Draußen blies der Wind, und es nieselte. Ich beobachtete einen Augenblick lang die Wolken, aber der Boden war so rot. Dr. Baker stand auf, um etwas zu sagen, und seine Füße sanken ins Linoleum ein. Meine Schuhe drehten sich um und rannten auf dem Teppich die Treppe hinauf, wo der Teppich weich und purpurn und rauh an meinen Händen und Wangen war, meinen brennenden Wangen. Ich lag lange auf dem Boden des Arbeitszimmers und flüsterte: Komm zurück, komm zurück, und als ich aufstand, war ein roter Fleck im Teppich.

Draußen fuhr mir der Wind kühl über Wangen und Haar, und es bewegten sich, von hochgezogenen Schultern notdürftig gegen den Novemberwind geschützt, viele Gesichter umher. Der Wind blies, und jemand stand auf dem Grab und machte sich bereit, den Sarg hinabzulassen. An der Wand der Grabstätte lehnte eine große Sperrholzplatte, mit der das Grab abgedeckt werden sollte. Sie war gelb und wurde vom Wind fast umgeblasen. Ich hielt sie aufrecht, als der Sarg hinabgelassen wurde. Ich wollte Daddys Rasiermesser hineinlegen, damit er sich rasieren konnte. Dann kamen einige Männer und nahmen die Sperrholzplatte. Sie ächzten, als sie die Abdeckung auf das Grab hoben. Dann legten sie einen Teppich über die Platte und stellten Daddys Büste darauf. Der Teppich war rot.

*Danach half ich Bill beim Aufräumen. Wir gingen in das Arbeits-
zimmer hinauf und schauten aus dem Fenster. Wolken stolperten
übereinander her und bewegten sich in höchster Eile über den Himmel, und ab und an fiel Regen und schlug gegen die Fenster und ließ
die Scheiben und mein Gesicht streifig werden. Bill kam zu mir
herüber und legte mir den Arm um die Schulter. Wir schauten beide
eine Weile lang aus dem Fenster und beobachteten, wie die letzten
Blätter von den Bäumen geweht wurden. Er drückte meine Schulter.*

*"Peter", sagte er langsam, "ich würde sagen, du bist jetzt Haupt-
mann."*

*Seine Stimme klang sanft in der Stille des Arbeitszimmers, und
ich fühlte mich schon wohler. Die matten, holzverkleideten Wände
waren so still ohne das Ticken der großen Uhr. Der Krieg war vorüber, und obgleich Daddy gesagt hatte, wir hätten ihn gewonnen,
hatte ich nicht das Gefühl eines Siegers. Draußen waren die Bäume
kahl und die Soldaten abgerückt.*

*"Ja", sagte ich und versuchte, tapfer zu lächeln, "und ich schätze,
du bist Oberst."*

*Auf dem Weg zurück nach New York machten wir bei Bill und
Eva Rast. Der Himmel hatte sich aufgehellt, je weiter wir uns von
Rangeley entfernten, und nach dem Abendessen setzte ich mir den
alten, ramponierten Stetson auf den Kopf und ging allein nach draußen. Es war dunkel und klar, und ein kühler Wind wehte. Die schmale
Mondsichel hing verlassen in den leergefegten Zweigen. Im Garten
tanzten trockene, goldene Getreidehalme Schulter an Schulter.*

*Toreano erwartete mich auf seinem Pony, halb verborgen im Schat-
ten der Scheune. Er wartete, bis ich mich vom Haus löste, und lenkte dann unauffällig das Pony in die hellere Dunkelheit.*

*Ich tippte an die Krempe meines Stetson und zog ihn mir über die
Augen.*

*"Es ist lange her", sagte ich langsam. Er nickte und wartete darauf,
daß ich noch mehr sagte. Die Fransen an seiner Wildlederjacke pen-*

delten hin und her, als das Pony sich vorbeugte, um an dem nassen Gras zu knabbern.

"Sind Sie bereit?"

Er nickte wieder. Es war schon so lange her, seit ich mit Toreano und den Männern zusammenwar. Ich fühlte mich älter und trauriger. Meine Schlachtnarben trug ich in mir. Ich spürte eine Art Kampfesmüdigkeit, ein Gefühl, wie es sich einstellt, wenn man versucht hat, mit den Armen einen Türrahmen auseinanderzudrücken, und sich die Arme dann voller müder Leichtigkeit von selbst heben. Seit dem Sommer nach dem Prozeß, als ich Daddy auf Orgonon besuchte, war ich mit Toreano nicht mehr zusammengewesen. Wir spielten einige Cowboy-und-Indianer-Spiele, aber manchmal langweilte es uns. Ab und zu versah er seine Wachaufgaben, während ich nackt im Gras herumstolzierte. An manchen heißen, sonnigen Tagen holte er die indianische Prinzessin aus dem Wald, und sie war Erdgras und Wind unter geschmeidigen, hohen Bäumen oder dort, wo ein Reh geschlafen hatte, ein sanftes braunes Loch im Gras, in dem sich die Erde für meine Beine wohlig anfühlte. Die Prinzessin war geschmeidig und anmutig, und ich hielt mich immer stärker an ihr fest, bis ich schwitzte und entspannt war. Der Wind ließ das flaumige Gras über meine Haut streichen und sie kühlen, und das nasse, weiche Moos glitzerte in der Sonne.

Wir liefen gemeinsam über die entlegenen Felder, kletterten auf Bäume, um nach Indianern Ausschau zu halten, stürmten über das Hospitalfeld und galoppierten den staubigen Weg hinunter, nach Hause.

Abends gingen Daddy und ich mit unseren Gewehren ins Gelände hinaus, und dann warteten die Scouts und die Kavallerie im Schatten der Wälder, für den Fall, daß etwas passierte. Wir führten interessante Gespräche, wie wir in aller Ruhe mit unseren Gewehren über die Felder wanderten und gelegentlich ein Eichhörnchen oder ein Stachelschwein schossen. Dort ging ich nach dem Begräbnis spazieren. Es schien alles lange her zu sein, und, eingeklemmt zwischen einer kleinen Gruppe von Feldern, mit Blick nach Westen auf das Hospitalfeld, stand ein hölzerner Stuhl. Das Holz hatte sich verzogen, und die Politur war fast verwittert. Daddy muß zu diesem Stuhl gegangen sein und dort gesessen haben, wenn er allein war. Ganz allein auf Orgonon. Mit Toreano auf der Wacht.

Ich wollte Toreano fragen, wie es war, wenn ich nicht da war und er allein und in leichtem Galopp hinter Daddys großem, weißem Auto herritt. Ich wollte wissen, ob er Daddy hatte weinen sehen, wenn er auf jenem Stuhl saß, und ob Daddy dann immer noch Orgel spielte und die Musik hinausfließen und sich mit der Luft mischen ließ. Ich wollte, daß er mir erzählte, wie es war, wenn er - wie ich es ihm befohlen hatte - oben auf der Treppe stand und Daddy beobachtete, der arbeitete und aus den Fenstern des Observatoriums blickte.

Toreano rutschte im Sattel hin und her, als wäre ihm mein Schweigen unbehaglich, wie ich so den Himmel betrachtete. Ja, dies war die Kavallerie.

"Nun", sagte ich und richtete mich auf, "machen wir weiter."

Ich ging auf die Wolkenbrecher-Plattform zu, die Bill und Eva neben ihrem Garten aufgebaut hatten. Toreano ritt mir voran. Sein Pony war ungebärdig und wieherte leise, als er es neben der Plattform anhielt. Ich konnte spüren, wie sein Blick mir folgte, als ich langsam die Leiter zur Plattform hinaufkletterte.

Ich stand am Rand und schaute nach Westen über die trockenen Spitzen der Getreidehalme hinweg in den westlichen Himmel hinein. Die Männer standen ganz still, ganz ruhig, die Blicke auf mich geheftet. Die meisten von ihnen waren sehr jung. Sie hatten noch nicht an vielen Schlachten teilgenommen. Ihre Augen leuchteten in einer Art von Respekt, den ich nicht gewohnt war. Sie würden gute Soldaten sein. Und tapfer. Meine Finger glitten über das glatte Holz des Geländers, als ich nach Worten suchte.

"Männer. Manche von euch waren in der Schlacht, manche sind neu. Viele von euch werden ihren Kindern erzählen können, was geschehen ist. Und ihr solltet stolz sein. Ihr Männer seid Angehörige der modernsten Truppe der Welt, der Kosmischen Ingenieure, und ihr habt Dinge erlebt, die die meisten Menschen gar nicht verstehen

*würden. Gemeinsam haben wir eine ganz neue Welt für die For-
schung eröffnet. Zunächst mit dem Wolkenbrecher, um Regen zu
machen, und dann, als die fliegenden Untertassen angriffen, mit der
Raumkanone. - Und die meisten von euch wissen, was dann geschehen ist. Sie haben den General ins Gefängnis geworfen, und er
starb. Sie hatten Angst vor der Wahrheit, und sie töteten ihn. So ist
die große Schlacht also vorüber. Wir haben einen neuen Horizont
überschritten und haben eine neue Art des Denkens und des Fühlens
kennengelernt. Aber es wird eine lange Zeit dauern, Männer, ehe
wir wieder zum Kampf bereit sind."*

*Meine Stimme erstickte, und ich empfand eine schreckliche Leere
in meinem Innern, als würde ich etwas verlieren. Nur hatte ich dabei nicht das Gefühl, als verlöre ich etwas; denn wenn man etwas
verloren hat, dann ist es gerade geschehen, und man hat es erst gewußt, als es schon verloren war. Und nun war ich traurig, weil ich
wußte, daß ich gerade etwas verlor, und auf eine seltsame Weise wußte
ich, daß ich es durch meine eigene Tat verlieren mußte, und das
machte alles noch schwerer; denn wenn ich es absichtlich verlor, so
hieß das, daß ich immer gewärtig war, wo ich es wiederfinden würde, selbst wenn ich dazu keine Möglichkeit hatte. Es war etwas, das
ich nicht verstehen konnte und doch verstehen mußte.*

*"Und der Grund, weshalb Toreano euch heute nacht hierher geru-
fen hat, besteht darin, daß wir unsere Truppe auflösen. Ihr könnt
eure Gewehre und eure Uniformen behalten. Benutzt eure Pferde,
um Farmen aufzubauen. Gründet Familien. Seid gute Bürger. Aber
haltet euch immer bereit. Erzieht eure Kinder frei und glücklich,
und laßt sie bereit sein für das nächste Mal, denn sie werden die
Kinder der Zukunft sein." Der Wind erhob sich scharf, und die Männer nickten und wandten sich gegen den Wind. "Ich…" war sehr
traurig "…werde euch alle sehr vermissen. Aber wir werden wieder
zusammen sein. Ich weiß es. Wir stehen auf der Seite der Wahrheit.
Danke."*

*Ich stand aufrecht da, in Hab-Acht-Stellung und sah sie lange an.
Sie alle schauten auf mich. Ich wartete einen Augenblick, bis der*

*Wind sich gelegt hatte, und dann, sehr langsam und sehr ernst, hob ich die Hand zum Gruß.*

*"Wegtreten."*

*Die Formation löste sich still auf, und Toreano und ich schauten zu, wie sie zu ihren Pferden gingen, aufsaßen und in alle Himmelsrichtungen davonritten. Wir konnten noch lange ihre Sättel knarren hören. Als sie fort waren, wendete Toreano sein Pony, so daß er unmittelbar vor mir saß. Seine Augen waren voller Worte.*

*Ich wollte ihn fragen, was er wirklich dachte. Ob er dachte, wir hätten wirklich gewonnen, und wohin er gehen, was er tun wollte. Aber ich wußte, wir würden uns wiedersehen.*

*"Auf Wiedersehen, Toreano. Ich…"*

*Er lächelte still, und seine Augen blitzten unter der dunklen Krempe seines Hutes. Wir schauten einander lange an. Dann beugte er sich im Sattel vor und streckte seine Hand der meinen entgegen. Wir schüttelten uns fest die Hände. Er zog kurz die Zügel an und war fort.*

*Ich schaute zu, wie der Wind ihn in die Nacht hinaustrug, und lange noch stand ich auf der Plattform und beobachtete, wie die Sterne über das Firmament wanderten. Ich fühlte mich allein, und ich wußte, ich würde sehr lange allein sein.*

*Allabendlich nach Verlöschen der Lichter trat ich ans Fenster, um nach EAs Ausschau zu halten, denn sie würden kommen und mich holen. Eines von ihnen würde auf dem Lacrosse-Feld hinter dem Schlafsaalgebäude landen, und ich würde Bescheid wissen, und sie würden Bescheid wissen, und Daddy würde darin sein, wieder glücklich, lächelnd.*

*Manchmal, wenn ich mich wirklich elend fühlte, schlich ich mich in Blackmans Zimmer hinauf. Er lag dann im Bett, und ich setzte mich neben das Fenster, und wir unterhielten uns. Er war mein bester Freund. Einmal, als ich weinte, hielt er mir die ganze Nacht die Hand. Wir redeten über vieles.*

*"Ah, beobachtest du wieder den Himmel?"*

"*Ja.*" *Wolken trennten die Sterne voneinander.*

"*Was passiert eigentlich, wenn du eins siehst?*"

"*Ich notiere es in meinem Tagebuch. Wir müssen nämlich so eine Art Tagebuch über alle unsere Beobachtungen führen.*"

"*Meint ihr, daß alles und jedes eine Bedeutung hat?*"

*Es bedeutet, daß sie kommen und mich holen werden, es bedeutet, daß alles in Ordnung ist. So sind sie gekommen und haben Jesus geholt, denn sie wußten Bescheid, daß er Bescheid wußte, und sie holten Daddy, und Daddy würde mich hier nicht allein zurücklassen, denn er liebt mich.*

"*Nun, es bedeutet, daß die Raummenschen die Erde immer im Auge behalten, wenn man einmal so sagen will.*"

"*Wozu? Wollen sie die Erde in ihre Gewalt bringen?*"

*Kann sein. Aber jetzt, wo sie Daddy haben, wissen sie, was geschehen ist, und das DOR wird aufhören. Die Angriffe werden aufhören. Der Krieg wird vorbei sein. Wir können Freunde sein.*

"*Nein, es geht nicht so sehr darum, daß sie die Erde in ihre Gewalt bringen wollen, glaube ich; hauptsächlich beobachten sie wohl, was auf der Erde geschieht. Sie sind freundlich.*"

*Die Wolken zogen fort, und der Himmel über dem Lacrosse-Feld war wieder klar, mit funkelnden Sternen in der Novembernacht. Blackman schwieg einige Zeit. Dann sagte er: "He, Reich, glaubst du wirklich, da draußen gibt es etwas?"*

*Ich nickte feierlich. "Ich glaube es wirklich."*

"*Glaubst du an Gott?*"

"*Nein, ich glaube an keinen gewöhnlichen Gott, denke ich.*"

"*Und an was glaubst du dann?*"

*Ich seufzte und schaute zu den Sternen hinauf. Sie schimmerten und leuchteten. "Ich glaube an eine Art kosmischen Verstand."*

"*Du meinst, wie in den Philosophiebüchern, wo irgendeiner so eine abstrakte Idee von etwas Größerem hat, das aber nicht so eindeutig ist wie Gott?*"

"*Nein, ich meine, daß es tatsächlich etwas da draußen gibt.*" *Die Sterne wirkten jetzt heller, als wollten sie mir antworten. "Eine wirk-*

*liche Plasmamasse, die im Raum treibt. Sie ist wahrscheinlich riesig, so groß wie das Sonnensystem oder die Milchstraße, jedenfalls groß, und sie besteht ganz aus Geist, ganz aus Denken und Fühlen."*

*"Ist das so wie der Himmel, wie das Paradies?"*

*Ich dachte eine Weile darüber nach. Es war eine schöne Vorstellung; denn das wäre ein Ort, wo es nichts gab als Denken und Fühlen innerhalb des großen, pulsierenden Plasmas. Es würde sich für alle Zeit wohlig anfühlen.*

*"Ja, ich schätze, es ist so was wie der Himmel."*

*Und Daddy würde dort sein, mit freiem Geist. Er war so traurig zum Schluß, wenn wir miteinander spazierengingen und sprachen. Er war wie jemand, der auf dem Gipfel der Welt stand und in eine neue Welt hinüberblickte. So war Daddy. Er hatte sich selbst erhoben, so daß er über den Horizont in eine neue Welt blicken konnte, in eine freie, in eine glückliche Welt. Er stand da am Rande des Universums und blickte in die Zukunft, und als er sich umwandte und sagte: "Kommt, gehen wir los", haben sie ihm die Leiter unter den Füßen weggezogen und ihn getötet.*

*Ich drehte mich um und schaute zu Blackmans Koje. Das einzige, was ich sehen konnte, war ein rundes Bündel Decken.*

*"Blackman, glaubst du eigentlich an Gott? ... Blackman?"*

*Er war eingeschlafen.*

*Die Tage verstrichen öde. Zuweilen empfing ich an meiner Schreibmaschine verstümmelte Nachrichten von Daddy über MODJU und HIGs und Christus, und ich wußte, er würde bald kommen. Es passierte an dem Abend, an dem MacGregor und Blackman eine besondere Vorrichtung an der Türklinke ihres Zimmers anbrachten.*

*Sie verbrachten den ganzen Nachmittag damit, das Radio so zu verkabeln, daß die Drähte um den Türrahmen liefen und mit der Tür zugleich auch der Stromkreis geschlossen war. Wenn also die Tür zu war, lief das Radio, und wenn sie offen war, war es aus.*

*Blackman schüttelte den Staub von seinen Händen. "Ha, das wird ihn völlig aus der Fassung bringen. Das kriegt er nie raus."*

101

*Wir probierten den Mechanismus ein paarmal aus, und er funk-
tionierte blendend. Sobald man die Klinke herunterdrückte, ging
das Radio aus. MacGregor stand herum und tippte sich nervös mit
dem Daumen auf die Fingerspitzen.*

*"He", sagte er. "Meint ihr nicht auch, wir sollten eine Strickleiter
anbringen, damit wir uns dünnemachen können, wenn er durch-
dreht? Ha, ha. He, Reich, warum holst du nicht deine fliegenden
Untertassen, damit sie uns retten, falls Herm die Sache spitzkriegt.
Ha, ha."*

*Herm war ein gewichtiger Perser und der Proktor auf Upper North.
Er war in der Oberstufe und hatte Hanteln unter seinem Bett. Er
war bärenstark, und manchmal begriff er nicht, was um ihn herum
vorging. An jenem Abend ging ich nach dem Lichtaus zu einer
Spähtruppmission auf den Pißpott, um herauszufinden, in welcher
Stimmungslage Herm sich gerade befand. Wie gewöhnlich stand er
in Unterhosen vor dem Spiegel und ließ seine Muskeln spielen.*

*"Na, wie schaut's aus, Herm?" fragte ich, als ich ins Becken strullte.*

*"Ha", meinte er und grinste sich selbst im Spiegel an. "Prächtig."*

*Er hatte einen umfangreichen, behaarten Brustkasten und behaarte
Arme und behaartes Alles. Sogar seine Schultern waren behaart, und
die Haare bewegten sich, wenn er seine Schultermuskeln tanzen ließ.
Er grinste erneut. "Ha, prächtig."*

*Ich ging zum Waschbecken hinüber, um mir die Hände zu wa-
schen, und Herm wandte sich mir zu. Er hob sein rechtes Bein und
hielt mir die Wade hin.*

*"He", sagte er. "Fühl mal."*

*"Was?"*

*"Hier. Fühl dir dat mal an." Er legte meine Hand auf seine Wade
und spannte die Muskeln. "Dat is'n Ding. Wie'n Ziegelstein. Meinste
nich?"*

*"Klar, Herm. Mensch, bist du stark. Na denn, gu' Nacht." Ich
ging auf Zehenspitzen die Treppe hoch und huschte in Blackmans
und MacGregors Zimmer.*

*"Ist er einigermaßen beisammen?" fragte Blackman.*

*Unter Blackmans Koje schlüpfend, sagte ich: "Jap, er ist ganz selig und begeistert sich an seinen Muskeln."*

*"Okay, dann dürfte er ja nicht allzusehr überschnappen, oder?"*

*"Erfaßt."*

*"Ha, ha." MacGregor kicherte in der oberen Koje.*

*"Okay, also Abfahrt mit dem Radio." Blackman schaltete das Radio ein, und schmalziger Rock 'n' Roll rieselte aus dem Raum durch die geschlossene Tür in die Halle.*

*Blackman und MacGregor zogen sich die Decken über die Ohren und taten so, als schliefen sie. Ich zog unter der Koje die Beine hoch. Das Zimmer war dunkel, und wir warteten auf Herm.*

*Nach ein paar Minuten sahen wir durch den Türspalt den Schatten seiner Füße, als Herm draußen stand und horchte. Die Tür flog auf.*

*"Heeh", brüllte Herm. "Kein Radio nach dem Lichtaus, kapiert."*

*MacGregor lehnte sich mißmutig und müde aus seiner Koje. "Häh? He, Herm, was redest du da? Radio? Wir versuchen zu schlafen. Sachte, sachte."*

*"Jap", murmelte Blackman, "immer sachte."*

*Ich schnappte nach Luft unter dem Bett.*

*"Dachte, ich hör Radio. Tschuldjung."*

*Er schloß die Tür, und wir bogen uns vor Lachen. Dann hielten wir die Luft an und lauschten, wie Herm die Halle hinuntertappte.*

*"Dreh's wieder auf", sagte MacGregor. "Ha, ha, ha."*

*Blackman hielt das Radio unter die Decke und drehte es laut.*

*Von meinem Platz unter dem Bett sah ich, wie Herms Füße zurückkamen und vor der Tür stehen blieben.*

*Ich fing an zu kichern. Dann mußte ich so lachen, daß mir die Luft wegblieb. Das Bett wackelte unter MacGregors und Blackmans Lachsalven.*

*Herms Hand umgriff die Türklinke, und er platzte ins Zimmer. Stille. Nun gut, fast Stille. Ich konnte hören, wie Blackman und MacGregor ins Kissen bissen. - Herm blickte mit dumpfem Knurren im Raum umher.*

*"Aaarghh." Dann schloß er die Tür. Wumm. Der Rock 'n' Roll schallte durchs Zimmer.*

Come along an' be my party doll
Come along an' be my party doll.

*Die Tür flog auf, und Herm stand, einen Fuß im Flur, den anderen im Zimmer, im Türrahmen, donnergrollend.*
*"Aaaarghh, was is da los?" knurrte er. Das Bett wackelte von unserem verhaltenen Gelächter, aber ansonsten war es still im Raum.*
*Herm schloß langsam die Tür. Es war völlig still, bis die Falle des Schlosses an den Türrahmen stieß.*

Come along an' be my party doll
I wan' make love to you to you

*Herm stürmte herein und schaute sich wieder in dem stillen Raum um. Dann schloß er wieder die Tür.*

I wan' make love to you

*Wieder flog die Tür auf, und er stand da im Korridor, schlug die Tür zu und riß die auf und fetzte die Musik in Stücke.*

I want

*WUMM!*

to make love

*WUMM!*

to you!

*WHAM! Die Tür flog auf.*
*"Dreh es aus!" schrie MacGregor. Blackman, der unter der Decke sein Radio umklammerte, schaltete den Apparat ab. Ich lag als kleines Knäuel unter dem Bett.*

Herm brüllte. "Verdammte Scheiße! Wo ist das Radio? Was zum Teufel geht hier vor?"

Blackman bemühte sich, verschlafen dreinzuschauen, aber er konnte das Lachen nicht unterdrücken.

"Hi, hi, Herm, ha, ha, wir haha haben haha gerade versucht, ha, ha das Radio, ha, ha zu reparieren…"

"Radio reparieren. Scheiß aufs Radio. Wo is MacGregor?" Er ging zu MacGregors Koje und zerrte ihn aus dem Bett. Er hielt ihn mit einer Hand mitten in den Raum und fing an, ihn zu schütteln.

"Was zum Teufel stellt ihr hier an, he?"

MacGregor schlotterte an allen Gliedern, als Herm ihn durchschüttelte, aber er konnte sich auch jetzt das Lachen nicht verbeißen, und das machte Herm noch rasender.

"Wir haben nichts gemacht, Herm, ehrlich. Blackman hat nur versucht, das Radio in Ordnung zu bringen. Ehrlich. Ha, ha."

Unter dem Bett weinte ich fast vor Lachen, die Beine an die Brust gezogen.

"Verdammte Säcke. Verdammte Säcke. Machen sich lustig über Herm. Ich werd's euch beibringen. Arrgghhh."

Er schubste MacGregor gegen die Wand, und Blackman hopste aus dem Bett.

"Hör auf, Herm. Warte, bring ihn nicht um! Warte!"

Er zerrte an Herm, aber der stieß ihn weg, zum Fenster hin. Blackman taumelte und drehte sich, um sein Gleichgewicht wiederzufinden, und plötzlich rief er: "Heilige Scheiße! Seht euch das an!"

Herm hörte auf, MacGregor zu schütteln, und sah aus dem Fenster. Ich - immer noch unter dem Bett - hörte zu lachen auf.

"He, Reich", rief Blackman. "Schau dir das an. Mann, die machen aber einen drauf heute."

Ich schlüpfte unter dem Bett hervor und zwängte mich zwischen die anderen, um aus dem Fenster schauen zu können. Drei rote und grüne Bälle flogen in enger Formation am Himmel über dem Lacrosse-Feld, blitzten, glühten und signalisierten.

Herm ließ MacGregor zu Boden gleiten.

"Wat is da los, verdammt? Wat tut sich da?" Er schaute sich mit verblüfftem Gesichtsausdruck im Raum um und blickte dann wieder aus dem Fenster. "Erst dat Radio und dann de Lichter. Wat…? He, Reich", brüllte er und hielt mir seine behaarte Faust unter die Nase. "Was zum Teufel treibst du hier? Mach dich schleunigst vom Acker!"

Liebend gern.

So schnell ich konnte, raste ich die Treppe in mein Zimmer hinunter. Noch während ich in Hose, Jacke und Schuhe schlüpfte, öffnete ich das Fenster und sprang auf das Lacrosse-Feld hinaus.

Die EAs standen tief am Himmel und schienen nicht sehr weit entfernt zu sein. Es waren rote und grüne Bälle, die am Himmel umherhuschten und immer näher kamen. Kamen, um mich endlich abzuholen.

Der Novemberwind kühlte die Lachtränen auf meinem Gesicht, und nun fingen meine Augen zu brennen an. Ich ging mit großen Schritten über das Feld, den EAs entgegen. Hinter mir hörte ich das Murmeln von Stimmen, als Jungen sich aus den Fenstern lehnten, um die Bälle am Himmel zu beobachten. Aus seinem Fenster in Upper North hörte ich Blackman rufen: "He, Reich! Wo gehst du hin? Komm zurück! Komm zurück!"

Ich aber schenkte ihm keine Beachtung. Die EAs kamen, um mich abzuholen. Ich mußte ihnen Bescheid geben, wo ich war. Wenn ich mich nur genügend konzentrierte und wirklich angestrengt dachte, mußten sie mein Signal auffangen. Ich sah sie wackelnd am Himmel auf- und abschwingen. Meine Augen waren ganz auf Signalisieren eingestellt und wanderten durch Wind und Himmel hinauf und sagten: Bitte, kommt und holt mich fort zu den Sternen, bitte kommt, bitte kommt.

Im Raumschiff drinnen war alles silberblaues Licht, und es standen Männer an den Schalthebeln. Die Wände strahlten silberblau, außer an den Stellen, an denen Orgon-Radarschirme angebracht waren. Das Raumschiff war vom sanften Summen des Orgonmotors erfüllt. Auch die Männer waren silberblau gekleidet, und sie hatten ernste Gesichter, wie sie so durch das Sehrohr auf die Erde, auf Oakwood und auf das Lacrosse-Feld herabblickten.

*Das Raumschiff konnte geradewegs dort drüben am Ende des Lacrosse-Feldes landen, wenn es mir nur gelang, die Astronauten darauf aufmerksam zu machen. Ich mußte ihnen ein Signal geben, für den Fall, daß sie nicht Bescheid wußten. Was, wenn Daddy in dem Raumschiff ist? Wie erkennen sie, daß wirklich ich es bin und nicht ein Spitzel? Ich dachte an das Foto im Observatorium, an die beiden Hände, die ein Energiefeld bildeten. So lief ich ans Ende des Lacrosse-Feldes und begann, ein Energiefeld aufzubauen, die Hände vorgestreckt, die Flächen einander zugewandt. Langsam führte ich sie aufeinander zu und wieder voneinander weg, bis ich das Energiefeld zwischen ihnen spürte. Sie mußten es durch das Sehrohr bemerken können.*

Im Raumschiff bereiteten die Männer die Landung auf dem Feld vor. Das silberblaue Licht warf einen weichen, grauen Schatten, als die Hände des Kapitäns sich über das Schaltbord bewegten. Die Energie aus seinen Fingerspitzen ließ kleine Lichter auf und ab blinken. Das Raumschiff machte sich schwankend zum Abstieg bereit. Daddy blickte durch das Sehrohr, und er konnte mich sehen. Er trug weder seine Khakihose noch sein rot-schwarz kariertes Hemd. Die waren bei Bill und Eva in Maine eingemottet. Er trug eine neue Uniform aus seidigem Blau, mit dem Symbol der Spindelwelle quer über der Brust. Auf seinen Schultern glänzten Generalssterne, nur waren es wirklich Sterne, fünf auf jeder Seite. Sein Gesicht war rötlich und wirkte ruhig und heiter, wie er so durch das Sehrohr blickte.

*Durch die Nacht ging ich über das Feld, machte mit den Händen das Energiefeld, betete, daß er kommen und mich abholen möge. Bitte kommt, sagte ich und blickte lange und angestrengt auf die leuchtenden Bälle, die aus dem Himmel immer näher kamen. Bitte kommt und holt mich ab, bitte, bitte. Bitte, hier sind meine Blicke, hier stehe ich und sende sie weit hinaus zu euch. Zu euch. Sende euch meine Blicke, bitte, kommt, bitte. Weit entfernt am Himmel war ein Geräusch. Ich hörte einen Hund bellen.*

Daddys Augen lächelten sanft. Er war glücklich, denn er war gerade dabei, mich zu einem anderen Planeten fortzuholen, auf dem wir frei und glücklich sein würden. Diese Welt war nicht reif für ihn. In einer neuen Sprache ohne Worte, in einer Sprache des Denkens, schaute der Navigator Daddy an. Daddy ging zum Orgon-Radarschirm hinüber, auf dem rote und blaue Lichtflecken schimmerten. Er konnte die drei Leuchtflecken der Raumschiffe und unter ihnen den schwachen Flecken sehen, wo ich das Energiefeld als Landebake für sie aufgebaut hatte. Dann sah er am Rande des Schirms, was der Navigator entdeckt hatte: die kalten, harten Flecken von Luftwaffen-Düsenjägern.

*Die Düsenjäger kamen von Süden. Sie näherten sich rasch mit blinkenden Lichtern und dumpfem Gedröhn. Meine Hände blieben in der Luft stehen, das Energiefeld brach zusammen, ich starrte voller Entsetzen. Die Düsenjäger setzten dazu an, die Raumschiffe zu verjagen! O Gott, begriffen sie denn nicht, daß diese fliegenden Untertassen nicht als Feinde gekommen waren? Daß sie ihn bei sich hatten? O Gott, bitte, laß nicht zu, daß sie ihn verjagen. Bitte, kommt rasch. Kommt rasch zu dem Feld und holt mich. Oh, bitte, bitte. Ich rannte über das Feld, während auf der anderen Seite des Himmels die Düsenjäger kreisten, um Peilungen vorzunehmen, und dann steuerten sie auf die Raumschiffe los. Ich beobachtete den Himmel vom Mittelpunkt der Erde aus.*

Daddys Gesicht war reglos, als er den Radarschirm beobachtete und die Düsenjäger immer näher kommen sah. Dann ging er zum anderen Sehrohr zurück und schaute zu mir hinunter, wie ich auf dem Felde stand, wie ich rannte und innehielt, hinaufblickte und meine Hände einwärts und auswärts bewegte. Sieh mich an, Peeps, flüsterte er. Der Kapitän dachte zu Daddy hinüber und sagte ihm, sie müßten auf schnelle Fahrt gehen, oder die Düsenjäger würden zuschlagen. Daddy dachte auf dem Schirm zu mir. Peter, wir können nicht kommen und dich retten. Du mußt tapfer sein und hier auf der Erde bleiben. Als seine Tränen auf den weichen, blauen Schirm trafen, machten sie schwache, weiche Geräusche. Es tut mir leid, Peeps, mein kleiner Sohn. Wir müssen fort. Sie glauben es immer noch nicht, aber wir haben gewonnen. Wir haben gewonnen. Auf Wiedersehen, Peeps, auf Wiedersehen. Ich werde dich immer lieben. Er schaute zum Kapitän hinüber und nickte.

*Die Bälle verschwanden sehr rasch und bewegten sich in die Nordwestecke des Himmels. Sie verschwanden, während die Luftwaffen-Düsenjäger in Schleifen und Schlangen über den Himmel zogen.*

✳

Die Krankenschwestern deckten mich auf. Langsam lockerten sie das Laken. Ich weinte. Mein Körper war intakt. Meine Schulter war wieder eingerenkt, aber ich weine auch, denke *ein Reh, ein Reh, ein Reh.*

# Zweiter Teil

# 4

*Le pur enthousiasme est craint des*
*faibles âmes*
*Qui ne sauraient porter son ardeur ni*
*son poids.*
*Pourquoi le fuir? - La vie est double*
*dans les flammes.*
*D'autres flambeaux divins nous*
*brûlent quelquefois:*
*C'est le Soleil du ciel, c'est l'Amour,*
*c'est la Vie;*
*Mais qui de les éteindre a jamais eu*
*l'envie?*
*Tout en le maudissant, on les chérit*
*tous trois.*

Alfred de Vigny, *"La Maison du Berger"*.

Mit Blick über die Landschaft Maines stand auf der Kuppe des Hügels baumumschattet am Ende eines sanft sich windenden Pfades das Grabmal. Es war wuchtig, ungefähr drei Meter lang und halb so breit. Seine Wände aus gemauerten Felsbrocken ähnelten denen des größeren Natursteingebäudes am anderen Ende des Pfades, nur war das Grab statt mit einer kiesbestreuten Veranda mit einer Platte aus gesprenkeltem Granit abgedeckt. Dick geschnitten, wie sie war, sah die Granitplatte einem richtigen Dach ähnlich: Von einem First in der Mitte fiel sie sanft zu den Rändern ab, so daß der Regen zu den Seiten, die über die Wände hinausragten, abfließen mußte.

In der Mitte des granitenen Grabdeckels, auf der Seite, die zum offenen Gelände hin abfiel, war eine überlebensgroße Büste angebracht.

Wenn man neben der Büste oben auf dem harten, gesprenkelten Granitdeckel saß, konnte man den Blick etwa drei oder vier Kilometer weit schweifen lassen, über den Fichten-, Tannen-, und Birkenwald, wo Hunter Cove am Rande abfallender Wiesen den Rangeley Lake ins Blickfeld brachte. An klaren Tagen lugten im Südwesten der Mount Washington und die White Mountains von New Hampshire über den Horizont. Es war eine schöne Aussicht, die von Tom Ross' Axt über das Geäst junger Bäume hinweg freigehalten wurde.

Annähernd zehn Jahre nach dem Tod des Mannes, der ihn eingestellt hatte, jenes Land zu pflegen, war Tom Ross der einzige, der dort geblieben war. Tom wurde für seine Arbeit aus einem Treuhänderfonds entlohnt, der dem Letzten Willen gemäß geschaffen worden war, und erfüllte so jenen Teil des Testaments, der die Einrichtung eines Museums und die Pflege des Geländes bestimmt hatte.

Im Sommer führten er und seine Frau Bea dienstags und donnerstags von neun Uhr morgens bis zwölf Uhr mittags und zwischen zwei und vier Uhr nachmittags Besucher durch das Museum. In der restlichen Zeit mähte er Wiesen, hielt das Gebäude instand, kümmerte sich um seine Enkel und Urenkel - eine wachsende Zahl - und machte sich Gedanken um die Sozialversicherung. Im Winter zog er Schneeschuhe an und ging mit geschulterter Axt tief in die Wälder von Orgonon hinein und verschnitt die Bäume. Er arbeitete langsam und gewissenhaft, mit wohlbemessenen Axthieben, und beseitigte das Gestrüpp und die morschen Äste, so daß die Wälder gerade und hoch um den Rükken des Hügels herum emporwuchsen.

Wenn er vom Grab aus aufs Geratewohl losging, mochte der Wanderer plötzlich aus dichtem Unterholz in stille Teile des Geländes vordringen, in denen Toms ordnende Hand gewirkt hatte. Oder er mochte auf andere Anzeichen von Aktivität stoßen: kleine Löcher und Haufen aus Felsbrocken, die allenthalben herumlagen; oder er fand versteckt und vergessen unter Bäumen einen der vielen Schutthaufen, überwuchert und übersät von Tannennadeln, Wurzeln und Moos; alte Zedernzäune, moosbewachsen; seltsame Kreise.

Die Kreise waren kaum mehr unterscheidbar zwischen den Blaubeersträuchern, Hirschbeerbüschen und kleinen Immergrüns, ihre ausgefransten Kreiskonturen konnte man gerade noch an den weichen, verschwommenen Umrissen einer Moosart erkennen, die überall dort wucherte, wo einmal ein Feuer geglüht hatte.

*Rauchwolken brodelten weichen, weißen Ballons gleich aus den Bäumen hervor, bis nichts außer Schnee mehr zu sehen war. Alles war weiß. Auf der anderen Seite des Reisigfeuers raschelten Blätter und* knisterten Zweige, als Tom mit vollen Armen Reisig in das Feuer warf. Um mich herum stieg der weiße Rauch aus dem Feuer, weicher als der Schnee, der unter meinen Sohlen knirschte. Ich warf einen Ast in den Rauch und blinzelte zur Seite. Der Rauch erschwerte das Atmen. Nur Daddy atmete leichter.

"Pete!" brüllte Tom zu mir herüber. Wegen des Rauches konnte er mich nicht sehen.

"Was gibt's?"

"Biste okay?" Seine Stiefel knirschten im Schnee und kamen näher. Dann nahmen sein Hut und Kopf Kontur an. "Hier! Leg dich in den Schnee."

Er legte seine Axt ab und kniete sich hin. Es sah aus, als triebe er im Rauch. "Leg dich hin", sagte er abermals und legte sich in den Schnee.

Auch ich stellte meine Axt beiseite und legte mich hin. Plötzlich war die Luft klar, und ich konnte atmen und sehen. Wo wir uns niedergelegt hatten, breitete sich eine etwa fußhohe Schicht reiner Luft wie eine Decke zwischen dem Schnee und dem Rauch aus. Tom stützte sich mit der einen Hand auf die Axt, mit der anderen nahm er einen Bissen Tabak. Er grinste und hielt mir den Tabak hin. Ich schüttelte den Kopf. Auch Tom schüttelte den Kopf und grinste. Er bot mir immer seinen Tabak an. Hinter Tom durchbrachen Baumstämme den Schnee und verschwanden im Rauch. Das Feuer knisterte und zischte, aber wir konnten es nicht sehen.

"Sag mal, Tom, wie kommt es eigentlich, daß der Rauch nicht ganz bis zum Boden herunterreicht?"

"Weiß nich. So halten sich die Holzfäller aus dem Rauch raus, denn über dem Schnee ist immer klare Luft."

Die Schneekruste rieb rauh an meiner Wange, und wenn ich den Arm oder das Bein bewegte, zerbarst sie unter dem Druck. Fußabdrücke von Tieren und Blattstückchen waren in die Schneekruste eingefroren, und es stieg ein Geruch von Kälte aus ihr auf. Ich zog die Axt näher zu mir heran und roch am Stiel. Er roch nach Pech und Rauch, die Toms mächtige Hände in ihn eingerieben hatten.

"Sag mal, Tom, verschneiden wir heute noch mehr Bäume?"

*"Weiß nich. Schätze, wir lassen das Feuerchen hier runterbrennen und gehen in die Stadt, die Nachmittagspost holen. Dir is doch nicht etwa kalt, oder?"*

*Ich schüttelte den Kopf. Er grinste und hob den Kopf, um zu spukken und einen Blick aufs Feuer zu werfen. Ich fragte mich, wie weit wohl der Rauch in den Wald eindringen und wie es wohl von oben aussehen würde, wo kein Rauch war. Vielleicht schauten nur die Baumwipfel wie ein Wald kleiner Weihnachtsbäume aus dem Rauchgewölk. Es war schon fast Weihnachten, aber ich wollte nicht, daß es kam, ehe die dritte Sache geschehen war. Mummy sagte immer, schlimme Ereignisse träten immer zu dritt ein, und wir hatten schon zwei hinter uns.*

1966 traf man Tom Ross immer noch auf Orgonon an; er bereinigte Wege durch die Wälder, die nur er kannte, mähte die Wiesen im Sommer, brannte im Winter das Unterholz ab und hielt Orgonon sauber und ordentlich; an Wochenenden und selbst nach Dienstschluß tauchte er auf, um sich zu vergewissern, daß niemand eingebrochen war.

Die Motorschlitten, eine neue Marotte, erleichterten im Winter erheblich den Zugang zu den Gebäuden, und obgleich kein größerer Diebstahl vorgekommen war, hatte es doch ein oder zwei Einbrüche gegeben. Einmal hatten die Eindringlinge einige Gemälde zerschnitten. Niemand in der Umgebung wußte auch nur annähernd, inwieweit er die Angaben darüber, was noch alles in den Gebäuden herumstehe, ernst nehmen sollte; trotzdem hielten sich Gerüchte, daß noch eine Menge wissenschaftlicher Gerätschaften und einige besonders schöne Möbelstücke vorhanden seien. Abgesehen von den Gerüchten und den Dingen, die den Besuchern des Museums sofort auffielen, war es in der Tat recht schwierig auszumachen, was noch alles da war. Ohne Zweifel geisterte noch eine Art Frankenstein-Vorstellung in den Köpfen dieser Dörfler herum, die darauf erpicht waren, den Tourismus in ihrer Gegend zu fördern, und nahezu fünfzehn Jahre lang war ihnen der starke ausländische Akzent der Ärzte und Wissenschaftler aufgefallen, die hier draußen an ihren Experimenten arbeiteten, ihren Experimenten mit ... ENERGIE.

Tom Ross hatte das alles mit durchgestanden, und nun blieb er hier, ein Bindeglied zwischen Vergangenheit und Gegenwart. Während der ganzen Jahre, die er dort allein ohne jegliche Hilfe werkelte, muß er immer wieder im Geiste die Ereignisse duchgegangen sein und sich Gedanken über die beteiligten Menschen gemacht haben, denn im Lauf der Zeit, als die Besucher zahlreicher nach Orgonon kamen, nahmen seine Geschichten an Zahl und Umfang zu. Er erzählte ruhig und mit liebevoller Bewunderung von *Dem Doktor*; seine Geschichten berichteten von der Fairneß, der Aufrichtigkeit, der Phantasie und auch den Fehlern des großen Mannes. Klugerweise weigerte sich Tom jedoch, in jene läppischen Tonbandgeräte zu sprechen, die manche Besucher bei sich führten.

Es ist nicht ohne Ironie, daß Tom Ross 1966 zu den ganz wenigen Leuten zählte, die über Den Doktor etwas zu sagen wußten. Viele der übrigen Mitarbeiter - sowohl mit als auch ohne Akzent -, die die amerikanischen Jahre Des Doktors geteilt hatten, verharrten schweigend und grübelten über die Zeit mit Reich. Einige kehrten sich verbittert von der Welt ab, andere sahen der Zukunft voller Ungewißheit entgegen, und wieder andere mühten sich auf eigene Faust und mit eigenen Ansätzen, die Forschungen im Rahmen eines wissenschaftlichen Werkes fortzuführen, das ihnen als überaus wertvoll erschien.

Ärzte in allen Ländern der Welt vollzogen langsam und umsichtig die Entdeckungen Reichs nach, sie verwarfen Daten, ordneten Perioden neu an, um neu zu definieren, was als "akzeptabel" gelten könnte. Selbst im Jahre 1966 empfahl man den in der Ausbildung stehenden Psychiatern noch, die Lektüre der *Charakteranalyse* nach der ersten Hälfte abzubrechen, weil "Reich zu jenem Zeitpunkt seiner Entwicklung übergeschnappt" sei.

Erscheint bereits die Zurechnungsfähigkeit als ein äußerst triviales Kriterium, um die Grenzlinie zwischen der Welt der traditionellen Medizin und Wissenschaft und Reichs Werk zu ziehen, so erscheinen die besonderen Streitigkeiten der Anhänger Reichs, aus der Perspektive der weiteren Entwicklung betrachtet, ebenso trivial. Viele von ihnen wehrten sich dagegen, als "Schüler" oder "Reichianer" abgestempelt zu werden, und bestanden daher auf Orthodoxie im Sinne der herkömmlichen Wissenschaftspraxis; ihr Widerstand gegen jegliche Zuordnung zu Reich war so heftig, daß ihre Beteuerungen sie vielfach als Götzendiener oder Fanatiker auswiesen.

Auf der internationalen Ebene bestand zwischen den interessierten Wissenschaftlern keinerlei Kommunikation. In Amerika beschränkten sich die Beziehungen zwischen den meisten, die sich als Erben von Reichs Vermächtnis betrachteten, auf testamentarische Machtkämpfe, Gerichtsverfahren und Streitigkeiten.

Und ein Großteil schwieg völlig.

Zu den Schweigenden gehörte auch Eva Reich. Nach dem Tode ihres Vaters zog sie mit ihrem Mann, William Moise, an die Küste von Maine, wo sie in einem kleinen Ort lebten. Viele Jahre hindurch beschränkten sich Evas Aktivitäten auf einen auf biologischer Grundlage angelegten Garten, Lesen und ihre Tochter. Bill widmete sich ausschließlich der Malerei. Er rührte mit den Fingern in der Farbe herum und schuf Bilder, die als bewegte Lichtmuster strahlten.

Das Auf und Ab in der Diskussion um das Werk Reichs und seine Problematik veranlaßte Eva zu einer Haltung, die sie als "übernatürliche Abkehr" von den Machtkämpfen bezeichnete. Sie arbeitete hart, um die jungen Leute und Armen im gesamten Bundesstaat Maine für Geburtenkontrolle und sexuelle Aufklärung zu gewinnen, aber sie wehrte sich standhaft dagegen, in die Querelen um das Vermächtnis ihres Vaters hineingezogen zu werden. "Das sind die typischen Machtkämpfe nach dem Tode des Kaisers", sagte sie einmal, als ein Problem des Erbrechts diskutiert wurde. "Die grundlegenden wissenschaftlichen Prinzipien sind weitaus wichtiger als die Machtkampfstrategien." Der Kern des Werkes, sagte sie, würde die persönlichen Auseinandersetzungen überleben.

Auch Tom Ross hielt sich aus den persönlichen Streitigkeiten heraus. Er dehnte die Fläche gelichteten Waldes jährlich weiter aus, und mehr als irgend jemand sonst war er sich dabei im klaren, daß seine Arbeit dauerhafte Früchte tragen mußte; eines Tages würde es ein richtiger Forst sein. Der überaus fähige Förster Tom, der weit über jenen peinlichen Machtkämpfen stand, konnte gewiß an all denen, die gelegentlich aus der Vergangenheit auftauchten, auf Orgonon herumspazierten, zum Grab hinausgingen und mit ihm früherer Zeiten gedachten, interessante Beobachtungen machen. Nur wenige, wenn überhaupt je einer, wagten sich in die Wälder, wo im Verborgenen viele Schätze schlummerten; aber die meisten von ihnen plauderten gern mit Tom, dem jede Unterbrechung seiner täglichen Routine und jede Gelegenheit, über Den Doktor zu erzählen, nur zu willkommen waren.

Im Oktober 1966 sah er eine Gruppe junger Leute den Besitz überqueren. Unter ihnen erkannte er Peter, den Sohn. Tom freute sich, ihn wiederzusehen.


*Auf Orgonon war es einsam ohne all die Leute. Als wir aus der Stadt zurückkamen, ging ich den Hügel hinauf, um nachzusehen, ob noch Rauch aus dem Schnee aufstieg, aber er war schon verflogen. Alles, was ich von den Stufen des Observatoriums aus erblicken konnte, waren Felder und Bäume, ganz weiß und still und ruhig. Es roch nach Schnee, einsam. Die Räume waren immer kalt und ungeheizt. Alle verließen uns nach Oranur. Oranur war das erste unangenehme Ereignis. Noch vor Weihnachten sollten es drei sein.*

*Oranur, das war, als Daddy im Laboratorium eine Radiumnadel in einem großen Akkumulator anbrachte und alle krank wurden.*

*Das Laboratorium wurde geschlossen, und die Mäuse starben. Die Leute gingen fort. Die Luft war so schlecht, daß ich täglich ein Bad nehmen mußte und Bluttests bei mir durchgeführt wurden. Eine Menge Leute wurden krank. Eva ging es schlecht. Mummy mußte uns für lange Zeit verlassen. Ihr ging es auch schlecht. Ich habe sie sehr vermißt. Dann kam sie zurück. Ich hoffte sehr, sie würde jetzt bei uns bleiben.*

*Die Instrumente in dem großen Raum unten im Observatorium lagen still und unberührt. Nach der Schließung des Laboratoriums schaffte man alle Instrumente den Berg hinauf. Der rote Linoleumbelag auf dem Fußboden war weich, kalt und grau.*

*Auf Zehenspitzen stieg ich die Treppe hinauf. Daddy saß an seinem Schreibtisch und arbeitete. Ich blieb auf der obersten Treppenstufe stehen, direkt unter dem Bild, auf dem zwei Hände ein Energiefeld bilden.*

*Nach einer Weile sah er mich über den Rand seiner Brille hinweg an.*

*"Na, Peeps." Er lächelte.*

*"Hallo, Daddy."*

*"Ich bin froh, daß du gerade kommst. Wir können uns ein bißchen unterhalten, sobald ich diese Sache hier erledigt habe. Lies doch solange in einem der Bücher."*

*Ich suchte mir den Katalog von Sears und Roebuck heraus und setzte mich an den Kamin. Sie hatten einen wirklich schönen Gurt für zwei Revolver und alle möglichen Arten von Cowboystiefeln. Mir gefielen die spitzen Stiefel am besten.*

*Nach einer Weile hörte das Kratzen der Feder auf, und Daddy kam zum Kamin herüber. Ich legte die Scheite so ins Feuer, wie Tom es mir gezeigt hatte, und wir saßen beisammen vor dem Feuer und betrachteten den Katalog.*

*"Was wünschst du dir zu Weihnachten?" fragte Daddy.*

*"Ich möchte einen Gurt mit zwei Revolvern haben!"*

*"Aber ich habe dir doch gerade erst eine hübsche Pistolentasche geschenkt. Warum willst du noch eine haben? Was wünschst du dir sonst noch?"*

Ich wünschte mir nur einen Gurt für zwei Revolver. Ich blätterte weiter bis zu den Cowboystiefeln. Die Cowboystiefel hatten rote und gelbe Verzierungen an den Seiten. Roy Rogers steckte seine Hosenbeine rein, aber ein richtiger Cowboy tat das nicht. Mummy hat versprochen, sie würde mir Cowboystiefel zu Weihnachten schenken.

"Was hältst du von einer kleinen goldenen Uhr?"

"Eine was?"

"Eine kleine goldene Uhr für den kleinen Prinzen?"

"Ich bin kein Prinz." Ich blätterte laut hörbar weiter. Manchmal ärgerte er mich, indem er mich Prinz nannte, und es verwirrte mich. Das einzige, was ich wirklich haben wollte, war ein Gurt für zwei Pistolen und Cowboystiefel. Und ein Cowboyhut.

"Es wird schwieriger sein, wenn du erst erwachsen bist", sagte Daddy.

Bei den Bildern von Frauen, die lächelnd in weicher, weißer Unterwäsche dastanden, hielten wir im Blättern inne. Ich mochte die weichen Kurven ihrer Brüste und die Art, wie die weiße Wäsche sich warm und weich an ihre Haut schmiegte. Alle Frauen lächelten uns zu. "Hast du eine Freundin?" fragte Daddy.

Ich hatte immer ein seltsames Gefühl, wenn er mich das fragte, weil ich einfach nicht wußte, was er damit meinte. Die Frauen auf den Bildern lächelten uns an und hielten ihre Hände so komisch. Sie warben für alle möglichen Kleider.

"Na ja, ich glaube, nicht so richtig. Ich mag Candy sehr gern. Und Kathleen." Kathleen und ich spielten oft Roy Rogers und Dale Evans.

"Hast du sie schon mal geküßt?"

Einige der Frauen im Katalog von Sears and Roebuck hielten ihre Hände hoch in die Luft, als wollten sie zur Decke zeigen.

"Nein…"

Er schaute auf die Reihen der Frauen und tippte auf eine hübsche.

"Gefällt sie dir?"

Sie war schön. Ihre Hände wiesen zur Seite, als wollte sie sich gerade umdrehen und aus dem Katalog heraussteigen, so daß sie in *ihrem weichen, weißen Slip zu uns kommen und sich neben uns auf die Couch setzen konnte.*

*"Ja, sie ist hübsch", sagte ich. Ich sah mitten in das Feuer und dachte, besäße es magische Kraft, würde sie, wenn ich mich umdrehte, in ihrem weißen Slip dort auf der Couch sitzen und Daddy anlächeln, und ihre Hände würden zur Decke zeigen.*

*Daddy sagte: "Bist du froh, daß Mummy zurückgekommen ist?"*

*Sie war verschwunden. Über dem Kamin hing das Bild, das Daddy gemalt hatte, ein Adler, der allein hoch oben auf einem Berggipfel sitzt und auf die Welt herniederblickt. Ich nickte.*

*Sie mußte fortgehen. Sie begründete es damit, daß sie sich nach Oranur krank fühle und operiert werden müsse. Manchmal, wenn Daddy außer sich geriet, keifte er sie an und sagte, er hasse sie und wünschte, sie würde endlich verschwinden. Nach Oranur gingen sie alle fort.*

*Ich wünschte, sie möge zurückkommen, aber ich wollte nicht, daß sie sich zankten. Ich mußte bei Daddy bleiben, wegen der drei unerfreulichen Ereignisse.*


Als sie an jenem Wochenende im Herbst 1966 in Maine durch die wogenden Felder streiften, verspürten die jungen Leute, die Peter begleiteten, ein seltsames Gefühl. Als Gruppe wußten sie wenig über Dr. Reich und hatten keine Ahnung, was neun Jahre zuvor in Orgonon ein abruptes Ende gefunden hatte. Sie sahen einzig verlassene, verfallende Gebäude und einen besonnenen Verwalter. Über dem gesamten Gebiet hing eine traumähnliche Stimmung: Einige wunderliche Dinge hatten sich hier zugetragen mit einer fremden und überirdischen Energie.

Einer oder zwei unter den Gästen, die Reich für einen viktorianischen Schrullkopf hielten, waren verwundert, ein äußerst karges, ungeschliffenes Orgonon vorzufinden. Die knorrigen Kiefernwände und die offene Feuerstelle in der Hütte, in der sie wohnten - die Hütte, die Peter geerbt hatte -, veranlaßten ein

Gruppenmitglied, Orgonon einen unverkennbar amerikanischen Charakter zuzuschreiben.

Doch die Atmosphäre dieses Ortes war viel komplizierter als die einfache, aufrechte Verwitterung Amerikas. Hinter den verschlossenen Türen der Gebäude lauerte das beunruhigende Rätsel jener Energie.

Sie erforschten das Gelände gemeinsam und fanden - nicht durch Peter - heraus, daß das langgestreckte, flache Gebäude, das sogenannte Observatorium, seit 1952, als ein außergewöhnliches Experiment namens Oranur durchgeführt wurde, nicht mehr benutzt worden sei. Das Gebäude sei geschlossen, weil es von jenem Energie-Experiment her noch unter Strahlenwirkung stehe.

An verschiedenen Punkten innerhalb des Geländes standen auf riesigen, hölzernen Rampen große, kanonenartige Maschinen mit Reihen langer, unscheinbarer Aluminiumrohre, die wie Gewehre herausragten. Die Gäste wurden darüber aufgeklärt, daß diese Apparaturen bei Experimenten zur Steuerung der atmosphärischen Energie eingesetzt wurden.

Bei seinen Streifzügen durch die Umgebung der Hütte fand einer aus der Gruppe, ein junger Psychologe aus Boston namens Ed Carmel, daß es an diesem Ort von Energiekrams nur so spuke. In einer Ecke entdeckte er einen Guß derselben Büste, die er neulich auf der Deckplatte des Grabes gesehen hatte. Diese Büste, so wurde ihm erklärt, habe Peter von einem Arzt erhalten, der glaubte, ihre Anwesenheit ziehe eine hohe Energieladung auf sein Haus. Er konnte sie nicht behalten, weil sie "Energie auszustrahlen" schien.

Die sechs Besucher verblüffte die unheilvolle Allgegenwart der Energie, und je intensiver sie nach Antworten auf ihre Fragen suchten, desto mehr wurden sie enttäuscht. Besonders das Verhalten ihres Gastgebers Peter, mit seinen zweiundzwanzig Jahren schweigsam und durch die Ereignisse hier gehemmt, raubte ihnen die Nerven. Ein großer Teil dessen, was sie von den Ereignissen, die sich vor Jahren hier zugetragen hatten, erfuhren, berichtete ein junger Jurastudent, Peter d'Errico, der auf dem College das Zimmer mit Peter geteilt hatte. Während dieses außergewöhnlichen Wochenendes hatten die anderen verschiedentlich den Eindruck, d'Errico fungiere als eine Art Übersetzer für seinen früheren Zimmergenossen. D'Errico hatte einen Sommer in Rangeley verbracht, dort gearbeitet und eine Menge über Dr. Reich erfahren. Er teilte ihnen mit, was er über Reichs Erkenntnisse und Experimente im Bereich atmosphärischer Forschung wußte, berichtete vom Verbot, das die Food and Drug Administration verfügt hatte, von Reichs Weigerung, sich an die Auflagen zu halten, dem Prozeß und der Haft. Er erklärte, wie aufgrund der Verworrenheit der Rechtslage ein Großteil von Reichs Spätwerk bis heute unaufgearbeitet geblieben sei. Doch selbst ihn störte Peters Benehmen, sein Schweigen und seine Unruhe.

Eines Nachmittags schlenderten alle sieben hügelaufwärts am Labor vorbei und bogen dann ab, um über die herbstlich-braunen Felder zu wandern. Die Straße teilte sich. Sie verließen die rissige Asphaltstraße, die zum Observatorium hinaufführte, und wählten den kaum noch sichtbaren Treckerweg, der zwischen Bäumen hindurch zu den rückwärtigen Feldern führte. Plötzlich drehte Peter sich um und ging von ihnen fort. Er stand in der Mitte des Vs, das die beiden auseinanderlaufenden Straßen bildeten, und schaute zu ihnen hinüber. Dann sah er auf den Boden. Es war nichts zu sehen, außer vertrocknetem Gras und Erde. Er wollte etwas sagen, aber er schüttelte nur den Kopf und führte sie in die Felder hinaus.

Was geht in ihm vor? fragten sie sich, während sie ihn beobachteten, wie er inmitten des freien Platzes zwischen den beiden Straßen stand. Was geht in ihm vor?

Diese wortlose Kommunikation erregte das Interesse Ed Carmels. Zur Zeit arbeiteten sie beide, er und Peter, als aufsichtführende Krankenpfleger in der Abteilung für Rauschgiftsüchtige des Bostoner State Hospital. Während der Wochen vor dem Ausflug nach Maine hatte Ed Peter durch Beobachtung recht gut kennengelernt. Insbesondere erstaunte Ed die geringe Entschlußkraft dieser Person, die erst kürzlich ein Jahr Sozialarbeit abgeschlossen hatte, jetzt ihre Zeit im Hospital verbrachte und nur darauf wartete, zum Militärdienst eingezogen zu werden. Die Art, wie er darüber sprach, machte deutlich, daß Peter *gern* Soldat sein *wollte*. Er sprach sogar davon, sich als Freiwilliger zu melden! Im Jahre 1966, als die USA Truppen wie Ameisen nach Südostasien einschleusten! Es ergab einfach keinen Sinn!

Ed hoffte, Peter zu wesentlichen Einsichten über die Dinge, die in seinem Kopf vorgingen, anregen zu können: über das Militär oder seine Eltern, Einsichten, die er abwehrte. Einmal, als Peter und Ed einen Joint zusammen geraucht hatten, legte Ed eine Platte von Laura Huxley auf, auf der sie Gedichte liest. "Ausschalten!" schrie Peter. "Schalt es ab! Sie spricht wie meine Mutter!" Peter wehrte eine Menge seiner Gefühle ab. Jedesmal, wenn die Gruppe an jenem Wochenende aus der Hütte herauskroch, um ihre regelmäßigen Wanderungen durch Orgonon aufzunehmen, fragte sich Ed, ob ihre Gespräche wohl jemals zu dem Punkt gelangen würden, an dem sie alle über das, was sie über Orgonon dachten, offen reden konnten. Peter eingeschlossen!


*"Peeps, ich weiß genau, wie schwer es für dich war, als Mummy wegging. Es hat uns alle schwer getroffen. Ich habe dir ja schon oft erzählt, daß meine Arbeit den Leuten Angst macht. Darum haben sie uns alle verlassen."*

*Sie waren alle fort. Vielleicht war das Ganze eine schlechte Sache. Nach Oranur änderte sich einfach alles, keiner lachte mehr, und einer nach dem anderen machte sich aus dem Staub. Ich begann zu lächeln. Ich versuchte immer zu lächeln, wenn es ernst wurde.*

*"Peeps, lauf nicht weg. Die Lage ist sehr ernst. Und es wird in Zukunft noch schwieriger werden. Viele Leute haben uns im Stich gelassen. Sogar Mummy. Aber sie ist zurückgekommen. Es ist sehr schwer für sie. Verstehst du? Ist schon gut, weine ruhig. Immer nur zu. Weine!"*

*Er wollte immer erreichen, daß ich alles verstand, und ich strengte mich an; ich mußte es verstehen, weil es sonst niemanden gab, aber ich verstand nicht, warum er Mummy anschreien mußte, und warum die Tränen aus dem einen Auge auf den Kopf der Frau fielen, und die Tränen aus dem anderen Auge auf das Schriftstück tropften und auf der Seite kleine, gekräuselte Beulen hinterließen.*

*"Sieh mich an, Peeps", sagte er und nahm mich in die Arme, bis ich weinte. Er machte auch ein trauriges Gesicht, und ich liebte ihn auch. Es war so traurig, als das Labor leer war und Mummy und Daddy miteinander stritten. Ich sehnte mich danach, sie glücklich zu sehen. Er berührte mein Haar, und seine Hand fühlte sich gut an.*

*"Aber Daddy, warum laufen sie denn alle fort?"*

*"Weil sie Angst vor meiner Arbeit haben, Peter. Viele Leute verzagten, als die Angriffe einsetzten, aber nach Oranur befiel alle eine Panikstimmung, denn das Oranurexperiment zeigte ihnen deutlich, wie mächtig die Orgonenergie tatsächlich ist. All die Leute, die behaupteten, sie glaubten daran und verstünden die Zusammenhänge, hatten in Wirklichkeit überhaupt nichts begriffen. Als ihnen das Experiment die Wahrheit offenbarte, rannten sie davon. Die Wahrheit ist sehr mächtig, Peeps, das kann ich dir versichern."*

*"Was wird jetzt geschehen?"*

*"Das weiß ich auch nicht. Ich habe einfach keine Ahnung, was passieren wird. Aber ich bin überzeugt, es gibt in der Regierung irgend jemanden, der weiß, wie wichtig diese Arbeit ist. Ich glaube, Präsident Eisenhower wäre der richtige Mann, der uns helfen könnte und würde, aber es ist durchaus möglich, daß er im Augenblick damit nicht vor die Öffentlichkeit treten und uns beistehen kann. Ich weiß nicht. Ich befürchte, uns steht eine heftige Schlacht bevor, aber wir müssen tapfer sein." - "Warum ist es eine Schlacht?"*

*Er drückte mich an sich und starrte ins Feuer. Die Flammen waren schön anzusehen. Sie spiegelten sich im Fenster wider, aber wenn ich die Fensterflügel geöffnet hätte, wären sie verschwunden. Ich überlegte, ob die Feuerstelle im Schnee wohl am nächsten Morgen noch warm sein würde.*

*"Es ist eine Schlacht, weil ich die Lebensenergie entdeckt habe, Peeps. Orgonomie stellt eine ganz neue Methode dar, den Menschen von seiner emotionalen Panzerung zu befreien, die er in Jahrhunderten ausgebildet hat. Aber die Menschheit hat sich daran gewöhnt, das zu hassen, was sie eigentlich liebt. Die Menschen wollen einfach nicht mehr frei und gesund sein, und darum greifen sie einen jeden an, der ihnen ins Gesicht schreit, daß der Mensch frei und glücklich sein könnte. Es ist eine Art emotionaler Pest, die mich angreift und verfolgt, und sie endet tödlich. Das ist der Grund, warum die Leute davonrennen. Sie haben große Angst."*

*"Hast du auch Angst?"*

*"Ja, natürlich."*


Sie saßen in der Hütte vor dem offenen Feuer, als die Oktobersonne unvermutet durch die Wolken brach und auf dem halbvertrockneten Gras glitzerte. Peter sprang auf und sagte: "Auf, kommt her. Ich will euch etwas zeigen", und sie eilten aus der Hütte und marschierten noch einmal den langgestreckten Hügel zum Observatorium hinauf.

Es hatte geregnet, und sie waren gezwungen gewesen, lange Zeit in der engen Hütte aufeinanderzuhocken; daher war es richtig erlösend, endlich ins Freie hinauszutreten und kräftig auszuschreiten. Oben auf der Anhöhe machten sie halt und schauten, die Augen mit den Händen abgeschirmt, durch die großen Aussichtsfenster des Observatoriums. Ed mutete es seltsam an, Reichs Arbeitsplatz so verschlossen vorzufinden. Er hatte sich diesen Ort offen, freundlich und belebt vorgestellt. Doch selbst wenn er diesen Ort im Sommer aufgesucht hätte, wären ihm wahrscheinlich viele Museumsbesucher begegnet, die Orgonon verwirrt und verunsichert verließen, mit dem Gefühl, das Museum bringe nichts. Aber hier, jetzt im Herbst, konnte er durch die Spiegelung malerischer Blätter auf den großen Fenstern in den Raum hineinsehen, auf den roten Linoleumboden mit Teppichen und

Möbeln, alles in hübscher Ordnung. An den Wänden hingen Bilder, viele mit nackten Frauen. Insbesondere zwei der Bilder weckten Eds Interesse. Das Bild zeigte einen Mann oder eine Frau mit einem Kind auf dem Arm vor einem brennenden Haus. Er fragte sich, ob es wohl eine Begebenheit aus Reichs Leben darstellte, eine Tragödie vielleicht. Auf der anderen Seite des Zimmers hing über dem großen, steinernen Kamin ein weiteres Feuerbild. Darauf saß ein Mensch, im Profil gezeichnet, vor dem Feuer. Man konnte schwer erkennen, ob es sich um einen Mann oder eine Frau handelte. Er hätte Peter gern über die Feuerbilder ausgefragt, aber den ganzen Morgen lang war Peter jeglichen Fragen ausgewichen.

Als sie langsam nacheinander die Veranda verließen, fragte er sich, warum Peter sie nochmals hier heraufgeführt haben mochte, warum ihm so viel daran gelegen hatte, ihnen dies zu zeigen. War es überhaupt das, was er ihnen hatte zeigen wollen? Diese Leere? Beherrschte sie Peters Gefühle? Eds Gedanken wurden durch Peters Stimme unterbrochen, die jetzt noch erregter klang: "Kommt, kommt!" Er führte sie von der Straße weg, in den Wald hinein.

Durch die strahlende Oktobersonne folgten sie einer Stimme in den Wald, wo sie zwischen dem tiefhängenden, zurückschlagenden Astgewirr und den Spinnweben einander oft aus den Augen verloren. Als ihm keine Äste mehr entgegenschlugen, hielt Ed inne und sah sich um. Sie standen mitten auf einem alten Müllplatz. Blechbüchsen, leere Bierdosen, Glasbehälter, alte Töpfe, sogar ein gesprungenes Klosettbecken schienen aus dem weichen, braunen Boden emporzuwachsen, um gleich darauf herauszukullern. Die anderen knieten nieder und scharrten die Haut aus Tannennadeln, die Erde und Wurzeln bedeckte, beiseite. Sie legten Gläser und Dosen jeglicher Größe und Form frei. Peter tänzelte um sie herum, durch das zerbrochene Glas, das die wenigen Sonnenstrahlen brach, die das Walddickicht einließ; seine Füße sanken des öfteren in die dünne Decke aus Moos und Nadeln ein.

"Das ist es, was ich euch zeigen wollte", sagte er. "Das ist es!"

Ed überlief eine Gänsehaut. Wovor hatte Peter Angst? Warum hatte er sie hierher geführt, zu diesem alten Müllplatz? War ihm selbst überhaupt bewußt, was er ihnen mitzuteilen versuchte? Ed bückte sich nach einer alten Porzellanschüssel und drehte sie in seinen Händen hin und her. Ein paar andere Mitglieder der Gruppe hatten einige blaue Flaschen von Phillips Magnesiummilch aufgehoben und hielten sie gegen die Sonne.

Peter tanzte zu Ed hinüber, wobei die oberen Müllschichten laut krachten; er lächelte. "He, ist das nicht dufte? Ich wette, wir könnten noch einige wirklich klasse alte Flaschen finden, wenn wir ernsthaft suchen."

"Ist das alles?" fragte Ed.

Peter sah ihn verständnislos an. "Was soll das heißen?" Er zuckte die Achseln und tanzte über den zerbrechenden Müll zurück.

*Draußen dunkelte es. Es war so ruhig, daß ich fast den Wind hören konnte, der von der Kuppe des Saddleback, von weit her, herüberwehte. Doch das einzige Geräusch in meiner Nähe verursachten die trockenen, kahlen Äste der Birke neben der Treppe zum Observatorium.*

*Vor dem Observatorium schnallte ich mir auf dem glänzenden, verharschten Schnee die Skier an. Die Skier kratzten über den Schnee, und ich setzte sie in die Spur, die Mummy und ich mit dem Schlitten gezogen hatten. Dann brauste ich den Hügel hinunter.*

*Einmal wäre ich beinahe gestürzt. Wenn ich mich nun verletzte, dann hätten wir das dritte unangenehme Ereignis. Oranur war das erste, die Food and Drug Administration war das zweite, und ich hoffte, das dritte würde vor Weihnachten eintreten. Die Leute von der Food and Drug Administration waren Quacksalber, die behaupteten, die Akkumulatoren seien schlecht, und Daddy dürfe es nicht zulassen, daß sie noch jemand benutzte. Die Food and Drug Administration jagte den Leuten auch Angst ein.*

*Ich wartete an der Abzweigung zur unteren Hütte auf Daddy. Ein paar vereinzelte Schneeflocken tänzelten hernieder und ließen alles noch stiller erscheinen. Die Skier glitten über die pulverartige Kruste. Das Rieseln leichter Schneeflocken in der einsetzenden Dunkelheit war leiser, als wenn es überhaupt nicht geschneit hätte, und nach einer Weile kam das Geräusch von Daddys Auto den Berg hinunter. Ich winkte ihm zu, als er an mir vorbeifuhr, und auf dem ganzen Heimweg brauste ich über roten, wirbelnden Pulverschnee. Wenn ich stürzte, das wäre dann die dritte unangenehme Sache gewesen.*

In der Hütte saßen sie an jenem Abend alle um das offene Feuer herum und schauten in die Flammen, während sie sich ihrem starken Tee widmeten, der mit einem Schuß Brandy versetzt und mit Marihuanaflöckchen garniert war. Sie redeten nur noch wenig miteinander, die Leute waren erschöpft, nicht nur durch die gespannte Atmosphäre, die Orgonon umgab, sondern gleichsam durch die Spannung, die entsteht, wenn ein Abreagieren unmöglich ist und die Entspannung ausbleibt. Seit fast drei Tagen hielten sie sich nun in diesem befremdlichen Energiezentrum auf, und ihre eigenen Reserven begannen dahinzuschwinden.

In Gedanken bewegte sie alle die Frage nach der Energie, die allgegenwärtig zu sein schien. Als sie in die Hütte zurückkehrten und Feuer anmachten, hatte Ed bemerkt, daß die steinerne Feuerstelle grau angestrichen war. Als er Peter d'Errico nach der Bedeutung der Farbe fragte, erfuhr er, daß Dr. Reich die Steine grau streichen ließ, weil er das Gefühl hatte, auch sie strömten jene bösartige Energie aus. Ed schlürfte nachdenklich seinen Tee. Er hatte von Auseinandersetzungen über Reichs letzte Jahre gehört. Die Theorie der Orgonenergie, wie er sie verstand, schien dynamisch und aufregend. Was war verkehrt gelaufen? Welchen Einfluß hatte dieser Ort auf Reich, seine Mitarbeiter und seine Familie ausgeübt? Er dachte wieder über das Bild im Observatorium

132

nach, das mit dem brennenden Haus, und grübelte über seine symbolische Aussage.

Ein Windstoß trieb einige Äste gegen die Wände der Hütte, und das unverhoffte Geräusch ließ alle erschrocken aufspringen. War das ein Geist? Ed entschloß sich, mit Peter zu sprechen. Er begann vorsichtig, Schritt für Schritt.

"Peter, mir ist klar, daß es für dich sehr schwierig sein muß, über manche Dinge zu sprechen. Aber, weiß du, wir sind hier jetzt alle zusammen, und uns bedrücken die Dinge, die wir nicht verstehen, weil wir über deinen Vater nicht Bescheid wissen. Es würde uns ganz sicher helfen, wenn du uns erklären könntest, es wenigstens versuchen würdest, welche Beziehung du zu Orgonon hast. Es ist alles sehr verwirrend für uns..."

Peter zögerte. "Worüber soll ich euch denn etwas erzählen?" Seine Stimme klang abweisend.

"Kannst du uns etwas über die Angst sagen? Wir alle fühlen sie."

Peter schaute lange schweigend ins Feuer, bevor er antwortete. Die Flammen spiegelten sich in seinen Brillengläsern.

"Das ist sehr schwer zu erklären", begann er langsam. "Irgendwo hängt diese Angst in der Luft, wenn Leute sich mit meinem Vater beschäftigen. Damit will ich keineswegs sagen, dieser Ort sei verhext oder es spuke oder dergleichen, nur stoßen den Leuten seltsame Dinge zu, wenn sie mit Vaters Werk in Berührung kommen."

"Verstehst du, was das zu bedeuten hat? Kannst du uns Näheres darüber erzählen?"

"Ich meine.... Ich nehme an, in der Hauptsache hat das etwas mit dem kosmischen Charakter des Werkes zu tun. Er war seiner Zeit so weit voraus, so revolutionär, daß die Leute Angst haben..."

"Genau das ist es", sagte Ed ernsthaft, "diese Angst. Vielleicht können wir sie besser verstehen, wenn du uns erzählst, wovor du Angst hast."

"Wie meinst du das?"

Ed hatte schon häufiger versucht, mit Peter über dessen Gefühle zu sprechen, aber er schien immer so zu antworten, wie er glaubte, daß es von ihm erwartet würde. Er schien von seinen eigenen Gefühlen abgetrennt zu sein. "Du sprichst immer davon, wovor die anderen Angst haben. Aber im Augenblick sind wir die anderen, und wir sind hier mit dir. Vielleicht gelingt es uns herauszufinden, was uns hier so bedrückt und Angst macht, wenn du uns sagst, wovor du Angst hast."

Wiederum schwieg Peter sehr lange. Er nippte etwas Tee und schüttelte den Kopf. "Ja, ich weiß es wirklich nicht. Es gibt gute Dinge und schlechte Dinge, und ich befürchte, ich verstehe sie allesamt nicht. So, wie ich mich vor Wasserungeheuern fürchte." Er grinste und schüttelte den Kopf. Dann wurde er wieder ernst. "Es sind einige wirklich bösartige Dinge geschehen … wie zum Beispiel die Einschüsse, die ich euch gezeigt habe, als die Leute einfach heraufkamen und unser Schild beschossen. Ich mußte eine Pfeife um den Hals tragen, weil mein Vater Angst hatte, mir könne etwas zustoßen."

"Was genau? Ist jemals etwas geschehen? Versuchte jemand, dich zu kidnappen oder so was?"

Peter wurde blaß. Er trank seinen Tee aus und stellte die Tasse auf die Erde. "Ich weiß wirklich nicht. Das ist alles so verwirrend. Ich nehme kaum an, daß ihr auch nur die Hälfte von dem glaubt, was sich hier zugetragen hat. Es klingt so übergeschnappt. Ich meine, ihr habt ja die Wolkenbrecher und all den Kram gesehen, aber es ist so … so endlos, ich weiß einfach nicht, womit ich beginnen soll.

Als ich in Frankreich war, wo ich mein Auslandsjahr zubrachte - komisch, das war auch im Oktober, 1963 -, da hatte ich einen Unfall mit dem Motorrad. Verrenkte mir die rechte Schulter. Dreimal mußten sie mich narkotisieren, weil es große Schwierigkeiten machte, die Schulter wieder einzurenken. Jedesmal wenn ich unter Narkose stand, hatte ich denselben Traum. Das Erstaunliche an diesem Traum war, ihn schon einmal geträumt zu haben.

Ich träumte, in meinem Leben gäbe es zwei Realitäten, die nicht parallel liefen. Sie würden irgendwo aufeinandertreffen, irgendwo, und das würde sehr, sehr weh tun. Jener Motorradunfall verfolgt mich immer noch wie die Motorräder in Cocteaus *Orphée*. Ich fürchte, eines Tages werde ich in den anderen Traum hineinschlittern. Möglicherweise sammeln sich die schlechten Dinge in jenem anderen Traum, und ich habe solche Angst davor, daß ich mich einfach nicht daran erinnern kann. Vielleicht in einigen Jahren. Was die guten Dinge angeht, fühle ich mich viel sicherer."

Wieder war der Raum von Schweigen erfüllt. Ed fragte sich, ob Peter jemals herausfinden würde, wie die beiden Realitäten aufeinandertreffen. Wußte er überhaupt, wie viele Realitäten existieren, die auseinandergehalten werden müssen? Mutter - Vater, Mutter - Sohn, Vater - Sohn, Traum - Realität. Ed erwiderte: "Warum erzählst du uns nicht einfach ein paar von den angenehmen Dingen?"

Peter schaute ins Feuer. "Du meine Güte, das ist schon so lange her, seit ich darüber gesprochen habe. Es gab eine ganze Menge wirklich angenehmer Dinge. Ich glaube ehrlich, daß ich eine großartige Kindheit hatte." Er dachte eine Weile nach und fuhr dann fort: "Feuer, Feuer ist mit schönen Erinnerungen verbunden. Im Winter schien sich das ganze Leben um das Feuer zu drehen. Ich kam abends von der Schule nach Hause mit einer Hardy-Boys-Gruselgeschichte, einer Tüte King-Cole-Kartoffelchips und einer Pepsi und verleibte mir die drei Sachen vor dem Kamin ein.

Häufig trieb ich ein besonderes Spiel mit dem Feuer: Ich nahm eine Murmel, baute mir einen Gang durch die Kohlen unter den brennenden Holzscheiten und rollte die Murmel hinein. Nach einigen Minuten rollte ich sie wieder heraus, ließ sie in ein Glas Wasser fallen und beobachtete genau, wie sie Sprünge bekam. Sie brachen niemals auseinander, und sie waren sehr schön…"

Als Peter über das Feuer sprach, spiegelte sich das Feuer in seinen Brillengläsern. Es löste bei Ed ein Gefühl in der Magengrube aus, als habe er einen Stein im Bauch, ein Gefühl, das er immer dann bekam, wenn er sich im Krankenhaus mit schizophrenen Patienten unterhielt. Es gab dabei einen Übergangspunkt, der sich dadurch äußerte, daß der Patient mitten in der Unterhaltung auf eine andere Ebene übersprang. Sie konnten gerade über eine Fernsehshow oder über ein Fußballspiel reden, und ganz plötzlich vermischten sich - bewußt oder unbewußt - die Gedanken- und Sprachstrukturen, und sie kommunizierten auf zwei Ebenen. Einer begann vielleicht mit einer Bemerkung über A und ging dann allmählich zu B über. Nach einer Weile mochte vielleicht C sich herausschälen; dabei konnte C durchaus in Wirklichkeit eine Bemerkung über das Wesen von A sein. Ed fühlte, daß der Psychologe dem Patienten irgendwie zum Verständnis des Grundschemas seiner Gedankengänge verhelfen und ihm beibringen mußte, die darin enthaltenen Informationen herauszufiltern. Aber das war schwierig. Man konnte so etwas nicht einfach erklären, man mußte es an einem Beispiel zeigen. Er wußte, Peters Vater war einer der ersten, die das begriffen hatten, und hier saß Peter in seines Vaters Haus und erzählte etwas über das Feuer, und wie sehr er es liebte. Das ganze Wochenende hindurch hatte er ihnen hingegen wortlos vorgeführt, wie sehr er sich vor dem Feuer fürchtete.

Jedesmal, wenn sie Feuer anmachten, rannte er alle fünf Minuten hin, um sich zu vergewissern, daß keine Kohle auf dem Boden lag; er machte sich Sorgen, daß der Ölbrenner zu heiß werden könne und redete von Kaminbränden. Überall hingen Feuerlöscher, und rund um die Feuerstelle lagen dicke Asbestplatten. Und im Observatorium, an der Wand gegenüber dem riesigen Kamin aus Stein, hingen die Bilder: ein Mensch, der im Angesicht des Feuers ein Kind auf den Armen trägt, eine einsame Figur vor einem Feuer. Als Peter zu reden aufhörte, fragte ihn Ed: "Wie dachte dein Vater über das Feuer?"

Peter zögerte keinen Augenblick: "Er hat immer gesagt, die einzige Farbe, die ein Maler nicht einfangen könne, sei die des erlöschenden Feuers."

*Nach dem Abendessen wollte ich Mummy überraschen; darum sag-*
*te ich, ich würde abwaschen, und sie könne dann abtrocknen.*

*Sie und Daddy unterhielten sich gerade angeregt, und ich wünschte*
*mir, sie würden sich lange miteinander unterhalten und dabei glück-*
*lich sein, daher wusch ich das Geschirr.*

*Als ich mit dem Spülen fertig war, unterhielten sie sich immer noch;*
*daher begann ich, das Geschirr abzutrocknen.*

*Mummy fragte: "Bist du soweit, daß ich kommen und abtrocknen*
*kann?"*

*"Noch nicht", antwortete ich und ließ etwas Wasser laufen, damit*
*es sich anhörte, als sei ich noch beim Spülen. Es machte mich richtig*
*glücklich, sie so miteinander reden zu hören.*

*Die Bestecke machten eine Menge Lärm, darum mußte ich sie*
*Stück für Stück abtrocknen. Es muß wohl recht leise gewesen sein,*
*denn Mummy rief: "Soll ich nicht doch langsam rüberkommen und*
*abtrocknen?"*

*"Nö, ich bin noch nicht soweit." Ich versuchte, ein Lächeln zu*
*unterdrücken, aber es gelang mir nicht. Sie konnten es ohnehin nicht*
*sehen, da ich mich schnell umdrehte. Es gab mir ein wohliges Ge-*
*fühl, sie am Feuer sitzen und plaudern zu sehen.*

*Als ich endlich fertig war, rief ich: "Okay, du kannst jetzt kom-*
*men." Und als sie sah, daß ich das ganze Geschirr bereits abgetrock-*
*net hatte, war sie so überrascht, daß sie mich drückte und küßte.*
*Daddy, drüben am Feuer, lächelte. Ich war mit mir zufrieden und*
*beschloß, draußen im frischen Schnee noch etwas zu spielen.*

*Der Schnee war leicht und fiel wie Pulver vom Himmel. Ich ent-*
*fernte mich vorsichtig vom Haus, so daß die oberste Kruste nicht*
*zerbrach. Dann kniete ich nieder und benutzte meine Hand wie*
*eine Säge, um ein rundes Stück aus der Schneekruste zu schneiden.*
*Es zerbrach nicht. Es löste sich als vollkommenes Rund heraus, und*
*vielleicht würde das dritte unerfreuliche Ereignis ja ausbleiben, und*
*wir konnten alle sorglos und glücklich sein. Ich hob die kreisrunde*
*Schneekruste heraus wie den Deckel eines Einsteigloches und leckte*
*den Schnee von der Unterseite, dort, wo er am besten ist. Ich über-*

*legte mir, ob wohl die Kohlen oben auf dem Hügel, wo Tom und ich das Unterholz und Geäst verbrannt hatten, immer noch glühten.*

Das Feuer erlosch langsam. Ed sah sich im Raum um und entdeckte, daß mehrere Leute eingeschlafen waren. Er stellte erstaunt fest, wie spät es mittlerweile geworden war. "Sollen wir nicht Schluß machen?" fragte er.

Peter saß vornübergebeugt und starrte ins Feuer. Er schüttelte den Kopf. Peter d'Errico lehnte sich zu ihm hinüber und sagte: "Bist du ganz sicher, daß du weitererzählen willst?"

Peter nickte. "Schnee", sagte er. Dann folgte eine lange Pause. Irgend jemand legte ein neues Scheit aufs Feuer, und sie beobachteten schweigend, wie die Flammen daran hochzüngelten.

"Schnee war hier wirklich etwas Phantastisches. Ihr solltet auch einmal im Winter hierherkommen und Orgonon sehen, wenn alles mit Schnee bedeckt ist. Tom nahm dann seine Schaufel und grub riesige Tunnel durch die Schneewehen, in denen Kathy und ich spielen konnten. Ich war viel mit Tom zusammen. Wir haben oft gemeinsam die Bäume und das Unterholz beschnitten und dann riesige Feuer im Schnee gemacht. Der Axtstiel dort drüben, den wir zum Feuerschüren benutzten, stammt von einer seiner alten Äxte. Mir hat er auch eine geschenkt, damit ich ihm helfen konnte. Wir hatten wirklich viel Spaß mit unseren Äxten. Ich kann mich erinnern, einmal hatten wir den größten Teil des Tages damit zugebracht, Unterholz zu schlagen und zu verbrennen, und nachts bin ich dann rausgegangen und habe angefangen, die Schneekruste zu unterhöhlen und einen Tunnel zu graben."

*Ich kratzte den trockenen, körnigen Schnee aus dem Loch und schob ihn beiseite.*

*Ich fuhr eine ganze Weile mit dieser Beschäftigung fort, wobei mir frische Flocken ins Gesicht schneiten; ich leckte sie auf und förderte immer mehr Schnee aus dem Loch. Als das Loch groß genug war, so daß ich mich fast hineinzwängen konnte, steckte ich den Kopf hinein. Es war stockfinster, und kleine Brocken trockenen Schnees fielen mit dumpfem Geräusch herab, als die Seitenwände des Tunnels langsam einstürzten.*

*Ich rannte ins Haus, um mir eine Taschenlampe zu holen; ich steckte sie so in den Schnee, daß sie den Tunnel gut ausleuchtete. Bald war er schon so lang, daß ich hineinkriechen mußte, um weiterbuddeln zu können. Aber ich mußte immer noch gehörig aufpassen und vorsichtig zu Werke gehen, damit mir die Decke nicht einbrach.*

*Nach einiger Zeit entstand eine richtige Höhle. Sie war wie ein kleines Haus. Im Licht der Taschenlampe, das auf die Kruste fiel, glitzerte es wie Millionen und Abermillionen Diamanten in einem Schneepalast. Ich tat so, als wäre es ein langer Tanzsaal im Palast, in dem Daddy und ich mit Mummy, die einen hübschen weißen Slip trug, tanzten, und alle drei tanzten wir immer rundherum und waren überglücklich. Ich war so glücklich, daß ich ihnen meine Schneehöhle unbedingt zeigen mußte. Ich krabbelte ganz vorsichtig heraus und lief ins Haus. "Mummy, Daddy, kommt doch und seht euch mein Haus an, das ich in den Schnee gebaut habe! Nun kommt doch!"*


"An jenem Tag war die Schneekruste unglaublich fest. Sie war so dick, daß man sogar darauf herumlaufen konnte. Nach dem Abendessen, als es dunkel war, rannte ich hinaus und begann einen Tunnel zu graben, der die Kruste unterhöhlte. Innen, an den Seiten, war der Schnee weich. Ich lief ins Haus zurück und holte mir eine Taschenlampe, damit ich besser vorankam, und darum erinnere ich mich auch so genau daran. Es war einfach phantastisch in diesem weißen Schneetunnel mit den kalten, glitzernden Schneewänden, die mich umfingen, als ich ihn ausschippte. Ich erinnere mich, daß von draußen ein Geräusch an mein Ohr drang. Es schneite, und unter der Lampe über der Tür erkannte ich meinen Vater und meine Mutter, die im Hauseingang standen, mir zusahen und über mich lachten. Ich muß gerade daran denken, daß dies wohl zu den schönsten Erinnerungen zählt, die ich habe, wie ich da in dem Loch steckte und mein Vater und meine Mutter darüber lachten, was ich für ein Gesicht zog, als ich zu ihnen hinübersah."

*Ich rannte vor ihnen hinaus und krabbelte mit der Taschenlampe in mein kleines Schneehaus. Als ich mich ganz hineingezwängt hatte, kroch ich bis zum Ende des Tunnels weiter und drehte mich langsam um, so daß ich aus dem runden Schloßtor schauen konnte, hinüber zu dem Lichtkreis vor der richtigen Tür, in der Mummy und Daddy standen und lachten. Wir waren wieder glücklich, alle zusammen. Es schneite jetzt heftiger, und ich mußte die Augen zusammenkneifen, um meine Eltern durch die Tausende weißer Schneeflocken noch erkennen zu können; ich sah, daß Mummy aufgehört hatte zu lachen. Sie beobachtete, wie der Schnee herniederrieselte, und sie machte ein ganz trauriges Gesicht.*

Mitten im Satz brach Peter plötzlich ab und starrte schweigend ins Feuer. Einen Augenblick lang glaubte Ed, er könne Peters Seele in der weiten Dunkelheit umherirren spüren. Nach einigen Augenblicken des Schweigens stand Peter auf. Er wandte sich ab und ging schnell in das große Schlafzimmer, das früher seine Eltern benutzt hatten; nach einigen Minuten hörten sie ihn dort weinen.

Als er nach einer Weile zurückkehrte, ging er zum Bücherregal und kam mit einem Buch wieder. Er setzte sich vor das Buch hin und schlug es auf. "Wenn ihr nichts dagegen habt, möchte ich euch eine Geschichte vorlesen", sagte er.

Er begann zu lesen. Es war eine Kindergeschichte über Ritter, die in einem Schloß lebten. Das Besondere an diesen Rittern war, daß die tapfersten von allen Rittern einen strahlenden Stern auf ihrem Schild trugen. Zu der Zeit, in der die Geschichte spielt, gab es jedoch keinen Ritter, der einen solchen Stern besaß. Ein Krieg bedrohte das Land, und die Ritter zogen aus, um gegen die Riesen zu kämpfen. Zu seinem großen Verdruß wurde der jüngste der Ritter zurückgelassen, um das Schloß zu bewachen. Eigentlich wäre er viel lieber in den Kampf gezogen, um den Stern zu erwerben, aber er kannte seine Pflicht und blieb treu und brav im Schloß zurück. Während die Ritter große Schlachten kämpften, kamen drei verkleidete Riesen und versuchten, in das Schloß einzudringen; aber der jüngste Ritter, Sir Roland, führte seinen Auftrag gehorsam aus und verwehrte ihnen den Zutritt.

Bald darauf kehrten die Ritter siegreich zum Schloß zurück. Sie betraten die Eingangshalle.

"...und Sir Roland trat ihnen mit den Torschlüsseln entgegen, um zu berichten, was er an dem Ort vollbracht habe, an den ihn der Komtur befohlen hatte. Der Schloßherr verneigte sich in seine Richtung, als Zeichen, daß er beginnen möge, und in dem Augenblick, in dem er den Mund öffnete und zu reden anfing, rief einer der Ritter aus:

'Der Schild! Der Schild! Sir Rolands Schild!'

Ein jeder wandte sich um, um den Schild besser zu sehen, den Sir Roland am linken Arm trug. Er selbst konnte nur den oberen Rand sehen und wußte nicht, was sie meinten. Was sie jedoch sahen, war der güldene Stern des Rittertums, der hell aus der Mitte von Sir Rolands Schild erstrahlte. Niemals zuvor hatte eine solche Verwunderung das Schloß ergriffen.

Sir Roland kniete vor dem Schloßherrn in Erwartung seiner Befehle. Er wußte noch immer nicht, warum ihn ein jeder so erregt anstarrte.

'Redet, Herr Ritter', sprach der Komtur, sobald er sich von der Überraschung erholt und seine Sprache wiedergefunden hatte, 'und erzählet uns in allen Einzelheiten, was sich heute auf dem Schloß zugetragen hat. Seid Ihr angegriffen worden? Haben sich Riesen in der Nähe des Schlosses gezeigt? Habt Ihr sie allein besiegt?'

'Nein, mein Gebieter', sagte Sir Roland. 'Nur ein einziger Riese ist vor dem Schloß erschienen, doch als er feststellte, daß er keinen Einlaß fand, trollte er sich wortlos von dannen.'

Sodann berichtete er alles, was sich im Verlauf des Tages zugetragen hatte.

Nachdem er geendet hatte, sahen die Ritter einander an, aber keiner sprach ein Sterbenswörtchen. Da blickten sie erneut auf Sir Rolands Schild, um sich zu vergewissern, daß ihre Augen sie nicht getrogen hatten. Doch der güldene Stern leuchtete wie zuvor.

Nach langem Schweigen sprach der Schloßherr:

'Menschen können irren', sagte er, 'aber unsere silbernen Schilde irren nimmer. Sir Roland hat von allen heute die schwerste Schlacht geschlagen und den Sieg davongetragen.'

Darauf erhob sich die gesamte Ritterschaft und salutierte vor Sir Roland, dem jüngsten Ritter, der je den güldenen Stern trug."

Als Peter die Geschichte vorgelesen hatte, blickte er auf. Er klappte das Buch zu und stellte es an seinen Platz zurück. Sie alle saßen schweigend da und schauten zu, wie die letzten Holzscheite im Kamin vor sich hin glimmten und glühten.

Ed schien Peters Geschichte eine reizvolle und doch einfache Erläuterung dessen zu sein, was sich hier zugetragen hatte.

Die Welt seines Vaters war in ihm verschlossen; er selbst fühlte sich wie ein Soldat, der ein Geheimnis hütet, das niemand zu verstehen scheint. Ed wußte nicht, warum Peter geweint hatte; vielleicht waren ihre Fragen für Peter jener Riese gewesen, vielleicht befürchtete Peter, er könnte wanken. Aber am Ende hatte er siegreich gewacht. Er war der Ritter. Seine Kindheit spulte sich vor seinem inneren Auge ab wie in einem geheimen Projektor, undurchdringlich, persönlich, behütet. Beinahe wäre sie hervorgebrochen, doch irgend etwas hinderte sie daran. Ed fragte sich, welche Kräfte wohl nötig seien, um Peters Schild zu brechen.

Am nächsten Morgen verließen sie alle Orgonon sehr früh. Tom beobachtete vom Observatorium aus, wie ihre Autos die Auffahrt entlangrollten.

Es hatte soeben zu schneien angefangen, nichts Außergewöhnliches im Oktober; die feinen Flocken hingen wie ein Schleier zwischen ihm und den winzigen Autos, die langsam von der Auffahrt abbogen. Tom sah zu, wie die Autos verschwanden, und betrachtete dann versonnen den weichen Schnee, der langsam herniederfiel. Er fiel auf die bunten Blätter, die noch fest an den Zweigen hingen. Am anderen Ende des Weges tänzelten leichte Schneeflocken, setzten sich ab und rieselten die dunkelbraunen Furchen der Büste hinunter. Im Wald würden sie ein leichtes Säuseln verursachen, wenn sie durch die Äste wehten. Tom saß noch lange Zeit am Fenster, dann stand er auf. Es war an der Zeit, die Axt zu schärfen und die Schneeschuhe zu wachsen.

# 5

*ASA*
*NISI*
*MASA*

Die Zauberworte
aus Fellinis *8½*

Heimkommen!

Um einen Film zu drehen!

Tuut! Tuut! Kanuten paddelten in der starken Strömung des Androscoggin River, als mein treuer, alter VW die Route 16 in Richtung Rangeley entlanggurkte und ich mit einer Hand lässig aus dem offenen Schiebedach winkte.

Heimkommen! Der aufgehende Mond hängt über dem Nachmittag, als wollte er aus dem Tag schlüpfen und mit all den blinkenden Erdbeerblütensternen die Böschung jener Straße hinunterrutschen, die mich nach Hause führt.

Um einen Film zu drehen! Schon ist mein Auge die Kamera, und Bilder stürzen bei jeder neuen Biegung der Straße auf mich ein: Den Fluß entlang lagert schweres, altes Pfahlwerk aus den Holzfällertagen auf der Spiegelung brüchigen Schilfs; auf dem Holz glitzert Moos. Verschiedentlich teilt sich der Fluß, umarmt träge eine Insel und vereinigt sich wieder in endlosem Geblubber. Ein aufregender Gedanke, bei einem Film über meinen Vater mitzumachen. Einem echten Film! Und ich spiele mit! Mir fällt eine ganze Menge interessanter Ideen ein, die ich unbedingt dem Regisseur, einem Jugoslawen namens Makavejev, mitteilen muß, und ich wünschte, er wäre jetzt mit seiner Filmkamera hier und filmte diese Straße.

Am Dreizehn-Meilen-Wald vorbei steigt die Straße ins Hinterland hinauf, schlängelt sich wie ein Band über ein Danke-sehr-gnä'-Frau, und der VW biegt in die Gerade ein, in eine endlos scheinende grüne Gasse, gesäumt von Birken, die in der Nachmittagssonne leuchten. Ein herrlicher Tag für die Heimkehr. Seit jenem Wochenende, jenem wirklich irren Wochenende 1966, bin ich nicht mehr hier gewesen. Ich war bei der Armee und habe für eine Zeitung gearbeitet. Und jetzt werde ich an diesem Film mitarbeiten.

In der Ferne tauchten verschwommen blaugrüne Berge auf, überschattet von den Gewitterwolken über dem Mooselucmeguntic-See und den Rangeley-Seen. Das Filmteam wird heute oder morgen eintreffen. Wirklich zu schade, daß es Juni ist und nicht Juli, wenn die Blumen dichter stehen. Ich habe Makavejev darauf aufmerksam gemacht, als er im Herbst hier war, daß die Blumen im Juli am dichtesten blühen. Das war, als ich ihn das erste Mal traf, im Herbst 1969.

Dusan Makavejev, der jugoslawische Filmregisseur, kam in die Vereinigten Staaten, um die Möglichkeiten für einen Film zu erkunden, der einige von Reichs Ideen darlegen sollte. Wir trafen uns ein- oder zweimal, und er lud mich ein, der Aufführung zweier seiner früheren Filme beizuwohnen, *Ein Liebesfall* und *Unschuld ohne Schutz*. Die Art, wie er Dokumentation und Spielfilmelemente miteinander verband, als wolle er den Zuschauer unentwegt daran erinnern, daß er im Kino sitzt, war wirklich großartig, und die Vorstellung, an solch einem Film mitzuarbeiten, versetzte mich in Hochstimmung.

Ich war froh, als Makavejev mich am Abend vor seiner Rückreise nach Europa, wo er weitere Finanzierungshilfen für seinen Film aufzutreiben versuchte, noch einmal anrief. Er sagte, er wolle sich nochmals mit mir über das Projekt unterhalten. Zu jener Zeit, im Herbst 1969, arbeitete ich als Radakteur beim Staten Island *Advance* und teilte ihm mit, ich könne bis zehn Uhr abends mit meiner Arbeit fertig sein, wenn er mit der Staten Island-Fähre von Manhattan herüberkommen wolle.

Kurz nach zehn platzte er in die Lokalredaktion; er trug leichte, europäische Kleidung und grinste unter seinem Bart. Auf dem Wege zu meinem kleinen Landhaus an der Südküste, im Schatten der Verrazano Narrows Bridge, berichtete ich von Staten Islands überwiegend konservativer Bevölkerung und entschuldigte mich wegen der Abgelegenheit unseres Treffpunkts.

"Nein, nein, kein Grund", protestierte Makavejev und winkte mit der Hand ab, "ich liebe die Leute auf Staten Island. In Manhattan laufen die Menschen gewöhnlich mit bösen Gesichtern herum, als wollten sie sich gleich gegenseitig die Köpfe einschlagen. Aber sie sagen nie einen Ton. Sie ziehen einfach nur böse Gesichter. Hier dagegen, als ich auf Staten Island die Fähre verließ, begegneten mir zwei Leute, die einander wütend anbrüllten! Einander anstierten und brüllten! Das war einfach wunderbar!"

Er sah flüchtig einen Packen meiner Fotos durch, während ich zwei große Portionen Schinken, Eier, Fritten und eine Kanne Kaffe zubereitete.

Während wir aßen, sprach Makavejev über meinen Vater, doch das einzige, was mich interessierte, war der Film. Seit jenem verrückten Wochenende 1966 hatte ich kaum je einen Gedanken auf meine Kindheit verwandt. Da war es schon ungefährlicher, sich die Science-fiction-Filme anzusehen. Die gingen wenigstens gut aus. Als ich mit Makavejev erstmals zusammentraf, hatte ich die Armee seit knapp einem Jahr hinter mir und arbeitete darauf hin, Journalist zu werden. Außerdem galt der Name meines Vaters allerorts als Witz, nur in Europa nicht, wo radikale Studenten seine politischen Frühschriften wieder ausgegraben hatten. Seine Werke auf dem Gebiet der Politik, der Soziologie und der Psychologie kannte ich kaum. Ich machte mir nur was aus den Medien.

Makavejev berichtete, wie er als Student in Belgrad die Arbeiten Reichs entdeckt und ihre unglaubliche Bedeutung sofort gespürt habe. Er erzählte mir auch, daß 1938 ein Jugoslawe ins Gefängnis gewandert sei, nur weil er Reich gelesen hatte.

Wie die meisten Europäer, die Reich gelesen hatten, interessierte sich Makavejev insbesondere für die politischen Frühschriften. Er sagte, seiner Ansicht nach habe Reich die Politik als kreatives Medium betrachtet, und genau diese Einstellung wolle er nachvollziehen, nur eben mit der Kamera, bildhaft sichtbar. "Wenn

149

eine Gesellschaft lebendig und gesund ist, gibt es Schlangentänze auf den Straßen", sagte er und vollführte dabei mit den Händen Schlangenbewegungen in der Luft, "und schon ein Blick auf die Schuhe genügt, um zu erkennen, daß die Menschen sich voneinander unterscheiden. Sobald aber eine Gesellschaft repressiven Charakter annimmt, kann man nur noch völlig gleichaussehende Stiefel in Reih und Glied marschieren sehen."

Als wir unseren Kaffee ausgetrunken hatten, ging es bereits auf Mitternacht zu. Wir unterhielten uns noch angeregt und schlenderten zur Strandpromenade an der South Beach hinunter, die wir entlangspazierten; dabei folgten unsere Blicke den glitzernden Lichtern von Brooklyn und Coney Island, die sich im Wasser der Bucht brachen.

Zum Spaß erzählte ich ihm, es sei erst wenige Monate her, daß ich diese Küste, nur ein paar hundert Meter weiter oben, am Fort Wadsworth, "bewacht" hätte; Wadsworth war ein kleiner Armeeposten, der unter der Verrazano-Narrows-Brücke verborgen lag.

Er glaubte mir kein Wort.

"Doch! Ich war ein richtiger Soldat."

Er fragte mich nach meinem Lebensweg, und ich erzählte ihm, was ich so getrieben hatte. "Nach dem College brachte ich ein Jahr im VISTA - einer inneramerikanischen freiwilligen Sozialhilfeorganisation - zu, dann entschied ich, daß ich das Herumdrücken um den Militärdienst satt hatte und gern für eine Zeitung arbeiten wollte. Ich beschloß also, mich einberufen zu lassen, und arbeitete einige Monate in einem Rehabilitationszentrum für Rauschgiftsüchtige in Boston, bis mein Einberufungsbescheid kam. Nach der Grundausbildung in Fort Jackson, South Carolina, war ich während des gesamten Wehrdienstes in Fort Wadsworth stationiert, zunächst als Lochkarten-Drucker und dann als Spezialist für Öffentlichkeitsarbeit und Propaganda. Ich schrieb Artikel, machte Fotos und sog mir Reden für Generäle und Oberste aus den Fingern. Während der letzten elf Monate meiner Dienstzeit arbeitete ich abends stundenweise für den *Advance*. Bei meiner Entlassung übernahm ich den Job ganztägig. Erst vor ein paar Wochen wurde ich zum Redakteur befördert."

"Und das Werk Ihres Vaters?" fragte Makavejev. "Interessiert Sie das gar nicht? Haben Sie gar kein Gefühl dafür?"

Er hielt seine Hand hoch und drehte sie hin und her; er lächelte und ließ sie schließlich fragend offen.

Ich wußte nichts zu erwidern. Die Frage *war* offen. Ich hatte noch nicht groß darüber nachgedacht. "Ich glaube, ich habe einfach versucht, mein eigenes Leben zu leben", sagte ich. "Kann sein, daß mich eine Karriere als Journalist reizt. Im Sommer habe ich einen Monat unbezahlten Urlaub genommen, um mich voll der Schreiberei zu widmen. Möglich, daß ich meinen Job sogar ganz an den Nagel hänge und ein Buch oder irgendwas schreibe. Aber um die Ausführung seiner Pläne und die Weiterarbeit an seinen Erkenntnissen kümmere ich mich nicht, damit habe ich nichts zu tun, wenn es das ist, was Sie meinen. Er hat mich immer wieder ermahnt, mein eigenes Leben zu leben."

"Falls Sie den Job schon gekündigt haben sollten, wenn ich mit dem Filmteam zurückkomme, könnten Sie ja vielleicht auch mit uns nach Maine fahren. Mag sein, daß Sie uns zur Hand gehen, uns vielleicht etwas über visuelle Dinge sagen können."

"Ja", sagte ich begeistert, "das wäre bestimmt eine prima Sache."

Auf der Rückfahrt nach Manhattan erzählte Makavejev von seinen Filmen, seiner Familie, seinen politischen Auffassungen und seinen Plänen. Wenn alles gut ginge, sagte er, würde er im Hochwinter oder spätestens im Frühling zurückkehren, um mit den Dreharbeiten zu beginnen. Ja, es sollte im wesentlichen ein Dokumentarfilm werden, aber mit Spielfilmelementen durchsetzt. Er war sich noch nicht so ganz im klaren. Das einzig Konkrete, was er auf der Fahrt über den West Side Highway - vorbei an einem nächtlich-dunklen Manhattan - sagen konnte, war, daß es ein "von Reich inspirierter" Film werden solle.

Auf dem Parkplatz vor seinem Hotel setzten wir unser Gespräch fort; wir konnten einfach kein Ende finden. Er stellte Fragen über Orgonon. Sein Interesse für den Ort, der so lange in meinem Bewußtsein geruht hatte, löste mir die Zunge.

"Na ja, es gibt dort eine Menge Blumen. Die beste Zeit, mit dem Drehen zu beginnen, läge um den vierten Juli, dann ist auch der letzte Winkel mit Margeriten und roten Pinselblumen übersät. Riesenblüten. Viele Felder sehen wie ein einziger Teppich aus Rot und Weiß aus. Er leuchtet, wenn der Wind darüberstreift. Großartige Bilder könnten Sie schießen; Sie brauchen nur mit der Kamera durch die rückwärtigen Felder zu fahren, wo wir oft zusammen spazierengegangen sind. Besonders, wenn Sie in der Dämmerung filmen. Die Dämmerung ist einzigartig. Selbst nach Sonnenuntergang hängt noch eine Weile warmes, grüngoldenes Licht wie ein Zauber über den Feldern, und, wenn es ganz Nacht ist, leuchten die jungen Spitzen der Tannen in der Dunkelheit. Und wenn der Abendwind aufkommt, scheint alles zu verschwimmen."

"Und Sie haben auch eine Büste von Reich?"

"Ja. In der unteren Hütte - der Hütte, die auf meinen Namen läuft - befindet sich eine Büste, und auf dem Grab ist noch eine."

"Vielleicht könnten wir so etwas wie ein Doppelbild bringen und die Büste dazu benutzen..."

"Sehr gut", warf ich ein, und meine Phantasie eilte davon; der Gedanke, daß andere all jene Dinge in einem wirklichen Film sehen sollten, einem Film, der in meinem Kopf schon ablief, elektrisierte mich. "Ausgezeichnet! Eine andere Möglichkeit ist der See. Der See, ganz frühmorgens, wenn sich der Dunst langsam lichtet und aufsteigt. Sie haben ein Bild in dem Packen gesehen, den ich Ihnen bei mir gezeigt habe. Es wäre großartig, auf diesem verhangenen See eine Szene zu drehen, und dann gleitet - unmittelbar unter der Oberfläche des Sees oder sogar über dem Wasser, ja, besser auf dem Wasser - quer über den Wasserspiegel, ohne auch nur die leiseste Welle zu hinterlassen, die Büste von Reich durch den Nebel genau in die Kamera hinein!"

Makavejev richtete sich auf. "Ja. Vielleicht auf einem Boot oder einem Floß…"

Immer schneller spuckten wir neue Ideen aus, bis wir einander regelrecht anschrien. Der Film schien sich als riesiger Katalysator auszuwirken, er rief Szenen und Ereignisse in mein Gedächtnis zurück, an die ich mich seit Jahren nicht mehr erinnert hatte. Makavejev dagegen war natürlich mehr an praktischen und sofort umsetzbaren Informationen interessiert. Er nannte es "Informationen".

"Sagen Sie", fragte er. "Im Winter. Kann man im Winter irgendwie dorthin kommen?"

"Im Winter. Ja klar. Meine Hütte ist winterfest. Wir haben lange darin gewohnt. Aber das Observatorium ist natürlich geschlossen. Wie Sie wissen, ist es jetzt ein Museum. Sie müßten sich deswegen an die Treuhandverwaltung wenden. Doch könnten Sie immer noch auf Schneeschuhen herumstapfen und sich alles ansehen. Natürlich ist das Wasser zugefroren. Aber es gibt eine Reihe Motels. Und großartige Bilder. Wenn es regnet und dann friert, bildet sich eine unglaubliche Kruste, und ganze Felder sehen aus wie riesige, unberührte schneeweiße Papierflächen. Riesige weiße Wattepolster hängen von den Bäumen, im ständigen Kampf mit dem Wind. Der Wind ist eine völlig andere Sache, wie er von den Bergen über den See pfeift…. Der See … ach ja! Der See!"

Das Bild lief in solcher Vollkommenheit vor meinem inneren Auge ab, als hätte jemand einen Projektor angestellt.

"Passen Sie auf! Sie beginnen den Film im Winter, das Filmteam kommt aus der Hütte und kämpft sich durch Wind und Wetter zum See durch. Der Sturm pfeift und heult über den Schnee. Wenn das Filmteam den See schließlich nach vielen Mühen erreicht hat, ist er zugefroren. Am Anfang ist alles zugefroren. Aber sie müssen an das Wasser 'ran, verstanden? Sie müssen den See filmen. Im Schnee- und Windgestöber um sie herum beginnen sie , mit Äxten und Eispickeln den See aufzuhacken. Während sie hacken, bei dampfendem Atem und krachendem Eis völlig dem Wetter preisgegeben, schwenkt die Kamera weg. Das Ufer entlang, wo Tom mit seiner Axt den Erlen zu Leibe rückt und das Gestrüpp entfernt. Tom! Er verbrennt die Äste. Er läßt eine Wolke weißen Rauchs aufsteigen. Dann stellen Sie die Kamera nah auf Tom ein und drehen den gesamten Film aus seinem Blickwinkel, erzählen Reichs ganze Geschichte aus Toms Sicht..."

Welch ein phantastischer Film! Ich konnte es kaum erwarten!

Den ganzen Winter lang wartete ich auf eine Nachricht von Makavejev. Dann kam er schließlich im Mai 1970 hier an, und nachdem er einige Interviews in New York aufgenommen hatte, wollte er jetzt, in der ersten Juniwoche, nach Rangeley aufbrechen. Meinen Job hatte ich an den Nagel gehängt. Ich wußte nicht, wie es weitergehen würde. Makavejev hatte sogar davon gesprochen, eine Szene mit Tom und mir zusammen zu drehen. Das wäre eine Sache, eine Szene mit Tom und mir in diesem Film.

Als ich das letzte Stück der Badger Road vor der Abzweigung zur Hütte hinauffahre - spätnachmittägliche Schatten spielen auf den Feldern -, sehe ich Tom, eine einsame Gestalt, die den Rasenmäher über das Gras vor dem Laboratorium schiebt. Er hat bereits zu Abend gegessen und ist noch einmal zurückgekehrt, um seine Arbeit zu beenden. Ich hupe und winke, als ich die Auffahrt entlangfahre. Ich haste zur Hütte und reiße die Tür auf. Aus den geöffneten Fenstern und Türen strömt alte, dunkle Winterluft in den Abend hinaus. Das Wasser ist noch nicht angestellt, so greife ich mir einen Eimer und eile zum See. In der Abenddämmerung wische ich den Boden der Hütte mit kaltem Seewasser, mache mich bereit für den Film.

*Flimmern und Zittern in den unsichtbaren Blättern der Hitze. Überall über den sonnenheißen Feldern.*

*Tom steuerte den Traktor in rechteckigen Runden, und hinter uns fiel im Lärm des Traktors das Gras zu Boden, blieb auf der Stelle* liegen, wurde gelb und verbreitete einen süßlichen Duft. Ich saß auf dem blauen Kotflügel und sah zu, wie Tom im Sitz auf und nieder hüpfte, und wartete darauf, daß er den Trecker anhielt und mich fahren ließ. Er hatte es versprochen. Und später sagte Daddy, wir könnten zusammen irgend etwas unternehmen.

Die Bäume um uns herum, entlang dem Steinmäuerchen um das Hospitalgelände, wiesen in den strahlenden Himmel hinauf und passierten langsam an uns vorbei. Wenn ich die Augen ganz fest zukniff, erschien die Stelle, an der vorher die Bäume waren, plötzlich weiß und heiß hinter meinen Augenlidern, und der Himmel wurde dunkel. Wie eine Spiegelung.

Einmal ruderte ich mit Mummy auf dem See, und zwei Männer kamen in einem Boot vorbei und fragten: Habt ihr ein totes Reh im Wasser treiben sehen? Sie sagten, sie hätten es angeschossen und seine Spur bis zum See hinunter verfolgt, aber es sei verschwunden. Sie glaubten, es sei ertrunken und müsse irgendwo dicht unter der Oberfläche treiben. Wir verneinten die Frage, aber ich hatte Angst, es braun und tot aus dem Wasser ragen zu sehen, und daß ich mit den Füßen daran stoßen könnte.

Rudern macht Spaß, doch ich schwimme nicht besonders gern. Ich fürchte mich, an unserem Anleger schwimmen zu gehen, weil ich den Grund nicht sehen kann. Zwischen den Bohlen hausen Ameisen und riesige Spinnen, und vielleicht treibt auch ein totes Reh im Wasser herum. Tom hat mir das Schwimmen beigebracht, oben am Quimby Pond, wo das Wasser ein ganzes Stückchen 'rein flach bleibt. Er kam zu mir herüber und sagte: Du kannst noch nicht schwimmen? Ich sagte nein, und er nahm mich einfach und warf mich ins Wasser. Als ich wieder auftauchte, rief ich: "Mensch, Tom, ich wäre ja fast ertrunken!" Er hat mir diese Geschichte schon oft erzählt. Inzwischen kann ich recht gut tauchen, wenn ich am Anleger in der Stadt schwimmen gehe. Dort brauche ich nicht solche Angst zu haben wie hier. Zwar bleibe ich erst eine ganze Weile mit ausgestreckten Händen auf dem Dock stehen, bringe es aber schließlich doch fertig und springe. Wenn ich tauche, dann schaut es aus, als tauche das Blatt des Rasenmähers, das wir kurz zuvor wegen eines Steins hochgestellt hatten, wieder ins Gras ein. Donald Ducks Art zu tauchen ist besonders komisch; er hält sich die Hände vors Gesicht, als wolle er beten. Vielleicht hat er auch Angst. Ich habe einmal versucht, das nachzumachen, aber ich bekam Wasser in die Nase. Einige der Jungen stopfen Stöpsel in Nase und Ohren, aber so tief tauche ich lieber nicht, weil es heißt, tief unten gäbe es ein Rohr, das hoch aufragt, und wenn man beim Tauchen darauf stößt, durchbohrt es einem den Kopf und man stirbt. Es gibt eine besondere Art, den Kopf zu schütteln, um das Wasser aus den Ohren zu schlackern, und wenn es herausläuft, fühlt es sich heiß an, als scheine die Sonne in meinem Kopf. Einmal habe ich Daddy gefragt, ob es im Himmel eine Stelle gäbe, wo das Harte der Himmel sei, und der Platz, wo die Bäume wachsen, nur aus Wind bestehe, eine total verkehrte Welt, wie wenn ich meine Augen auf dem Trecker schließe. Er sagte, das sei eine sehr gute Frage.

Tom lehnte sich zurück und rief mir zu: "Siehst du das da drüben?" Er zeigte auf eine ziemlich große Stelle im Gras, wo wir noch nicht gemäht hatten und wo das Gras ganz plattgedrückt war.

"Das ist der Ruheplatz eines Rehs. Wenn sie sich irgendwo niederlegen, ist das Gras immer so niedergedrückt."

Ich betrachtete die Stelle, als wir daran vorbeifuhren. Das Gras war plattgedrückt. Es sah wie ein Platz aus, wo jemand geschlafen hatte.

"Sie muß wohl ganz schön ausgewachsen gewesen sein", meinte Tom.

Die Runden wurden immer kleiner, als sei das Feld eine große Kiste, die wir auswickelten, immer rundherum, und Heu kam dabei heraus. Unten, auf der anderen Seite der Straße, glitzerte der Tümpel im Sonnenlicht. Manchmal sah man einen schwarzen Flekken, ein Boot mit Fischern oder Jägern, die nach einem Reh suchten.

Wenn Tom uns zum Schwimmen nach Quimby Pond mitnimmt, müssen wir aufpassen, daß wir nicht in Kuhfladen und Disteln treten, wenn wir über die Weide zum Ufer gehen. Und auf dem Rück-

*weg schaue ich immer die Straße zu dem Haus hinauf, wo jenes Mädchen und seine Mutter gewohnt haben. Sie zogen einen Sommer hierher und luden mich häufig zu sich ein. Das Haus kam mir komisch vor, weil die Spüle in der Küche schwarz war und die Wassertropfen darin silbrig glänzten. Einmal, als ich sie besuchte, fragte mich das Mädchen: Magst du Doktor spielen? Ich nickte. Wir gingen in ihr Schlafzimmer hinauf und schlossen die Tür. Sie zog sich aus, dann zog ich mich aus. Sie hatte Brüste, die sich im Licht leicht bewegten. Als sie sich hinlegte, verschwanden sie bis auf den dunkleren Teil. Und sie hatte auch Haare zwischen den Beinen, wo ich keine habe. Als ich an der Reihe war, mich hinzulegen, berührten ihre Finger meine Schenkel wie Gras, wenn ich nackt zwischen den Bäumen umherlaufe. Als ich hinunterging, stand ihre Mutter an der Spüle und betätigte die Pumpe. Wasser rann heraus und wirbelte in dem flachen schwarzen Becken. Sie sagte: "Du kommst doch wieder zu uns, nicht wahr?" Tom fährt häufig mit uns zum Quimby Pond. Dort ist das Wasser überhaupt nicht tief, und am Ufer, wo es gegen die Weide spült, ist immer Schaum.*

*Als wir bei der nächsten Runde an der Stelle vorbeikamen, schüttelte Tom den Kopf und sagte: "Schau, da!"*

*Er zeigte auf die Stelle, wo das Reh geschlafen hatte. Sie verschwand unter dem Schnittblatt. "Sie war wirklich ein ganz schöner Kaventsmann", sagte Tom.*

*Tom sagt zu allem sie, aber ich weiß nicht, wie er dazu kommt. Er sagt, ich glaube, sie wird heut regnen, oder ich glaube, sie wird ganz schön heiß werden. Oder wenn ich das Blatt des Rasenmähers öle, sagt er: "Hast du sie schon fertig?"*

*"He, Tom", rief ich. "Meinst du, daß sie Sprit braucht?" Wir hatten viele quadratische Runden um das Feld gedreht.*

*"Och, ich schätze, das hat noch Zeit."*

*Grashüpfer sprangen mit uns um die Wette über das Feld.*

Toms Mäher weckte mich vor Sonnenaufgang; er mähte draußen in dem schleierartigen Morgenlicht, er näherte sich dem Laboratorium, eingehüllt in Ölqualm, der aus dem alten Mäher strömte und als blaue Wolke tief über dem dunklen, taubenetzten Gras hing.

Ich wünschte, Makavejev könnte das filmen, und ich brannte darauf, es mit ihm zu erörtern. Ich war mir immer noch nicht darüber klar, wozu er mich in dem Film einsetzen wollte. Wir hatten abgemacht, daß er irgendwann zur Hütte herüberkommen sollte, vielleicht am Abend.

Der Lärm von Toms Mäher folgte mir durch die ganze Hütte, als ich das Frühstück zubereitete und mir Arbeitsklamotten anzog. Mein eigener Mäher, ein leuchtendroter, den ich im Jahr zuvor gekauft hatte, stand in der Garage. Er sprang rasch an, und wir begannen, die Wiese in langen, geraden Streifen zu mähen. Es wäre prima gewesen, wenn Makavejev jetzt gekommen wäre, mit surrenden Kameras, und mich gefilmt hätte, wie ich die gleiche Arbeit verrichtete wie Tom ein Stückchen weiter die Straße hinauf.

Aber sie tauchten nicht auf.

Nach einer Weile ging ich zum Laboratorium hinauf und suchte Tom, aber er war auch schon weg. Als ich durch die Fenster schaute, nahm ich einen sonderbaren Geruch wahr, obgleich die Fenster fest verriegelt waren: ein Gemisch aus altem Beton und den Wässerchen der Wissenschaft. Das Geräusch stillstehender Instrumente, der Geruch von heißem Glas, alles vermischt mit kühler Luft.

Durch die Fenster sah alles kalt und öde aus. Die Tische waren verblichen und rissig. Stühle und Kisten standen noch genauso herum wie während der letzten dreizehn Jahre, als sei plötzlich jemand hinausgegangen und habe alles stehen- und liegengelassen. Der allererste Wolkenbrecher, ein Apparat aus Holz und Metallröhren, stand in einer Ecke neben einer Spüle mit Gefäßen, Glasflaschen und Glasröhren. Mein Vater hatte ihn als Museumsstück aufgehoben. Vielleicht fand er eines Tages einen Platz in einem Museum.

Durch das Fenster daneben blickte ich in einen Raum, der von Regalen gesäumt war, die Steine, Holzstücke und noch weitere Gläser enthielten; zerknitterte, schrumpelige Karten und Notizen waren an die Wand geheftet. Das Licht war diffus, und ich konnte Instrumente und Spinnweben, Staub und schwarze Flechten auf dem Fußboden erkennen: Es schien, als seien die Schatten der Leute anwesend, die schon lange nicht mehr hier arbeiteten.

Auf der gesamten Rückseite des Laboratoriums rotteten die Zementpfeiler vor sich hin, verfielen und blieben als Schutt auf der Erde liegen. An verschiedenen Stellen hatte sich das Gebäude verlagert, und große Teile des Laboratoriums hingen nur noch mit Bruchteilen von Zentimetern auf einem Pfeiler, als wolle das Ganze beim nächsten heftigen Sturm mit lautem Seufzer am Pfeiler heruntergleiten.

Ich schlenderte um die eingefallene Scheune und den Schuppen herum. Alles war verriegelt und verschlossen, voller Spinnweben und Dreck. Nur die Wiesen waren offen. Es traf mich eigentlich nicht sonderlich, daß mir der Besitz nicht zugänglich war. Den Nachlaß verwaltete die Treuhänderin auf sehr freie, völlig unabhängige Weise. Vielleicht war es auch ganz gut, daß ich mit den Angelegenheiten meines Vaters nichts zu schaffen hatte. Ich mußte mein eigenes Leben leben.

Aber ich war bei dem Film dabei. Makavejev hatte es mir gesagt, und ich fragte mich jetzt, wo er wohl steckte. Über das weiche, grüne Gras ging ich zu dem Apfelbaum, wo Daddy Mummy und mich beim Äpfelpflücken gefilmt hatte. Ich befand mich auf demselben Fleck, wo ich damals, in einem anderen Film Daddys, nackt gestanden und unter Lachen und Albereien Äpfel gepflückt hatte.

Direkt unter dem Apfelbaum konnte ich die schwachen Umrisse eines großen Rechtecks im Gras erkennen. Ich wollte es

Makavejev gern zeigen. Sehen Sie, mein Vater hat Orgonon von Toms Großvater gekauft. Tom ist auf Orgonon aufgewachsen. Als er noch ein kleiner Junge war, trieb er die Kühe von der Weide zum Melken nach Hause. Die Weiden haben sich in Wälder verwandelt, um die er sich jetzt kümmert. Daher sollte das auch in dem Film gezeigt werden: Tom, der unaufhörlich auf diesem Land arbeitet.

Anfangs kaum sichtbar, dann immer deutlicher, dringen Grundrisse von Gebäuden, die einstmals auf seines Großvaters Farm standen, durch das geschnittene Gras. An der Stelle, wo früher die alte Schmiede war, macht Tom halt und hebt kleine Eisen- und Schlackerbröckchen von der Erde auf. Gewissenhaft mäht er um die Wolkenbrecherrampe herum, die auf dem alten Grundriß des Schuppengemäuers errichtet wurde.

Sicher existierte irgendwo, in einem Dachkämmerchen oder einem Antiquitätengeschäft, eine alte Daguerrotypie oder ein Glasnegativ von Jesse Ross, dem Besitzer der Farm am Dodge Pond. Auf jener Fotografie stand Jesse sicherlich stocksteif und stolz in seinem besten Anzug da und machte den besten Eindruck, den er - von sich selbst als Landbesitzer - den neugierigen Blicken aller künftigen Schaulustigen darbieten konnte.

Ihm kam damals wohl nicht im entferntesten der Gedanke, daß ein Jahrhundert später dieselbe Box, die sein Bildnis eingefroren hatte, sich so entwickelt haben würde, daß sie die Bilder laufen lassen, zum Leben erwecken konnte und er, wäre dies sein Wunsch gewesen, mit Leichtigkeit einen Film über seinen Enkel Tom hätte drehen können. Tom, das Kind, das die Kühe in den Stall treibt. Tom, wie er für den Doktor arbeitet und den Stall einreißt. Tom, der eine Rampe für eine sonderbare Maschine an genau demselben Ort errichtet, und wie rundherum in vielen Runden dasselbe Gras gemäht wird, gemäht von seinem, Jesse Ross' eigenem Urenkel, so daß insgesamt fünf Generationen ihren Schweiß auf dasselbe Land vergossen hätten.

Na, wenn das nicht ein Film war!

Ich drehte mich auf dem Absatz um und ging zur Hütte zurück, um mein Auto zu holen. Ich wollte nach Rangeley fahren und Makavejev aufsuchen, um mit ihm über den Film zu sprechen.

*Als ich mit Daddy in die Stadt fuhr, griff ich ins Handschuhfach und nahm den Reifendruckmesser heraus. Ich drückte auf den Knopf, und die Nadel sprang auf dreiundzwanzig. Das bedeutete, daß die Patrouillen und Indianer innerhalb eines Radius von dreiundzwanzig Meilen um das Auto herum auf der Lauer lagen. Wenn ich aus dem Fenster blickte, konnte ich sie in den Feldern auf ihren Ponys sitzen sehen, sie beobachteten uns. Sie nickten uns zu, als wir vorbeifuhren, und ich nickte lächelnd zurück. Es war gut. Sie paßten auf.*

*Ich stellte den Zeiger wieder auf Null und löste nochmals aus. Dreiunddreißig. Sie waren auf ihren Posten bis zu einer Entfernung von dreiunddreißig Meilen.*

*"Was machst du da?" fragte Daddy.*

*"Och, damit teile ich meiner Kavallerie mit, wo Patrouillen stationiert werden sollen und so was."*

*"Ach so."*

*Die Straße fiel steil ab, und man hatte das Gefühl, im nächsten Augenblick die Felswand hinunter zu stürzen, direkt in den See hinein.*

*"Sind es gute Soldaten?"*

*"Klar."*

*"Gut."*

*Das Auto wurde in der Kurve langsamer, und der Rangeley-See glitt seitwärts am Fenster vorbei, als wir in die Hauptstraße einbogen. Ich überprüfte erneut den Reifendruckmesser.*

*"Peeps?"*

*"Ja, was?"*

*"Hast du Angst?"*

*"Ein bißchen, glaube ich. Und du?"*

*"Ja, irgend so ein Gefühl."*

*In Doc Grant's Restaurant saßen wir an unserem Stammtisch, gleich*
*neben dem ausgestopften Reh; die untergehende Sonne schien durch*
*die Scheiben und verharrte auf dem gelbbraunen Rücken des Rehs.*
*Daddy sah mich lange an, weil ich so ungewöhnlich ruhig war.*
*"Wir fahren nach Hause und rufen Mummy an, bevor wir ins Kino*
*gehen", sagte er.*
*Die Sonne auf dem Rücken des Rehs war dieselbe wie die auf dem*
*Heu, wo es sein Schlaflager hatte. Ich schloß die Augen, als der Mä-*
*her das Gras an der Stelle schnitt, wo das Reh gelagert hatte. Als ich*
*seinen Rücken mit der Hand berührte, wirbelte Staub im Sonnen-*
*licht. Der Riecher des Rehs war rot angemalt, und ich tastete es ab,*
*um das Einschußloch der Kugel zu finden, die es getötet hatte.*
*"Daddy", fragte ich, "was geschieht jetzt?"*


Makavejev war nicht in der Stadt. Ich hatte keine Ahnung, wo er
sich aufhielt. Ich machte mir Sorgen. Der Film mußte gut werden. All jene unangenehmen Dinge, die mich in der Nacht mit Ed
Carmel und an jenem Wochenende mit den anderen Leuten verletzt hatten, warum muß ich gerade jetzt daran denken? Ich will,
daß der Film die guten Dinge zeigt, wie Tom.

Jedesmal, wenn ich in der Stadt weilte, ging ich zu Collins, um
Farbe zu kaufen. Vernon Collins, der Mann, der Orgonon erbaut
hat, führt noch immer das Geschäft, während sein Sohn Elden
die Firma leitet.

Makavejev war schon vor mir dagewesen. Er hatte sich bereits
mit Collins unterhalten.

"Ja, Sir", sagte Vernon, "das ist 'ne Sache. Ich weiß nicht, ob ich
den fertigen Film noch erleben werde, aber das ist 'ne Sache. Ja,
Sir. Sie kommen einfach hier herein, mit Kameras und allem Drum
und Dran und fragen mich über den Doktor aus. Ja, Sir. Die halbe
Stadt weiß schon davon, und die Leute kommen zu mir und sagen: 'Ich hab gehört, daß du jetzt ein Filmstar bist.' Ja, Sir. Ich
kann mir aber nicht vorstellen, daß er jemals hierher zu uns

kommt. Ich habe ihnen erzählt, daß er wohl nur in Europa gespielt wird, und wenn sie 'rüberfahren wollen, nur um mich zu sehen, na ja, dann sind sie herzlich eingeladen."

Er nahm eine Gallonendose Kreosot-Farbstoff aus dem Regal, und wir gingen damit zum Farbmischer zurück.

"Ja, Sir, er war wirklich ein netter Kerl. Er sprach auch ganz gut Englisch, obwohl ein paar von den Leuten fast überhaupt kein Englisch sprachen. Ja, Sir, er hat mich nach dem Doktor gefragt, und ich habe ihm erzählt, daß ich die ganze Zeit für den Doktor gearbeitet habe. Ja, Sir, ich habe ihm gesagt, daß ich die Aufträge des Doktors gern ausgeführt habe. Na ja, in all den Jahren, in denen wir zusammengearbeitet haben, gab es nicht ein einziges Mal Streit. Ja, Sir."

Er schraubte die Dose auf den Farbmischer, drehte den Schalter um, und die Dose begann stark zu vibrieren. "Ja, Sir, er fragte mich auch, ob die Leute in der Stadt sich vor dem Doktor fürchteten, und ich habe geantwortet, daß eine Menge Leute ihn einfach nicht kannten. Nun ja, wenn eine Familie abgebrannt war oder irgend etwas anderes passierte, gab er als erster eine Spende. Ja, Sir."

Er schaute einen Augenblick aus dem Fenster und schüttelte den Kopf.

"Was halten Sie von dem Sturm am letzten Samstag? War das nicht eine ganz schöne Bescherung? Den ganzen Tag Regen."

"Ja, den brauchten wir aber auch dringend."

"Klar, wir brauchten den Regen ganz sicher, aber oh je, man konnte ja nicht mal vor die Tür gehen. Nein, Sir, man konnte einfach praktisch nichts machen. Ja, Sir, wir haben schon lange nicht mehr einen solchen Regen gehabt. Seltsam, daß Regen immer dann kommt, wenn es einem am wenigsten paßt. Aber natürlich kann man nicht viel dagegen tun...", und dann fügte er hinzu: "...seit Ihr Vater gestorben ist."

Der Farbmischer blieb mit einem Ruck stehen, und eine ungewohnte Stille lag im Raum. Vernon bückte sich und schraubte das

Kreosot los. "Ja, Sir." Als wir uns umdrehten, um zum Ladentisch zurückzugehen, blieb ein Freund von Vernon, der sich gerade anschickte, den Laden zu verlassen, stehen und fragte Vernon,
ob er schon gehört habe, daß Doktor Nile am Samstag gestorben
sei. Sie redeten eine Weile darüber, wie er schon seit langem ge-
kränkelt habe. Vernon blickte sehr ernst drein.

"Wie alt, sagten Sie, war er?"

"Er war sechsundsiebzig", antwortete der Mann.

"Ist das alles?" fragte Vernon und schüttelte den Kopf. "Tja,
wir müssen alle mal abtreten."

Er brachte die Dose Kreosot zum Ladentisch zurück, ging um
ihn herum auf die Rückseite und zog das Kontobuch aus der
Schublade. "Ja, Sir", sagte er und schrieb den Preis für das Kreosot
und ein Paar Gummihandschuhe unter unsere Liste.

"Ja, Sir. Sie wissen doch, ich war damals gerade unten, an der
Maine Universität, als sie ihn zu Hilfe riefen, muß so um 1952 oder
53 gewesen sein, wegen der großen Dürre, die dort herrschte."

"Ja, ich kann mich erinnern, ich habe mitgeholfen."

"Ja, Sir. Sie wissen ja, eine Menge Leute lachen über die Sache
mit den Wolkenbrechern, aber ich habe gesehen, daß es wirklich
klappt. Ja, Sir."

"Ja, ich weiß schon, was Sie meinen. Die Blaubeerpflanzer glaubten wirklich nicht daran, daß es klappen würde. Aber als es dann
am nächsten Tag zu regnen anfing..."

"Ja, Sir, das war wirklich etwas, was man mit eigenen Augen
gesehen haben muß. Ich erinnere mich, eines Tages fuhr ich mit
ein paar Freunden in der Nähe von Orgonon herum, und sie ent-
deckten den Wolkenbrecher, der da beim Laboratorium stand, und
sie sagten: 'Was ist denn das?', und dann habe ich ihnen davon
erzählt, aber sie lachten nur, daher habe ich gesagt: 'Na, dann gehen wir doch einfach mal rauf und sehen nach, ob der Doktor zu
Hause ist, dann kann er euch selbst alles zeigen.' Wir gingen also
hinauf, ich ging hinein, und der Doktor war da, und ich sagte:
'Doktor, ich habe unten ein paar Freunde, die gern sehen möch-

ten, wie der Wolkenbrecher funktioniert', und verdammt noch mal, er kam und ging zu dem Wolkenbrecher direkt neben dem Laboratorium hinüber und sagte: 'Sehen Sie die Wolke dort drüben?' und zeigte auf eine andere. Darauf begann er zu arbeiten, und der Deibel will's, die beiden Wolken bewegten sich wahrhaftig aufeinander zu und vereinigten sich zu einer großen. Ja, Sir. Sie sahen sich das Ganze einen Augenblick lang an, bis der Doktor sagte: 'Passen Sie jetzt gut auf', und er hantierte wieder am Wolkenbrecher herum, und schon nach wenigen Minuten öffnete sich die Wolke wie ein riesiger Pfannkuchen. Ja, Sir."

*Ich legte den Reifendruckmesser ins Handschuhfach zurück und lief über den Rasen zum Wolkenbrecher hinüber, während Daddy noch den Wagen parkte. Ich machte mich sogleich daran, die Stöpsel herauszuzerren und die Rohre auseinanderzuziehen, so daß alles bereit war, als Daddy die Rampe erreichte; einen Augenblick lang standen wir ganz still.*

*"Gut", sagte er. "Schauen wir zunächst mal nach, wie es heute steht." Wir blickten beide zum Himmel und zu den Bergen hinauf. Nachmittagswolken begannen bereits, sich über den Bergen aufzutürmen. Nicht ein Windstoß. Wir konnten bis zum See hinunterschauen und beobachten, wie sich die Wolken auch darin verschoben. Ein Stück die Straße vom See hinauf brannte das Sonnenlicht auf dem frischen Heu. Der Saddleback leuchtete purpurn, nicht blau, wie er eigentlich hätte sein sollen. Die Vögel schwiegen, sie hüpften in den Zweigen der welken Birke herum, die neben der Wolkenbrecherrampe stand.*

*"Hm, hm", sagte Daddy. "So. Dann mal los! Wir arbeiten zuerst mit dem Strom. Die Energie bewegt sich überhaupt nicht. Wir beginnen im Westen und ziehen sie dann nach Osten hinüber."*

*Ich kurbelte den Wolkenbrecher herum und fuhr gleichzeitig die Röhren aus. Im Unterbau des Wolkenbrechers klickten die Gänge beim Herumdrehen.*

*Wir begannen im Westen, weil die Orgonenergie von West nach Ost strömt, und wenn wir einen Eingriff vornehmen, unterstützen wir auf diese Weise den Energiestrom. Daddy hatte uns angewiesen, niemals im Osten zu beginnen, da dann der Energiestrom unterbrochen wird und Stürme auftreten.*

*Die Röhren des Wolkenbrechers schwenkten in östliche Richtung, die Gummistöpsel baumelten hin und her.*

*"Gut. Alles klar. Und jetzt zurückdrehen, aber langsam."*

*Die Räder knirschten langsamer, und ich führte den Strom behutsam gen Süden. Ich glaube, wir schwenkten deshalb nach Süden, weil es dort wärmer ist; schwenkten wir nach Norden, bestünde die Gefahr, daß es kälter würde. Aber manchmal ziehen wir auch in nördlicher Richtung.*

*Ein Auto kam die Straße herauf, und wir hielten beide inne, um hinüberzusehen. Es fuhr an uns vorbei, und Leute schauten aus den Fenstern. Das Auto verringerte die Geschwindigkeit, fuhr aber weiter an uns vorbei, hinunter zum Badgers Camp am Ende der Straße; die Leute starrten die ganze Zeit aus den Fenstern zu uns herüber.*

*"Wer war das denn?" fragte Daddy.*

*"Keine Ahnung…" Vielleicht waren es Spione. Manchmal mußte Daddy die Agenten und Spione sogar mit dem Gewehr von Orgonon verjagen. Alle möglichen seltsamen Figuren kamen und belästigten ihn.*

*"Schon gut, Peter. Machen wir weiter. Dreh ihn nochmals rum."*

*Ich fuhr die Röhren aus, drehte sie herum und richtete sie nach Westen. Ich verharrte einen Augenblick in dieser Stellung, damit der Strom aufholen konnte, und begann, erneut gen Osten zu schwenken.*

*Es war ein gutes Gefühl, den Wolkenbrecher herumzukurbeln. Das ist auch der Grund, warum ich so gern Wolken breche, man fühlt sich sofort besser, wenn die Luft reiner wird, und man kann hoch, runter oder zur Seite drehen oder in jede Richtung, in die sie gehen soll. Dafür gibt es keine festen Regeln.*

*"Gut so. Jetzt fege den Horizont. Ringsherum."*

*Ich kurbelte angestrengt mit beiden Händen und führte die Röhren über den Observatoriumshügel und wieder herunter, folgte der*

*Silhouette der Baumspitzen bis zu der Lichtung, wo der Traktorweg
zu dem golden glänzenden Heufeld hinausführt, und dann weiter
herum.*

*"Ja. Noch etwas mehr. Hör nicht auf." An der Straße vorbei, am
See, am Saddleback, rund um den Himmel.*

*"Siehst du, wir streicheln ihn sanft, um ihn wieder in Gang zu
setzen. Wenn er sich bewegt, ist das genauso wie das Strömen in
deinen Beinen bei der Behandlung."*

*Die Gänge gaben dumpfe, ölige, metallische Geräusche von sich,
als wir nochmals rundherum - über den Hügel, die Spitze des
Observatoriums und wieder zurück - kurbelten, bis der Wolkenbrecher nach Westen ausgerichtet war und genau auf die Lichtung in
den Bäumen zeigte, wo das weiche Heu golden geworden war. Wir
konnten es bis hierher riechen.*

*"Und jetzt Zenit. Ganz hinauf."*

*Er lehnte sich zurück und blickte hinauf. Ich kurbelte die Röhren
auch steil aufwärts, bis die kleinen Stöpsel genau senkrecht hingen.*

*"Ja. Gut. Lassen wir es einen Augenblick so."*

*Ich verließ meinen Kontrollposten und stand neben Daddy.*

*"Ich fühle mich schon besser", sagte ich.*

*"Ja. Es ist schon besser geworden. Sieh dir die Berge an."*

*Das Purpur des Saddleback war verschwunden, und er leuchtete
in klarem Blau. Er schien sogar nähergerückt zu sein. Ich fühlte mich
besser.*

*"Warum ist das Strömen in meinen Beinen wie das am Him-
mel?"*

*Er lächelte. "Das ist eine gute Frage. Siehst du, die Orgonenergie
strömt in deinen Beinen nach den gleichen Prinzipien wie in der
Atmosphäre oder vielleicht sogar wie im Universum. Wenn ich dich
behandle, lockere ich deinen gesamten Körper und setze den Energie-
fluß wieder in Bewegung."*

*"Aber warum hört er erstmal überhaupt auf?"*

*"Tja, manchmal kann ich es deutlich sehen, wenn du mit einigen
deiner Freunde gespielt hast. Durch ihre Erziehung sind sie gepan-*

zert, eine Erziehung, die Schuldgefühle hervorruft, wenn sie ihre Genitalien berühren, eine Erziehung, bei der sie sich schämen zu weinen. Etwas davon färbt auch auf dich ab. Das führt zu Verspannungen, und ich muß dich wieder lockern."

"Warum sind sie so?"

"Das ist ein historisches Problem", sagte er, wobei er durch das Fernglas schaute. "Siehst du, die meisten Menschen haben immer geglaubt, es sei eine Sünde, sich wohl zu fühlen und glücklich zu sein. Sie haben Angst vor den guten Gefühlen, ebenso wie vor den Strömungen. Sie versuchen deshalb auch, diese Gefühle bei ihren Kindern zu unterdrücken. Sie nehmen ihre Kinder und machen sie unglücklich. Klar, wenn man irgendeinen natürlichen Trieb nimmt und ihn abwehrt, dreht und windet er sich, aber er bricht schließlich doch hervor. Doch statt sich offen, auf direktem Wege zu äußern, bricht er entstellt und häßlich hervor. Darum reißen deine Freunde auch schmutzige Witze über Mädchen. Sie haben gelernt, ihre Gefühle abzuwehren, darum genießen sie die pervertierten, abgeleiteten Gefühle dermaßen. Sobald die Abwehr einsetzt, werden ihre Leiber hart, und sie atmen nicht mehr tief durch. Und sie fangen zu hassen an."

"Aber meine Freunde hassen mich doch gar nicht."

"Nein, natürlich nicht. Ich meine nicht diese Art von Haß. Es handelt sich um einen anderen, viel feineren Haß. Sie schaffen sich eine freundliche Fassade, und allmählich wird die Fassade zu einer Maske für die innere Angst und den Haß, den sie verspüren. Sie ringen darum, die guten Gefühle zu unterdrücken, damit die Maske ja nicht durchbrochen wird, und so werden ihre Mundzüge hart und streng. Sie fühlen sich elend und tragen es auf dem Rücken ihrer Kinder aus, da viele Eltern es einfach nicht verkraften können, ihre Kinder glücklich zu sehen."

"Und warum kannst du ihnen nicht einfach sagen, daß sie herkommen sollen, und dann behandelst du sie und erklärst ihnen alles? Und machst sie glücklich?"

"So einfach ist das leider nicht", sagte Daddy lächelnd.

*Dann nickte er in Richtung Hospitalgelände. In dem gelben Gras, dort, wo sich die Traktorreifen in den weichen Untergrund einge-drückt hatten, sah man dunkle Ringe. "Eines Tages, hoffe ich, wird auf jenem Platz ein Hospital stehen, und dann können wir begin-nen, den Leuten zu helfen. Aber es ist nicht ganz einfach, den Leuten alle diese Dinge zu erklären. Weißt du, nachdem die Menschen ihre Emotionen so viele Jahre lang - seit vielen Generationen - unter-drückt haben, wird daraus eine Lebensweise, und die Leute akzep-tieren sie. Sie glauben sogar, sie lieben diese Art zu leben. Hinter einer Maske scheint das Leben viel sicherer zu sein."*

*"Oder in einer Falle", sagte ich. Wir haben oft über die Falle ge-sprochen.*

*"Ja. Gut, Peeps. In der Falle. Und weil es dort sicherer ist, wollen die Menschen darin bleiben. Sie haben sich so daran gewöhnt, zu morden und zu hassen, daß sie ihre gesamte Zeit damit verbringen, sich zu rechtfertigen, und sie versuchen jeden fertigzumachen, der ihnen auf den Kopf zusagt, sie könnten im Unrecht sein. Sie erfin-den Drogen, die das Unwohlsein und die Unzufriedenheit unter-drücken, und behaupten, sie hätten die Menschen davon geheilt. Aber das Übel bleibt bestehen und frißt sie auf. Sie verbreiten, ich sei ein Quacksalber und der Akkumulator eine Sexmaschine. Begreifst du nicht, Peter? Die Menschen haben Angst vor den Strömungen in ihren Beinen, und sie fürchten sich vor dem Leben. Sie haben Angst vor ihrem innersten Kern, der gut ist. Das ist auch der Grund, war-um die Food and Drug Administration uns angegriffen hat und ver-sucht, uns zu vernichten."*

*"Aber der Himmel hat doch keine Angst, oder? Ich meine, wir können den Strömungen im Himmel doch helfen und sie verbes-sern, nicht wahr?"*

*Er nickte und sah sich um. Die Sonne stand genau über den Baum-wipfeln, aber es war noch immer ruhig. Ich fühlte mich schon viel besser. "Aber warum geht es dem Himmel schlecht?"*

*"Das ist eine sehr schlaue Frage. Ich bin mir nicht sicher, ob ich das selbst schon voll verstanden habe. Zuerst glaubte ich, das sei alles*

*eine Folge des Oranur, aber seitdem ich gesehen habe, daß auf der ganzen Strecke bis nach New York hinunter Bäume, Pflanzen und überhaupt die Vegetation absterben, bin ich mir da nicht mehr so sicher. Irgend etwas tötet die Atmosphäre.* " Er schüttelte den Kopf und fuhr sich mit der Hand durch das weiße Haar.

"*Ja. Es ist wirklich besser. Es hat geholfen, daß wir vom Zenit Energie abgezogen haben.*"

"*Wenn wir vom Zenit ziehen, ist das dasselbe, wie wenn du meinen Leib weich machst?*"

*Er lachte.* "*Ja. In gewissem Sinne. Irgendwie lockert es den Himmel auf. Ja.*" *Er sah mich fest an.* "*Du bist ein guter kleiner Soldat, Peeps. Du bist sehr tapfer, und du mußt stark sein für den Kampf, der uns bevorstehen mag.*" *Er schaute mich sehr fest an, und sein Blick trieb Wasser in meine Augen.*

"*Schon gut, mein Sohn.*" *Er nickte in Richtung Wolkenbrecher und sah zu den Bergen hinüber, dann gab er sanft den Befehl:* "*Fang jetzt den Wind ein.*"

Das Geschrei einer Imbergans über dem schwarzen Wasser des Sees weckte mich in der Morgendämmerung. Ich lag frierend im blassen Morgenlicht und schaute zu, wie sich der Himmel veränderte. Die Imbergans schrie immer wieder, und dann blieb nur noch schimmernder Tau.

Bald darauf, lange bevor es richtig hell war, begann Tom, den Rasen am Laboratorium zu mähen. Das leise Tuckern des Rasenmähers kam über die feuchten Wiesen zu mir ins Schlafzimmer, es veränderte sich ständig, je nachdem, ob Tom oben oder unten mähte. Ich schlief.

Nach dem Frühstück fuhr ich in die Stadt und lieh mir in der Volksschule einen 16-Millimeter-Projektor. Als ich, nach meiner Unterhaltung mit Vernon Collins, Makavejev endlich traf, erzählte ich ihm, daß ich altes Filmmaterial besäße, das mein Vater aufgenommen hatte; er wollte es natürlich sehen.

Noch am selben Abend befestigten wir im Motel ein Laken an der Wand und setzten uns zurecht, um den Film anzusehen.

Der Film hatte keinen Vorspann, er begann sehr plötzlich mit mir, wie ich in Forest Hills einen großen Ball hüpfen lasse - das muß etwa 1947 gewesen sein. Ich war mir offensichtlich durchaus bewußt, daß Daddy eine Kamera in der Hand hatte und mich durch sie hindurch beobachtete.

Und dann, ganz plötzlich, drang mir die Tatsache siedendheiß ins Bewußtsein, daß ich Reichs Sohn war. Hier, in dem dunklen Raum, inmitten des Filmteams, das sich neugierig einen Film ansah - einen Film über mich! -, kam ich mir dumm vor. Wie ein Objekt, als ich so dasaß und über mich selbst lachte, über den Jungen, der in die Kamera lächelte und herumblödelte. Ich fragte mich, was sie wohl von mir dachten. Hier hatte ich mit diesen Fremden Freundschaft geschlossen, weil ... weil sie mich mochten? Aber mußten sie mich nicht einfach mögen? Mußte Makavejev nicht einfach Interesse zeigen für das, was ich ihm damals in New York erzählt hatte? Er drehte einen Film über meinen Vater. Er wollte doch schließlich Informationen für *seinen* Film.

Der Projektor ratterte weiter. Das mußte vor 1948 gewesen sein, weil wir noch immer in der oberen Hütte wohnten, während die untere noch im Bau war. Ilse badet mich in einem Waschtrog draußen vor der Hütte. Wir lachen beide. Sie trocknet mich an der Tür ab, und unser Hund, Doggy, kommt herbei und zupft an mir herum. Ich ziehe mich zurück.

Was halten die Leute dieses Filmteams wohl von dem nackten Kind und jener Person, die nackt und bloß im selben Raum mit ihnen sitzt?

Ich spiele nackt, jetzt in Farbe, mit einem Freund am Mooselucmeguntic-See.

Nackt, mit drei oder vier Spielkameraden, renne ich einem süßen nackten Mädchen ins Wasser nach.

Jetzt, allein auf Orgonon.

Nackt. Beim Äpfelpflücken. Ich bin älter. Es ist der gleiche Apfelbaum, der einsam an der Straße zum Laboratorium steht. Ilse klettert auf den Baum und schüttelt die Äste. Ich habe das plumpsende Geräusch noch im Ohr, mit dem Äpfel ins Gras fallen. Ich sitze nackend im Gras und drehe den Apfel in meiner Hand hin und her. Ob ich damals wohl Angst hatte?

Makavejev und der Kameramann unterhielten sich auf serbokroatisch. "Wir haben gerade darüber gesprochen, wie Reich die Kamera führt", erklärte Makavejev. "Wirklich interessant. Er hatte ein gutes Auge."

Aber ich konnte ihm einfach nicht mehr zuhören, denn die letzte Szene zeigt mich und Tom. Das muß gewesen sein, als sie 1948 die Scheune von Toms Großvater einrissen, unten bei der Birke, wo wir später die Wolkenbrecherrampe errichtet haben. Man sieht einen riesigen Stapel alten, verrotteten Bauholzes, das wir zum Müllplatz schaffen mußten. Der Studebaker-Lieferwagen steht mit der Ladefläche zum Stapel hin. Ein jüngerer, schlankerer Tom Ross schaut mit Unbehagen in die Kamera. Man sieht deutlich, daß er seinem neuen Boß, dem Doktor, der ihm gerade Anweisungen erteilt, aufmerksam zuhört. Er wendet sich mir zu. Ich trage einen gestreiften Overall und grinse in die Kamera. Tom wartet schon, als ich ein Stück Holz vom Haufen ziehe und es ihm in elegantem Bogen reiche. Er nimmt es mir ab und wirft es auf den Lastwagen, und bald sind wir zusammen in einem echten Film und werfen altes, verfaultes Bauholz auf die Ladefläche des Lastwagens. Möglicherweise würde Makavejev diese Szene verwenden. Meine Lieblingsszene.

Wenn der Film doch nur die Ironie einfangen könnte, die Ironie, daß Tom da ist, erst als Kind, das die Kühe in die Scheune hinuntertreibt, dann, kurz nachdem er 1948 für den Doktor zu arbeiten begonnen hatte, als Mann in seinen frühen Dreißigern, der eben jene Scheune einreißt. Und dann, nur wenige Jahre später, errichtet er praktisch genau auf den Fundamenten eben jener Scheune die Wolkenbrecherrampe. Und jetzt, im Rentenalter, dreht er mit dem Rasenmäher eine Runde nach der anderen um die Wolkenbrecherrampe und die Erinnerung an die alte Scheune.

Nach der Filmvorführung fuhren wir auf ein Bier ins Rangeley Inn hinüber.

Es verwirrte mich jetzt ziemlich, daß der gesamte Film nur von mir handelte; Makavejev dagegen suchte Material über Reich. Außerdem zeigte er wenig Interesse an meiner Idee bezüglich Tom. Ich fragte ihn, wie er den Film gestalten wolle. Er starrte in sein Bier und wurde sehr ernst.

"Das ist schwer zu sagen", antwortete er. Er hätte sicherlich gern gewußt, welche Vorstellungen mir vorschwebten, wie ich mich selbst in einem Film über meinen Vater sah.

"Man kann bislang kaum etwas darüber sagen, wie er aufgebaut sein wird. Im Moment ist alles noch sehr ungewiß. Manche Leute, die für Ihren Vater gearbeitet haben, lassen nur schwer mit sich reden. Viele von ihnen sind schweigsam, verschlossen, als stünden sie unter einer Art von Schock. Dagegen brechen eine Menge Emotionen durch, wenn sie über gewisse Aspekte von Reich sprechen. Es kommt einem vor, als hätten sie irgendwo einen blinden Fleck."

Er sah mich an. Sprach er etwa von mir? Wußte er irgend etwas, das ich nicht wußte? Er redete über seinen Film weiter.

"Jeder Mensch hat ein tiefes Bedürfnis nach mehr Freiheit", sagte er. "Und genau an diesem Punkt stellt sich die Frage nach dem Panzer. Es ist bekannt, daß der 'psychische Panzer nur die psychische Seite des muskulären Panzers ist'. Es ist außerordentlich schwer, den psychischen Panzer zu durchbrechen. Die Menschen können durchaus etwas gemeinsam erleben und sich gleich darauf in ihr Schneckenhäuschen zurückziehen. Das Problem bei diesem Film bestand von Anfang an darin, eine spielerische Struktur zu finden, die die Zuschauer lösen würde, um sie leichter führen zu können. Auf diese Weise würden sie immer tiefer geraten, bis zu Stellen, zu denen sie von selbst niemals freiwillig oder bewußt vordringen würden. Schritt für Schritt gleiten sie in so etwas wie eine humanistische oder fatalistische Welt, doch in Wirklichkeit werden sie mit dem unangepaßten Teil ihres Selbst konfrontiert … mit tiefsitzenden Gefühlen sexueller Art. Oder Angst. Oder Terror. Ihrem ureigensten Terror…"

*Der Behandlungsraum liegt zwischen dem Badezimmer und der Bibliothek. Er ist mit einem blauen Teppich ausgelegt und enthält ein medizinisches Schaubild des Menschen und seiner Muskulatur, einen Medizinschrank und, in einem Rahmen, verschiedene Fotografien. Eines der Fotos zeigt Daddy, wie er auf seinen Skiern auf einem Berg steht, und auf einem anderen Foto ist er noch ein kleiner Junge auf einem Schaukelpferd. Ich legte meine Kleidung ab und sah aus dem offenen Fenster nach draußen, wo die warmen Sonnenstrahlen alles hell erleuchteten. Der Duft des Heus wehte mit dem Wind durch das Fenster den ganzen Flur entlang. Seltsame, feine Wölkchen schwebten am Himmel; ich hatte vergessen, Tom danach zu fragen. Tom wußte immer im voraus, wann es regnen würde.*

*Als Daddy eintrat, legte ich mich auf die Couch. Er setzte sich auf den Stuhl und beobachtete meine Atemzüge.*

*"Hallo, Peter." Er verfolgte genau, wie ich atmete. "Wie fühlst du dich?"*

*"Ich glaub, ganz gut."*

*"Hat dir heute morgen das Mähen mit Mister Ross Spaß gemacht?"*

*"Klar. Wir haben das ganze Feld fertig."*

*Er legte mir die Hand auf die Brust und preßte sie langsam zusammen. Seine große Hand fühlte sich warm an. Ich lächelte.*

*"Es ist jetzt höchste Zeit, daß wir mal ernst werden. Laß mich mal sehen. Zeig mal deine Augen. Ja. Sieh mich an. Gut, folg jetzt meinem Finger. Du sollst ihm folgen. Gut so, roll mit den Augen, rollen, folge meinem Finger." Ich rollte, bis mir die Augen fast aus dem Kopf fielen, bis sie, völlig erschöpft, nur noch im Schneckentempo in die Runde krochen und endlich empört innehielten. Ich konnte einfach nicht mehr. "Rollen, mach weiter, laß sie rollen." Der Finger*

*tänzelte im Kreise und zerrte an meinen Augen, bis ich sie zusammenkniff. "Na gut. Atme." Ich atmete. "Tiefer. So stark es geht."*

*"So ist's gut. So ist's gut. So, laß mich jetzt mal sehen. Hast du in letzter Zeit wieder gestottert, hm?"*

*Ein Finger, allerdings nicht der Daumen, drang prüfend unter mein Kinn ein, als wollte er direkt meine Zunge durchbohren, das tat weh, grrrhh.*

*"Ist gut, ist gut. Na, dann dreh dich mal um und laß mich mal deinen Nacken untersuchen." Finger packten mein Gesicht im Nakken und drückten es fest ins Bettuch, schmerzten und ärgerten mich. Aua! Immer tiefer biß ich ins Bettuch. "Nein! Nein! Nein! Das tut weh." Ich atmete kurz und stoßweise, von selbst.*

*"Dreh dich auf die andere Seite." Seine Stimme klang sanft, seine Augen beobachteten mich aufmerksam, wie ich dalag und keuchte. "Ist ja schon gut, Peeps, jetzt atme aus, ganz langsam."* Einatmenausatmenein. *Puuuh.*

*"Atme noch tiefer durch!" Er drückte fester mit der Hand auf.*

*Ich schloß die Augen und atmete so lange aus, daß ich es bis hinunter fühlen konnte, wo seine Hand lag. Ich lächelte.*

*"Lauf nicht davon, Peeps. Atme. Atme aus."*

*"Ich atme ja schon die ganze Zeit aus. Aber irgendwann muß ich ja wohl auch einatmen!"*

*Seine Hand preßte mich noch fester in die Laken, und ich fühlte, wie die ganze Luft öööhhn machte. Dann ließ er mich einatmen, aber nicht genug, daß sich mein Brustkorb ganz auffüllen konnte, bevor es wieder puuuh ging.*

*Ich atmete eine Weile, und dann begann es zu kribbeln. Ich kicherte.*

*"Lach nicht, Peeps. So läufst du weg. Atme aus. Laß alle Luft raus. Hab keine Angst, Angst zu haben." Seine Hand preßte gegen meinen Magen, tat mir weh, drückte eine Schnur in meinen Magen.*

*"Ööööööhhhnnnnn, oh, Daddy, das tut so weh. Bitte, Daddy, bitte ööööhhhnnnn." Meine Knie schnellten hoch, um den Magen vor den Händen zu schützen.*

*"Wo bleibt sie, Peeps? Hab keine Angst. Mach weiter, hör nicht auf zu atmen. Laß die Luft raus. Atme."*

*Ich fühlte mich wahrhaftig nicht danach. Ich wollte überhaupt nichts mehr tun, ich hatte nur den einen Wunsch, seiner Hand zu entkommen. Sie tat mir weh, ich wollte sie nicht dort haben und meine Zähne knirschen lassen und mein Gesicht verzerren. Seine Hand griff an meine Kehle und löste mein Unterkinn, so daß ich mit Gesicht und Beinen schreien konnte.*

*"Tritt zu, Peeps, tritt. Tritt jetzt. Ja. Feste, das tut gut. Tritt. Fester, fester! Mach schon, gut. Ja. Nein, das Kissen. Schlag in das Kissen. Ja. Gut. Fester, fester, jetzt laß sie heraus."*

*Mit knirschenden Zähnen trat ich zu und wand mich, um die Traurigkeit mit den Füßen fortzustoßen, die Traurigkeit, die von meinen Beinen aufstieg und meinen Magen dort berührte, wo Daddys Hand lag, genauso wie frisch gemähtes Heu die Erde berührte. Ich weinte, weil ich um das herunterfallende Heu trauerte und um das tote Reh und um das Heu, das hinter dem Mäher herunterfiel, das von dem Blatt des Mähers abfiel, und ich war traurig, daß uns alle Leute verlassen hatten und weil Mummy uns verlassen würde. Sie liebte uns, ganz bestimmt. Meine Augen füllten sich mit Tränen und liefen über. Ich wollte mich umdrehen und weinen, aber Daddy sagte,* einatmenausatmen.

*"Wo bleibt sie, Pete? Komm, komm, wo bleibt sie? Laß sie alle raus. Wenn du nicht atmest, wird es nur noch schlimmer. Schrei. Komm schon. Schrei."*

*Die Finger unter meinem Kinn ließen mich erneut aufschreien, mit offenem Mund, bis mein Gesicht in den Schatten meiner Augen und die Falten meines Mundes gehüllt war, während ich weinte und weinte. Seine Hand betastete meine Beinmuskeln, die Stelle, wo selbst das Heu mich kitzelte, wenn ich darin lag, meine Beinmuskeln, und ich sagte, nein, laß das, aber er packte es dort, und dann begann ich, mich mit meinem ganzen Körper zu wehren, trat und krümmte mich auf dem langen, weißen Schrei wie ein Fisch, der in wütenden, silbernen Blitzen aufschnellt.*

*Als das Trampeln aufhörte und das Weinen aufhörte, war seine Hand verschwunden und die Schnur in meinem Magen mit ihr, und als ich ausatmete, hatte ich das Gefühl, als segelte ich wie ein schwarzes Segelboot auf einem schwarzen Fluß mit der Strömung in den Abend hinein, das Kielwasser glitzerte und breitete sich aus, ganz hinunter, bis in meine Beine.*

*Ich atmete, atmete. Ich spürte seine Hand wieder sanft auf meinem Magen, er fragte: "Ist dein Leib jetzt weich? Du solltest immer darauf achten, daß er weich bleibt." Und seine Finger drückten an der Stelle, wo der Atem von selbst ein und aus geht, wie ein schwarzes Boot, das immer geschmeidiger dahinsegelt. Er lächelte mir zu. Seine Hand glitt von meinem Nacken zu meinen Knien, nur kitzelte es jetzt überhaupt nicht mehr. Es fühlte sich nur beruhigend und sanft an, und der Atem segelte zusammen mit der Hand, strömte.*

*"Gut, Peeps. Jetzt atme."*

*Ganz von selbst atme ich. "Aaaaaaaaaaaaaaaaaaaaaahhh", tiefer und tiefer, bis es sich in meinen Beinen rührte, genau wie durch Daddys Hände.*

*Daddy sagte: "Aaaaaaaaaaaaaaahh. So ist's gut. Aaaaaaaaaaaaaaaaaaaaaaaaaaaaahh."*

*"AAAaaaaaaaaaaaaaaaaaaaaaaaaaaaahh."*

*"Aaaaaaaaaaaaaaaaaaaaaaaaaaaaaaaahh."*

*Und dann atmeten wir beide gleichzeitig und sogen den Duft des Heus ein.*

*"Aaaaaaaaaaaaaaaaaaaaaaaaaaaaaahh."*

# 4

*Von ihm, den ich liebe Tag und Nacht,*
  *träumte ich und hörte, er sei tot,*
*Und träumte, ich käme an den Ort, wo sie ihn, den*
  *ich liebe, begraben hatten, aber*
  *er war nicht dort,*
*Und ich träumte, ich wanderte suchend zwischen*
  *den Grabstätten, ihn zu finden,*
*Und ich fand, daß ein jeder Ort eine Grabstätte*
  *war, die Häuser voller Leben waren zugleich*
  *voller Tod (auch dies Haus hier),*
*Die Straßen, die Schiffe, die Stätten des Vergnügens;*
  *die Stadt Chicago, Boston, Philadelphia, die*
  *Stadt Mannahatta waren von Toten so voll wie*
  *von Lebenden,*
*Ja voller, o vielmals voller von Toten als von*
  *Lebenden.*
*Und was ich träumte, will ich hinfort allen Men-*
  *schen, jung und alt, sagen,*
*Und ich stehe hinfort ein für das, was ich träumte,*
*Und nun will ich Grabstätten geringachten und*
  *nichts mehr von ihnen wissen,*

*Und wenn die Denkmäler der Toten ohne Unter-*
  *schied* überall *aufgestellt würden, selbst in dem*
  *Zimmer, wo ich esse oder schlafe, so wäre es mir*
  *recht,*
*Und wenn der Leichnam eines Menschen, den ich*
  *liebe, oder mein eigener Leichnam einst zu Staub*
  *gemacht und verstreut würde ins Meer, so wäre es*
  *mir recht,*
*Oder wenn er in alle Winde verweht würde, so wäre*
  *es mir recht.*

Walt Whitman, *Grashalme*

Die Träume, eine Karikatur meiner Kindheit à la Looney Tunes, setzten ein, nachdem Makavejev mit seinem Filmmaterial abgereist war.

Es begann mit einem halben Reh, das zur Tür der Hütte ging und daran rüttelte. Und als ich die Tür öffnete und hinaustrat, sah ich, daß der See gestiegen war und an der Grasnarbe des Rasens leckte. Als ich ins Wasser blickte, sah ich die Füße eines ertrunkenen Mannes, der, den Kopf tief unten, im See trieb.

Nur war in diesem Traum jetzt ich der ertrunkene Mann. Ich war durch die Wasseroberfläche gestoßen, wie ein Bild im Licht den Film durchdringt, und in dem Traum sah ich mich selbst, wie ich vor langer Zeit am Rande des Sees von Annecy saß und aus einem gespenstischen, betäubenden Traum aufschreckte, voll Angst vor einem weiteren.

Der Park in Annecy ist weitläufig und offen, herrlich weiße Berge türmen sich darüber auf, die ihre Gipfel in die Wolken tauchen. Ich spazierte benommen im Park umher, schaute Kindern bei ihren Spielen zu und alten Männern beim *jeu de boules*. Ich sah Liebespärchen, die im Sonnenlicht lachten.

Ich war dem allem entrückt, schlenderte einfach umher, mit meinem Arm in der Schlinge unter dem Ski-Parka, froh darüber, daß auf den Angsttraum im Hospital ein milder, sonniger Nachmittag folgte. Die Ärzte und Schwestern waren sehr entgegenkommend gewesen. Sie sagten mir, es sei sehr tapfer von mir gewesen, ihnen ein solches Zeichen zu geben.

Die Leute dachten wohl, ich sei ein ausgerissener Patient oder so etwas, denn ich hatte mir eine Schachtel Kekse in die Beuteltasche des Parkas gesteckt und fischte alle paar Augenblicke einen Keks heraus, und meine Augen waren unterlaufen und gerötet vom Weinen.

Ich wußte immer noch nicht, was ich da eigentlich im Krankenhaus geträumt hatte. Ich wußte nur, daß sich, auf einer anderen Ebene, eine andere Realität abspielte und irgendwie, wie ich so in der Narkose umherglitt, war ich auf sie gestoßen. Als ich so im Park umherwandelte - der leere Ärmel des Parkas flatterte im Wind -, konnte ich nur an den Traktor und an Tom denken, wie ich in der heißen Sonne den ganzen Tag lang mit Tom Gras mähte, immer rundherum, und den Horizont betrachtete, bis er in meine Augen eingebrannt war, so daß, als ich sie schloß, alles umgekehrt war, die Bäume strahlend hell und der Himmel dunkel. Und dann, in der Dämmerung, immer noch Runden ziehend, die immer enger werden, kam ein Moment, in dem die Bäume und der Himmel einen einzigen Farbton hatten, geschieden nur von einer hellblauen Linie: die Baumwipfel ausgestochen gegen den Himmel wie bei einem Kupferstich. Ich wußte, daß da auf einem anderen Traktor auf der anderen Seite des Himmels ein anderer Junge war, der zurückschaute, in mich hinein. War es jene Person, auf die ich im Traum gestoßen war? Oder war sie in dem Film?

Makavejev hatte mir einmal in unseren Unterredungen gesagt: "Filme sind wie greifbare Träume, wie farbenfroh sich bewegende Schatten. Wenn man das Licht andreht, verschwinden sie. Das ist ein sehr wesentlicher Sachverhalt."

Nur für mich ratterte der Film voller Rache weiter, nachdem das Licht angegangen war. Am Morgen nach der Abreise Makavejevs begann der See den Hügel hinaufzukriechen, um mich zu ertränken. Ich flüchtete in die rückwärtigen Felder von Orgonon, gejagt von Träumen. Weshalb war ich gerade dort, am Ort meines Vaters? Wohin konnte ich mich wenden? Gab es einen Ort, zu dem ich laufen konnte, ohne in den Film meines Vaters verwickelt zu werden?

Ich wanderte aus den Feldern in die Wälder, die Arme ausgebreitet, um Äste und Spinnweben beiseite zu schieben. Dies war ein alter Teil des Waldes, unberührt von Toms Axt, mit Ästen, die nach mir ausschlugen, mich festhielten. Doch plötzlich traf ich auf eine Lichtung. Es war ein alter Abfallhaufen, einer, den ich noch nicht entdeckt hatte, versteckt hinter dichtem Astwerk an einer entlegenen Stelle, von Moskitos und einer dicken Decke aus Moos und Nadeln geschützt. Nur ein paar zerbrochene Flaschen und ein verrosteter Ofen aus Gußeisen ragten aus der erdigen, braunen Hülle hervor. Einen Augenblick lang war der Film vergessen. Ich zerrte an der weichen, erdigen Decke, die den Kehricht bedeckte. Dünne, knorrige Wurzeln durchliefen sie wie Venen, hielten die Nadeln und Moose zusammen, so daß sie zurückrollte wie die riesige Haut eines Untiers, als ich sie fortzog. Es war ganz wie in den Träumen der Kindheit, eine riesige Decke aus winzigen Nadeln, die kam, um mich zu bedecken, und hier stand ich nun und zog sie weg.

Ich nahm einen Stock und stocherte in der schwarzen, verrotteten Masse unterhalb der Oberfläche, bis ich etwas funkeln sah. Ich griff vorsichtig in das Dunkel hinein und zog einige kleine Glaspipetten hervor. Nur die Spitzen waren abgebrochen, und es reizte mich herauszufinden, wie viele heile Pipetten noch darunter waren. Vorsichtig grub ich weiter und stieß auf ein ganzes Nest dünner Glasstäbchen, die in straffen, gebrochenen Reihen ausgerichtet waren wie kleine, adrette Soldaten, Stapel und Stapel von Pipetten. Ich bekam eine Gänsehaut, wie ich so vor diesen säuberlich aufgereihten, ziemlich gut erhaltenen Überbleibseln des Laboratoriums stand; wahrscheinlich waren sie ein kleiner Teil einer Ladung, die Tom hier 1952 oder 1953 nach dem Oranur-Experiment abgekippt hatte.

Die Reihen der im Sonnenlicht funkelnden Glaspipetten vor mir ausgebreitet, brach ich meine besinnliche Betrachtung ab. Es war heiß, und die Moskitos fingen an, mir zu Leibe zu rücken. Als ich erneut auf den Haufen blickte, entdeckte ich etwas, das mir bisher entgangen war und das mir das Blut in den Adern stok-ken ließ.

Panik durchfuhr mich, als ich mich ungläubig umschaute. Wo ich die Moosdecke aufgerissen hatte, ragten die Streifen eines 16-Millimeter-Films wie Plastikfarne aus der Komposterde.

Da war also der Film, rings um mich herum, auf dem Kehricht. Richtige Filme. Alte Filme, und bei allen hatte mein Vater Regie geführt.

Erst wollte ich zum Telefon laufen und Makavejev anrufen, ihm sagen, daß der Film noch vorhanden sei, daß er zurückkommen und jene großartige, abschließende, kinogerechte Ironie auf den Streifen bannen solle.

Ich blickte auf den Film hinunter und zog einen Streifen aus der Erde. Schwitzend und zitternd hielt ich den bleichen Streifen gegen die Sonne und versank in einen Traum.

*Zuerst waren wir zum Abfallhaufen gegangen, und dann fuhren Tom und ich mit dem grünen Lieferwagen zum Postamt. Tom läßt immer seine Hand auf dem Gangschaltungsknüppel ruhen, wo sie sanft geschüttelt wird. Er spuckt auch Tabakknäuel aus, und manchmal lege ich ebenfalls meine Hand auf den zitternden Knüppel. Eines Tages, sagt er, werde er mir das Fahren beibringen, damit ich ihm beim Mähen helfen könne.*

*Das Postgebäude ist grün gestrichen und hat ein schwarzes Treppengeländer. Tom öffnete unser Postfach, das groß ist, weil Daddy immer viel Post bekommt. Er gab mir ein rotes Kärtchen, den Ausgabeschein für ein Paket, und sagte: "Pete, geh doch mal zum Schalter und hol das Paket ab."*

*Der Beamte gab mir eine kleine Schachtel, die meinen Namen trug. "Was ist das für ein Päckchen?" fragte Tom.*

*"Es ist für mich", sagte ich.*

*Als wir wieder im Wagen saßen, nahm Tom einen Bissen von seinem Tabak und schaute mir zu, wie ich das Päckchen auswickelte. Ich weiß nicht, weshalb ich erregt gewesen bin, denn viele von den Doktoren und den Leuten, die im Sommer zu uns kommen, senden mir Geschenke. Einmal bekam ich einen Indianergürtel.*

*Ich öffnete den Karton und nahm das weiße Zellstoffpapier heraus, das aussah wie Wolken; darin lag ein kupferfarbener Sattelring.*

*"Was ist das?" fragte Tom.*

*"Ich weiß nicht. Es sieht aus wie eine Art Ring."*

*Es war ein kleiner Sattel aus Kupfer mit Lederriemen und einem Sattelknopf, genau wie bei einem richtigen Westernsattel. Die Linie um den Rand der Sitzfläche sah komisch aus; daher drückte ich den Sattelknopf nach hinten, und das Oberteil des Sattels glitt zurück. Darunter befand sich ein Geheimfach.*

*"Oh, es fällt mir wieder ein", sagte ich. "Vor längerer Zeit hab ich eines Morgens Cheerios gegessen, und auf der Rückseite der Schachtel war so ein Ring. Da stand, man könne den Ring für fünfzig Cents und den Gutschein oben auf der Schachtel bekommen. Mummy gab mir das Geld, und ich schickte es ab. Aber das ist schon lange her, und ich hatte es vergessen."*

*Ich hielt Tom den Sattel hin, damit er ihn sich ansehen konnte.*

*Er sah sich den Ring an und brach dann mit den Zähnen ein weiteres Stück aus seinem Kautabak.*

*"Mensch, das ist aber ein schöner Ring", sagte er.*

*"Er leuchtet im Dunkeln", sagte ich.*

*Tom ließ mich beim Laboratorium aussteigen, und ich pirschte über das Feld, durch den Obstgarten und sandte der Kavallerie Botschaften auf meinem neuen Leuchte-im-Dunkeln-Ring. Das Gras war hoch genug, so daß mich keiner sehen konnte, wie ich hinter den Bäumen rund um die Lichtung wieder auftauchte und am äußeren Rand der Lichtung entlang zum anderen Ende hinschlich, wo Daddy in seinem langen, weißen Mantel stand und etwas erklärte.*

*Auf Händen und Knien, wie Toreano es mir beigebracht hatte, schlich ich mich die ganze Strecke um die Lichtung herum an, bis ich hinter ihm stand und durch die Zweige und Blätter die Gesichter der Leute erkennen konnte.*

*Die Männer und Frauen saßen auf den langen, braunen Bänken aus Holz, die Tom gebaut und die ich ihm hatte anstreichen helfen. Die Lichtung war halbwegs rund, mit Bäumen ringsherum, die Schatten spendeten. Das Gras war weich und grün bis auf die Stellen, wo zwischen den Bäumen hindurch der Pfad zum Laboratorium führte, aber es war ein langes Gras und legte sich um die Beine der Bänke und die Füße der Leute, so daß es aussah, als wären sie ebenfalls im Boden verwurzelt.*

*Einige von ihnen mußte ich mit "Doktor" anreden, weil sie das auch waren. Manche waren "Mister", aber einige hatten nur einen Namen, wie etwa Mickey.*

*Zu den Doktoren gehörten Dr. Baker, ein wichtiger Mann, Dr. Raknes aus Norwegen mit seinem komischen Akzent, Dr. Hoppe aus Israel, der mit einem Wasserflugzeug gekommen und an unserem Anleger gelandet war, Dr. Willie aus Texas, der einen Stern an seinem Zaun hatte, und Dr. Duval, dessen Tochter Sally heißt; Dr. Tropp ist warmherzig und fett, und Dr. Wolfe ist nicht da. Neill kommt aus Summerhill. Andere Doktoren haben Namen, die wir immer aneinandergereiht aufsagen. Dann waren noch Mummy und Helen und Eva und Gladys und Lois und Grethe da, die sich auch Notizen machten. Manche von ihnen arbeiteten im Laboratorium mit den Mäusen. Die Mäuse lebten in einem besonderen Haus, in besonderen Mäusekäfigen. Sie waren alle weiß.*

*Daddy stand in seinem weißen Mantel vor mir und redete, wie immer, über Energie.*

*Mummy sah, wie ich durch das Blattwerk linste, und lächelte. Sie winkte mit der Hand, so daß es niemand sehen konnte, und bedeutete mir mit Lippenbewegungen: "Geh weg." Als ich den Kopf schüttelte, schüttelte sie auch den Kopf und sagte: "Sei still." Also legte ich mich ins Gras und schaute den Leuten zu, wie sie lauschten und sich Notizen machten, während Daddy redete. Er redete viel, wenn im Sommer die Doktoren zu Konferenzen kamen. Sie kamen, um et-*

*was über seine Entdeckungen zu erfahren, und die waren wichtig.*

*Mir macht es Spaß, wenn sie kommen, denn ich bringe sie zum Lachen, und sie mögen mich. Mummy sagt, sie will mich zu Jerry Lewis schicken, als sein Assistent, weil ich die Leute so viel zum Lachen bringe. Aber eigentlich lache ich gar nicht so gern. Mummy sagt, wenn man zu sehr lacht, bedeutet das, daß man gleich losheult.*

*Nach einer Weile hörte Daddy zu reden auf, und die Leute erhoben sich, zündeten Zigaretten an und unterhielten sich miteinander. Ich zog meinen Revolver und sprang auf die Lichtung.*

*"Peng! Peng! Peng!"*

*Alle lachten und kamen herüber, um mit mir zu sprechen. Sie wollten alle meinen Leuchte-im-Dunkeln-Ring sehen.*

In dem Traum war ich unten am See und beobachtete Soldaten am anderen Ufer. Da waren ganze Armeen von Soldaten, die in Reih und Glied die Hügel hinauf- und hinuntermarschierten, in leuchtend rot-, blau- und grünglänzenden Uniformen wie Schwärme von Schmeißfliegen. Während ich sie beobachtete, machten sie sich daran, über den See zu kommen, auf Stelzen, die aus langen Glaspipetten hergestellt waren. Auf dem See war ein Boot, und in dem Boot saß ich mit meiner Mutter, und ich schaute über den Rand und ließ die Hand ins Wasser baumeln, während Mummy ruderte, und ich fragte mich, ob ich wohl an das Reh stoßen würde, das ertrunken war.

Einmal, als meine Mutter zu Besuch bei uns war, haben wir einen Abend lang über Träume gesprochen. Ich sagte ihr, ich hätte gerade einen verrückten Traum gehabt, wie ich aus der Armee entlassen worden sei, und meine Mutter lachte stillvergnügt in sich hinein. Sie sagte, ich hätte immer irgendwelche verrückten Träume.

"Ach ja", sagte sie, "1952 hat dir Doktor Tropp, als du krank geworden bist, Aureomycin verschrieben, und er hat mir nicht gesagt, daß es dich delirant machen kann. Du lagst die ganze Nacht über wach, phantasiertest über Flugzeuge oder so etwas, die dich abholen und wegbringen würden. Ich war sehr erschrocken, weil ich nicht wußte, was los war. 'Sie kommen! Sie kommen!' hast du gerufen."

Wir lachten über den verrückten Traum, aber ich hatte auch Angst, weil ich nicht begriff, was daran Science-fiction und was Wirklichkeit war. Es machte mir Angst, daß ich schon 1952 - als ich acht Jahre alt war - Träume über Dinge hatte, die aus dem Himmel kamen, um mich fortzuholen. Noch beängstigender waren aber Berichte über fliegende Untertassen, die unlängst gesichtet worden waren. Insbesondere beunruhigten mich Nachrichten, zwei der Apollo-Kapseln seien angeblich auf ihrem Flug zum Mond von unbekannten Flugobjekten, von UFOs, "verfolgt" oder "gejagt" worden. Alle Berichte über solche Begegnungen stammten, das konnte man annehmen, von Bandaufzeichnungen der NASA und waren zensiert.

Was konnte man davon glauben?

Es fiel mir leicht, an Dinge wie fliegende Untertassen zu glauben, wenn es auch eine "normale Lebensführung" bisweilen verwirrend machte. (Als ich Redakteur beim Staten Island *Advance* war, liefen eines Abends die Drähte heiß mit Berichten über ein UFO. Mir wurde zu verstehen gegeben, eine Story über den Vorfall würde die Bevölkerung beunruhigen, und folglich fand er keinerlei Erwähnung in dem Blatt. Aber die Begebenheit rief in mir wieder die Frage nach all den Büchern über verheimlichte Studien der Luftwaffe wach, Bücher, die mein Vater sehr sorgfältig gelesen hatte. Sie erinnerte mich daran, was 1954 in Arizona geschehen war, und sie machte es weit schwieriger, all das als verrückten Traum oder als eingebildete Verschwörung abzutun.) Meiner Mutter dagegen war das zu kompliziert, und aus mancherlei Gründen verließ sie 1954 Orgonon und fing allein ein neues Leben an. Ich weiß, daß es schwer war. Es hing damit zusammen, daß sie eine Frau war. Sie sagte mir, und sie sagte es auch anderen, daß sie immer eine emanzipierte Frau gewesen sei. Seit ihrem sechzehnten Lebensjahr ist sie finanziell unabhängig gewesen, obwohl sie nie ein unabhängiges Einkommen hatte - selbst als sie mit Reich zusammenlebte. "Ich habe mir immer meine persönliche und finanzielle Integrität bewahrt", sagte sie.

Und deshalb hat sie Orgonon verlassen. Es hing mit ihrer persönlichen Integrität zusammen. Ich habe niemals so wie sie eine Wahl treffen müssen, aber ich weiß, daß sie tatkräftig und entschlossen handelte, wenn es hart auf hart kam. Und wenn das Kind in den Träumen es ihr nicht verzeihen sollte, daß sie es verließ, der Erwachsene in mir würde es tun, in der Hoffnung, daß auch sie ihm verzieh für die Sorgen, die er ihr bereitet hatte. Auch manche ihrer Träume waren zerbrochen.

Doch alles, was in Orgonon geschah, nachdem sie es verlassen hatte, kam in mir jetzt wie Science-fiction vor, als wäre der Film vorüber und das Licht angegangen.


*Daddy spielte auf der Orgel. Nach dem Vortrag waren sämtliche Doktoren zum Abendessen nach Hause gegangen, und jetzt kam die Musik den ganzen Weg daher, über die Felder und durch die Bäume, glitt an den langen, nachmittäglichen Sonnenstrahlen entlang, bis in den Garten, wo Mummy jätete; sie schüttelte den Kopf, weil ihr das Wild und die Kaninchen ewig den Salat wegfraßen.*

*"Ich weiß wirklich nicht, was wir gegen diese Biester noch unternehmen können", sagte sie und schüttelte immer noch den Kopf.*

*Ich stand mit meinem Revolver und meinem Leuchte-im-Dunkeln-Ring Wache, um sicherzugehen, daß sich keine Indianer heranschlichen.*

*"Komm her, hilf mir beim Jäten", sagte sie.*

*Ich steckte meine Knarre weg, aber ich ließ sie lose über den Rand meines Halfters hängen, so daß ich schnell ziehen konnte, und begann Unkraut zu jäten. Mummy hatte einen großen Garten, den Tom im Frühjahr pflügte. Daddy mochte besonders gern kleine rote Kartoffeln und Erbsen, und Mummy baute all das Gemüse an, das er mochte.*

*Wir jäteten gemeinsam, und die Musik von Daddys Orgel streifte uns wie eine sanfte Brise. Mummy summte leise vor sich hin, während sie das lange, dünne, grüne Unkraut ausriß und über den Zaun warf, über den jedes Reh springen konnte.*

*"Mummy?"*

*"Was denn?"*

*"Weil ich jetzt diesen besonderen Leuchte-im-Dunkeln-Ring habe, glaubst du, daß ich jetzt ein Paar neue Cowboy-Stiefel bekommen könnte?"*

*"Ich weiß nicht recht, Peter, du hast erst letztes Jahr ein Paar neue bekommen. Ich meine, dieses Jahr sollten wir vielleicht besser ein Paar richtige, warme Stiefel kaufen. Und außerdem, hast du nicht gesagt, du wünschst dir Skistiefel?" Sie warf eine Handvoll Unkraut über den Zaun und strich sich mit dem Handrücken das lange schwarze Haar aus dem Gesicht. "Was meinst du dazu?"*

*"Och, ich habe mir den Sears-and-Roebuck-Katalog angeschaut, und die haben wirklich hübsche Cowboy-Stiefel. Und ich kann ja auch meine alten Skistiefel noch ein Jahr tragen. Bitte?"*

*"Na, mal sehen", sagte sie und ging hinüber, um die Karotten zu jäten.*

*Was ich mir in Wirklichkeit wünschte, war ein Halfter für zwei Revolver. Aber ich wußte ganz genau, daß ich das auf keinen Fall bekommen würde, weil Daddy mir erst das große Halfter für einen Revolver gekauft hatte. Wir waren zusammen nach Farmington gegangen, und ich wollte einen Gürtel für zwei Revolver kaufen, der mir gut gefiel, aber Daddy mochte den Gürtel für einen Revolver lieber, und daher kaufte er ihn für mich. Er behauptete, der sei besser. Jetzt wünschte ich, ich wäre mit Mummy nach Farmington gegangen. Sie kauft die Dinge, die mir gefallen. Wie meinen alten Cowboy-Hut, den ich auch von Sears and Roebuck habe.*

*Wir jäteten eine Weile und lauschten dabei Daddys Liedern, dann hörten wir auf und begaben uns ins Haus. Mummy fragte: "Warum hilfst du mir nicht ausnahmsweise, den Tisch zu decken?"*

*"Was ist los, daß wir so früh essen?"*

Sie reichte mir die Silberbestecke und Servietten. "Heute abend zeigen wir einen besonderen Film über einige Experimente, die Daddy letzten Winter durchgeführt hat."

"Was für Experimente?"

"Oh, es geht um Bionen und Amöben und Dinge, die Daddy unter dem Mikroskop sieht. Ich dachte, du würdest heute abend vielleicht gern mal wieder zu den Rosses hinübergehen und mit Kathleen spielen. Vielleicht fahren sie in die Stadt ins Kino."

"Bitte, kann ich nicht auch zusehen?"

Sie rührte in den Töpfen auf dem Ofen und lächelte mir zu. "Ich glaube kaum, Peter, es würde dich doch nicht interessieren, weil es hauptsächlich Bilder von winzigen, kleinen Dingen sind, die man nur unter dem Mikroskop sieht."

"Oh, bitte, bitte, kann ich nicht doch dabeisein? Ich bin auch ganz artig. Ich spiele einfach mit meinem Ring. Außerdem war ich gestern abend erst drüben bei Kathy. Bitte, bitte?"

"Naja, wir wollen mal sehen."

So ging ich mit Mummy den Film ansehen.

Als wir zum Laboratorium hinuntergingen, wo der Film gezeigt werden sollte, war es bereits dunkel. Einige Leute waren schon da; die standen herum, betrachteten die Sterne und redeten miteinander. Daddy war zum Observatorium zurückgegangen, wo wir ihn später abholen sollten.

Am Nachmittag hatte Tom die Bänke von der Lichtung im Obstgarten ins Laboratorium zurückgetragen, damit die Leute sich hinsetzen und den Film ansehen konnten. Die Bänke standen in Reihen gegenüber der Wand nahe der Tür, wo Tom eine Leinwand angebracht hatte. Ich rannte zwischen den Bänken hin und her, während Mummy den Projektor zurechtrückte. Allmählich kamen die Doktoren herein. Ich sagte guten Abend und erzählte ein paar Witze, um sie zum Lachen zu bringen.

Als alle drinnen Platz genommen hatten, stand einer von ihnen auf und erzählte etwas von Bionen und Energie. Es interessierte *mich nicht, und ich verzog mich in den anderen Teil des Laboratoriums.*

*Das Laboratorium ist ein sehr langes Gebäude mit breiten Aussichtsfenstern auf der Seeseite. Auf der anderen Seite, zum Berg hinaus, befinden sich kleine Seitenzimmer, wo sie Experimente mit den Mäusen, mit Glasröhren und anderem Zeug durchführen. Ganz auf der anderen Seite, im hinteren Teil, war ein Raum mit einer Menge wissenschaftlichen Krams, Gefäße, Objektträger und Glassachen. Ich kroch in eine dunkle Ecke, in die das Licht aus dem großen Raum nicht dringen konnte, und schob den Knauf des Sattels zurück. An der Stelle, wo der Sattel nachgab, funkelte das Geheimfach wie ein Fenster auf einem großen, grünen Ozean. Ich drehte es herum. Ich hatte nicht die leiseste Ahnung, wie man darauf schrieb. Es funkelte einfach in der Dunkelheit.*

*Ich betrachtete es einen Augenblick und erwog, ob ich eine Botschaft losschicken sollte. Toreano war möglicherweise in das Fort zurückgekehrt.*

*Die Lampen im anderen Raum erloschen mit lautem Klicken, und der Projektor surrte los. Als ich aufstand, um wieder hineinzugehen und mir den Film anzusehen, stieß ich im Dunkeln mit dem Arm an etwas. Ich streckte die Hand aus und betastete die Tischkante, bis ich es gefunden hatte, und hob es auf. Es war ein gläserner Zauberstab. Daddy benutzte Zauberstäbe, um Leuten in den Haaren herumzureiben; danach hielt er die Stäbe über Maschinen, die Energie messen. Mein Haar bewirkte, daß der Zauberstab in meine Ohren ein Knistern hervorrief, und die Haare auf meinen Armen richteten sich auf. Aber der Leuchte-im-Dunkeln-Leinwand konnte er nichts anhaben.*

*Ich schlich vorsichtig um die Ecke, so daß ich nicht über irgend etwas stolperte, und sah das weiße Licht aus dem Projektor auf der Leinwand flackern. Die Leinwand war voller winzig kleiner, beweglicher Schnörkel, die lebendig waren, aber erst durch Daddys äußerst starkes Mikroskop sichtbar wurden. Er hatte mich schon sehr oft hindurchschauen lassen.*

*Daddy ist ein Wissenschaftler. Er ist noch eine Menge anderer Dinge und hat viele Bücher geschrieben. Und war ein Psychiater oder Psychoanalytiker, ich kann einfach die vielen Dinge mit Psycho nicht auseinanderhalten. Er ist auch ein Lehrer, und all jene Leute, die vor der Leinwand sitzen, sind nur gekommen, um von ihm zu lernen, da er doch die Lebensenergie entdeckt hat. Sie findet sich im Körper und überall. Wenn man nicht steif wird oder sich verhärtet, ist es ein gutes Gefühl, denn sie strömt durch einen hindurch wie bei einer Behandlung. Sie kommt sogar in den winzigen Dingern unter dem Mikroskop vor.*

*Fast ununterbrochen berichtete der Doktor von den Bionen. Alle paar Augenblicke veränderte sich das Bild. Dann machte der Doktor eine kurze Pause, und alle betrachteten schweigend das Bild. Ich wagte mich näher heran und stand jetzt direkt hinter dem Projektor und beobachtete die Rädchen, die sich immer aufs neue drehten, aber ich konnte nicht besonders gut sehen.*

*Ich bückte mich und kroch auf Händen und Knien mit den Zauberstab in der Hand unter den Bänken durch, um näher an die Leinwand zu gelangen. Unter den Bänken umfing mich ein Wald von Beinen. Einige waren über Kreuz, andere pochten nervös auf den Boden. Einige Leute hatten ihre Schuhe abgestreift, und ihre Zehen wackelten hin und her. Es sah alles sehr komisch in dem schwachen, flackernden Licht aus, das aus dem Projektor strömte. Ich begann zu lachen, kroch aber weiter, bis ich etwa in der Mitte des Waldes an ein Bein stieß. Mickey beugte sich herunter und flüsterte: "Peter, bist du's? Was machst du da?"*

*"Pst", flüsterte ich zurück, "ich versuche nur, näher 'ranzukommen."*

*Immer mehr Hände fingen an, nach unten, unter die Bank zu greifen, um zu befühlen, was da vor sich ging. Manchmal betastete eine Hand mein Hinterteil oder meinen Kopf, und einmal fuhr eine ängstliche Hand herab und berührte mein Gesicht. Ich hörte auch, wie ein paar Leute kicherten.*

*Ganz plötzlich stieß ich auf etwas Weiches. Ich befühlte es ringsum. Es war ein Hut. Ich setzte mir den Hut einfach auf den Kopf und kroch weiter an den Beinen vorbei, bis ich die vorderste Reihe erreicht hatte; ich stützte mich auf meine Hände und schaute den blöden Klecksen zu, die die ganze Zeit herumwirbelten, während der Doktor über sie sprach. Ich wünschte, sie würden Filme von mir zeigen, die Daddy aufgenommen hatte. Die waren jedenfalls wesentlich interessanter als Daddys Kleckse. Ich schwenkte den Zauberstab, um die Kleckse zu vertreiben.*

*Als der Film vorüber war, knipste irgend jemand das Licht an, und Mummy machte sich daran, die Filmrollen auszuwechseln. Einer der Doktoren in der ersten Reihe beugte sich herüber und sagte: "Hallo, Peter, was machst du denn hier? Und was soll der seltsame Hut und der Glasstab?"*

*"Das?" Ich hielt den Zauberstab hoch. "Das ist ein Zauberstab." Ich krabbelte unter den Bänken hervor und stand mitten vor der Leinwand. Aus einer der hinteren Reihen hörte ich: "He, das ist ja mein Hut!" Aber vor mir fragte jemand: "Bist du etwa ein Zauberer?"*

*"Ja."*

*Der Hut schlappte mir über die Augen. Ich erhob meinen Zauberstab, und alles lachte. Irgend jemand klatschte sogar.*

*Ich wirbelte mit dem Zauberstab hin und her und drehte mich im Kreis. "Und jetzt, meine Zuschauer, wird in wenigen Minuten die Vorstellung beginnen:" Ich schwenkte den Stab über alle Anwesenden. "Die größte Show der Welt beginnt!"*

*Alle lachten, und auch ich mußte lachen. Ich hatte ein gutes Gefühl, und es machte mich glücklich. Aber dann kam Mummy neben den Bänken an der Wand entlang und flüsterte mir zu: "Peter, hör sofort damit auf. Spiel nicht immer den Narren. Hör endlich mit dem Unsinn auf, oder ich erzähle es Daddy."*

*Aber im selben Augenblick erinnerte ich mich an den Spruch, den Bill mir beigebracht hatte, und sagte, wobei ich den Zauberstab schwenkte: "Jawohl, Leute, da werdet Ihr staunen, er kann laufen, reden, Eis essen, dabei kriecht er auf dem Bauch wie ein Reptil. Treten Sie nur ein, meine Damen und Herren, für einen Fuffziger, einen mickrigen Fuffziger!"*

*Ich wirbelte den Zauberstab durch die Luft und tanzte vor den Bänken auf und ab, alle lachten über mich.*

*Mummy kam zu mir herüber und hielt meinen Arm fest. Sie schüttelte mir den Zauberstab aus der Hand und sagte: "Jetzt aber Schluß. Geh hinaus. Ich habe dich gewarnt."*

*Ich sah sie an, sie kochte vor Wut. Einige der Leute hatten zu lachen aufgehört, ich winkte ihnen zum Abschied zu, mit einem seltsamen Gefühl der Leere im Innern.*

*Ich ging hinaus und setzte mich auf die Veranda des Laboratoriums. Als sich meine Augen an die Dunkelheit gewöhnt hatten, konnte ich die Sterne erkennen. Dann hörte ich, wie der Projektor erneut zu surren begann, und als ich durch das Fenster schaute, sah ich nichts als Kleckse, die auf der Leinwand hin und her schwammen, und ich hatte fürchterliche, ganz fürchterliche Angst, daß Mummy Daddy alles erzählen würde.*

Die Lichter gingen aus, und der Film begann. Die Kopie war nicht sonderlich gut; die grellen, verwaschenen Farben intensivierten noch die Wirkung des Science-fiction-Horror-Thrillers aus den fünfziger Jahren: *Die Fliege.*

Auf halber Länge des Films, als gerade das Monster erscheint, latscht ein Freak ins Kino. Er stolpert, völlig unter Drogeneinfluß, den Mittelgang hinunter und ängstigt sich zu Tode vor dem Fliegenmonster. "Grrrrh!" kreischt er und preßt die Hände an die Schläfen. "Scheiße! Was is denn das?"

Der Film handelt von einem Wissenschaftler, der entdeckt hat, wie man Materie durch den Raum senden kann. Er hat dazu einen besonderen Kasten entwickelt. Wenn er einen Gegenstand in den Kasten steckt und den Hebel zieht, verschwindet der Gegenstand in Windeseile in einer Rauchwolke und taucht in einem ähnlichen Kasten am anderen Ende des Labors wieder auf. Nach wiederholten Erfolgen im Hin- und Hersenden von Gegenständen durch den Raum beschließt der Wissenschaftler, es mit sich selbst zu versuchen. Doch, o weh, unbemerkt summt eine gewöhnliche Stubenfliege in den Sendekasten. Als der Wissenschaftler aus der anderen Kiste wieder hervortaucht, haben sich im Prozeß der Transmigration Moleküle verlagert. Der Wissenschaftler hat nun einen Fliegenkopf, und einer seiner Arme ist ein Fliegenbein. Irgendwo hat die Fliege seine Glieder.

Der Film geht weiter, nachdem der Freak hereingekommen ist, gekreischt und Platz genommen hat, und es steigt die Spannung im Publikum, ob der Wissenschaftler in ein menschliches Wesen zurückverwandelt werden kann, ehe das Fliegenhirn die Kontrolle über seinen Körper übernimmt. Die Fliege allerdings entkommt, und mit der Zeit beginnt das Fliegenhirn, den Körper des Wissenschaftlers zu beherrschen. Schließlich bekommt der berühmte Wissenschaftler vor seinen animalischen Instinkten Angst und veranlaßt seine Frau, ihn zu beseitigen.

In der letzten Szene tröstet ein wohlmeinender Onkel die Witwe und den Sohn des Wissenschaftlers. Er sagt dem Sohn, sein Vater sei "auf Wissen der Zukunft gestoßen", und "möglicherweise wird die Welt nach vielen Jahren seinen Beitrag begreifen", und "er war seiner Zeit voraus".

Langsam löst sich das Bild auf. Musik an. Licht an. Die Leute erheben sich von ihren Sitzen und verlassen nach und nach das Kino, nur ich sitze da, betäubt und benommen. In dem Kino lachten die Leute darüber, wie unglaubwürdig *Die Fliege* sei, obwohl in demselben Kino mitten in der Menge jemand saß, der etwas Ähnliches erlebt hatte, und das war wirklich geschehen. Aber in einem Film war es einfach glaubwürdiger.

Was war glaubwürdig? Ich hatte immer noch den Zauberstab, nur war er jetzt eine Schreibmaschine. Es war passiert. Alle diese Dinge passierten, aber niemand glaubte es. Reich war geisteskrank, hieß es.

Doch wer sollte das beurteilen? Verfolgten tatsächlich fliegende Untertassen unsere Astronauten, die in ihren Apollokapseln zum Mond rasten?

Warum treten bei der Bevölkerung von Gemeinden im Südwesten unseres Landes, die dicht bei ehemaligen Atomtestgebieten liegen, geradezu epidemieartig Leukämie und Krebs auf?

Wann werden die Leute endlich begreifen, was da geschieht? Ich glaube, was mich am tiefsten, am persönlichsten verletzt, ist die Tatsache, daß die Menschheit sich blind nach ein wenig Verständnis der großen Kräfte, die im Universum wirksam sind, vorzutasten versucht, und daß mein Vater einer der wenigen Menschen gewesen ist, die den Rhythmus begriffen haben, der erste, der die Funktion des Orgasmus erfaßt hat, Dinge, die naturwüchsig im Dunkeln leuchten.

Aber dabei kommt immer noch meine gute soldatische Loyalität zum Vorschein. Ich möchte, daß man ihn anerkennt. Ist das begreiflich?

Das war immer meine Trumpfkarte: Niemand hatte es begriffen.

Ich glaube nicht, daß mein Vater gedacht hat, niemand würde ihn je verstehen, wenn ihm auch klar gewesen ist, daß es lange dauern würde. Der Krieg - das große Mißverständnis, die Verschwörung - bestand auf allen Ebenen. Solange die Charakterstruktur des Menschen ihn vom Leben fernhielt und er seinen Charakter in Kriegen und Bürokratien auslebte, konnte er nicht begreifen. Verständnis - echtes Verständnis, was Wahrnehmung und Energie anbetrifft - hieß mehr, als nur zustimmen, nicken und ein kosmischer Hauptmann sein. Es bedeutete, tiefe emotionale Wandlungen zu durchlaufen und sie in die eigene Charakterstruktur einzubeziehen.

Ich *begriff* das, aber wie sollte ich ein normales Leben führen, wenn eines Tages eine fliegende Untertasse landen und mich abholen konnte? Ich weiß nicht, was 1954 am Himmel von Arizona geschehen ist - weiß es jemand? Wenn ihre Argumente sich nicht mehr aufrechterhalten lassen, sagen die Leute: "Na ja, er war eben geisteskrank", und machen so die geistige Gesundheit zum Angelpunkt der Auseinandersetzung mit diesen ernsten und folgenreichen Fragen. Der Schlag unter die Gürtellinie ist ein beliebter Sport in Amerika. Sie attackierten *ihn*, nicht seine Ideen. "Sie haben es auf meinen Penis abgesehen", pflegte er zu sagen. Hatte er damit unrecht?

Da stehe ich nun mit meinem Zauberstab, tanze in jenem anderen Film herum und fühle mich jetzt schuldig, weil ich dieser alberne Clown bin, der Narr, weil ich mich vor dem Publikum produziere. Einmal, bei einem Vortrag, hat Daddy mich als Versuchsperson benutzt, um ein therapeutisches Verfahren zu demonstrieren. *Aaaaaaaaahh.*

Ein großes Glas warmes Wasser, frisch aus dem Hahn und immer noch milchig. Auf einen Schluck runter, und dann kitzle ich mit dem Zeigefinger der linken Hand in der Gegend der Mandeln, bis es hochkommt und herausspritzt und mir den Mund verdreht. Manchmal, wenn ich dies tue, habe ich ein Gefühl im Gesicht, wie es bei den Gesichtern in den Nervenheilanstalten sein muß, verzerrt, tückisch, geifernd. Immer wieder das gleiche, bis meine Brust bebt und kribbelt von der Anstrengung der Spasmen.

Oder ich liege schreiend auf einer Couch, kreischend, reize mich zum Würgen, zum Erbrechen, lasse alle Muskeln zucken und tanzen, bis es losbricht, durch den ganzen Körper … und mir den Leib weich, entspannt hält.

Ist das nicht nur ein weiterer autoritärer Befehl, ein Kommando, dem ich allzu bereitwillig gehorche? Kann ich denn nichts aus eigenen Stücken tun?

Kurz vor seiner Abreise aus Rangeley machte Makavejev ein Tonbandinterview mit mir. Wir gingen auf die hintere Veranda des Motels und warteten schweigend auf den Tontechniker. Er mußte das Bandgerät aus dem Auto holen, das bereits reisefertig gepackt war. Als ich angefahren kam, waren alle emsig mit Packen beschäftigt. Makavejev sagte, es läge Spannung in der Luft, und sie hätten sich entschlossen abzureisen. Ich blickte auf Haley

Pond hinaus, das Hinterland von Rangeley. Mir schien es ein äußerst friedlicher Juninachmittag zu sein und ein gutes Plätzchen, sich zu entspannen. Makavejev dagegen beharrte auf der Abreise.

Als der Tontechniker schließlich kam und sich hinter uns setzte - das Mikrophon baumelte zwischen uns -, wurde ich nervös.

Mir kam es vor, als hätte mich Makavejev ertappt. Da saßen wir auf der hinteren Veranda eines Motels in Rangeley, und Makavejev begann, mir Fragen zu stellen; und ich ließ mich zum ersten Mal wirklich darauf ein, "auf Band" zu sprechen über ... mich? Meinen Vater?

Tausende von Kinogängern würden meine Stimme hören, während sie alle möglichen Szenen anschauten, die von Makavejevs Grillen abhingen. Was sollte dabei herauskommen? War es falsch, daß ich überhaupt bei seinem Film mitmachte?

Ich wartete. Makavejev nickte dem Tontechniker zu, und der drückte einen Knopf auf dem Bandgerät. Leise begannen die Spulen sich zu drehen.

Makavejev lehnte sich in seinem Sessel vor, spielte mit seinen Händen, als wären unsichtbare Knöpfe darauf, und stimmte mich auf das Gespräch ein.

"Können Sie mir sagen", fragte er, "wer Sie sind?"


*Als wir nach dem Film zum Observatorium hinauffuhren, um Daddy abzuholen, sagte Mummy kein Wort.*

*Ich rannte vor ihr die Stufen zum Arbeitszimmer hinauf und betrat leise den Raum, ich ging um die Bücherregale herum und ließ meinen Finger über die Bücher gleiten, die bis an die Zimmerdecke hinaufreichten. Der Raum war warm und ruhig, denn die Lampen, die Lampen, die an den Holzwänden und der Holzdecke hingen, spendeten ein mattes Licht und ließen Daddys Haar ganz silbrig glänzen.*

*Er saß an seinem riesigen Schreibtisch und schrieb, doch als er mich über den Läufer tapsen hörte, blickte er über den Rand seiner Brille.*

"Na, Peeps", sagte er. "Wo ist Mummy?"

"Sie kommt gleich." Ich senkte meine Augen und sah zu Boden. Wenn sie es ihm erzählte, bekäme er mit Sicherheit einen Wutausbruch. Es tat mir so weh, wenn er zornig wurde. Ich ging in die Bibliothek hinüber, wo eine Couch stand, und sagte: "Ich glaube, ich lege mich am besten einen Augenblick schlafen."

Mummy kam herein und begann, auf Daddy einzureden. Ich tat so, als ob ich schliefe; aber ganz plötzlich hörte ich seine Schritte, wie er durch den Raum herüberkam. Mein Herz schlug mir bis zum Halse.

"Peter." Er brüllte regelrecht. Ich richtete mich auf und versuchte, einen schläfrigen Eindruck zu machen.

"Was denn?"

Sein Gesicht war puterrot, und ich fühlte, wie seine Augen brannten. Mummy stand neben der Lampe im Arbeitszimmmer.

"Sieh mich an!"

Der Teppich in der Bibliothek leuchtete rot. Wenn ich jetzt doch nur in dem roten Sessel säße, in dem wir meist saßen, wenn wir uns den Lone Ranger im Radio anhörten, statt hier auf der Couch, dann würde er mich sicherlich nicht so zornig anblicken.

"Sieh mich an! Hast du etwa vor allen den Narren gespielt?"

Wenn ich meine Augen fest zusammenkneife, sehe ich oft eine gelbe Welle oder ein Funkeln. Ich kniff sie zusammen, aber nur ein glitzerndes Viereck tauchte auf. Es war falsch, bei der Filmvorführung den Zauberer zu spielen.

"Sieh mich an! Hast du etwa meinen Film gestört?"

Es war falsch, weil ich zu laut gelacht habe, und Mummy hat immer gesagt, wer zu laut lacht, dem kommen hinterher die Tränen.

Ich blickte auf. Sein Gesicht verschwamm unter meinen Tränen, und seine Augen langten zu und schlugen mich.

"Oh, Daddy."

Ich stand auf und lief zu ihm hinüber, ich schlang die Arme um ihn und weinte bitterlich. Er fühlte sich warm an und der Duft seines Hautöls drang durch sein grobes Hemd. Daddy, Daddy, Daddy, Daddy.

200

*Er stand mitten in der Bibliothek, während ich laut schluchzte, dann beugte er sich zu mir herab, nahm mich auf und hielt mich in seinen starken Armen.*

*Als ich zu Bett gegangen war, kam Mummy, um mir gute Nacht zu sagen. Ich löste den Ring und packte ihn unter mein Kopfkissen.*

*"Mummy, ich habe ganz vergessen, Daddy meinen neuen Ring zu zeigen."*

*"Ach, das macht nichts. Du kannst ihn ja morgen noch zeigen."*

*Sie setzte sich zu mir auf die Bettkante und lächelte.*

*"Ist er immer noch so böse auf mich?"*

*"Ach was, das glaub' ich nicht." Sie zog mir die Bettdecke bis zum Hals hoch und strich mein Haar zurück. "Aber du solltest immer daran denken, daß du keine Dummheiten machen darfst, wenn eine Menge Doktoren dabei sind. Daddy mag das überhaupt nicht, und du bist nur im Wege."*

*"Es tut mir so leid. Ich tu's auch bestimmt nie wieder. Schickst du mich jetzt weg, zu Jerry Lewis?"*

*Sie lachte. "Klar."*

*"Kannst du mir nicht das Cowboylied vorsingen?"*

*Sie knipste das Licht aus und begann zu singen.*

Hier kommen die braven Cowboys
Sie reiten auf ihren Ponys

Sie reiten hinaus in die Prärie
Und treiben das Vieh zusammen

Dann kehren sie zurück zum Ranchhaus
Und bringen ihren Ponys Futter

Dann gehen sie hinüber zum Bunkhouse
Und legen sich in ihre Betten schlafen

Heyup Heyup Heyup

Wie ich in Annecy, in Orgonon, beim Abfallhaufen aus dem Traum hochschreckte, war eigentlich nicht vorgesehen. Das Ende sollte ruhig und angenehm sein, winzige Wellen, die sich gemächlich über den See ausbreiteten, während die Büste meines Vaters würdevoll über das Wasser glitt. Doch statt sanft und seidig zu wellen, war das Kielwasser der Büste eher wie ein langer, wogender Reißverschluß, der den See öffnete und mir Träume vorgaukelte, die in Wahrheit Alpträume waren.

Nur wenige Zentimeter trennen mein Gesicht noch von dem Wasser in der Toilette. Muskeln ziehen sich mir in Kiefer und Nacken zusammen, würgen mich. Ich rolle mit den Augen, bis das Rollen sämtliche Gesichtszüge verzerrt, ich komme mir vor wie ein Fisch, der nach Luft schnappt, wie ein Baby, zusammengekrümmt, schreiend, brechend, gebe ich alles von mir, während mein Körper von Wellen und Schauern geschüttelt wird und ganz von selbst immer tiefer atmet. Es geht wirklich besser auf der Toilette. Man kann niederknien und tiefer durchatmen. Aaaaaahhh. Endlich beginnt meine Brust zu summen.

Als ich einen Orgontherapeuten aufsuchte, um mich behandeln zu lassen, weinte ich aus vielerlei Gründen. Zunächst einmal, als er mir die Hand auf die Brust legte. Es war eben nicht die Hand meines Vaters. Ich vermisse seine Hand auf meiner Brust. Und dann, als sich die Hand in meine Lunge bohrte, weinte ich noch heftiger, weil ich wußte, wenn die Sitzung vorüber war, würde ich aufstehen, die Praxis verlassen und auf die Straße hinausgehen müssen, mutterseelenallein.

Ich hatte Angst. Nur darum ging ich hin; ich hatte Angst vor meinem Zorn.

Ich mißtraute mir; irgendwo in meinem Innern müssen sich Zorn und Bitterkeit verborgen halten. Aber wie kann denn überhaupt meine Wut durchbrechen, da ich immer noch voller Ängste stecke? Angst vor fliegenden Untertassen. Angst davor, was es bedeuten würde, wenn ich einfach sagte: Mein Vater hatte in allen Dingen recht, und niemand ist befugt zu sagen, er sei im Unrecht.

Weil niemand Bescheid weiß.

Warum wage ich nicht, daran zu denken? Warum? Bin ich denn politisch so naiv, daß ich glaube, er starb an einem schlichten Herzschlag? Er hat doch immer gesagt, im Gefängnis würde man ihn umbringen. Er sprach sogar von Beweisen für eine Verschwörung. Warum nicht daran denken? Wie ich es auch drehe und wende, immer fühle ich mich schuldig und hilflos, ich habe Angst, ihn im Stich zu lassen, Angst, ihm nicht genügend die Treue zu halten.

Aaaaaaaaahhh.

Ich richtete mich von der Toilette auf, die Finger voller Schleim, das Gesicht verschmiert, den Hals wund und von Magensäure gereizt... Was jetzt?

Wie kann ein guter, treuer Soldat so einfach aus der Tür treten und frei sein? Na ja, ich war schließlich ein richtiger Soldat. Ich habe wirklich an all den Unsinn geglaubt. Ich war sogar bei einer echten Armee, der US-Armee. SP 4 Ernest P. Reich, US 51522192. Ich habe das Spiel mitgespielt. Ja, Sir. Nein, Sir. Aber es gab mir auch echten Halt, weil mir klar war, daß ich nur zu gehorchen brauchte.

In gewisser Weise, meine ich, war es wohl auch meine eigene Verschwörung. Andere, geheime Dinge, waren im Gange, und ich habe die Wahrheit nur ein einziges Mal durchblicken lassen, in der ersten Woche der Grundausbildung in Fort Jackson. Das war gleich am ersten Tag, als die Rekruten in Reih und Glied stehen mußten, um dem Kompaniechef vorgestellt zu werden. Unsere Feldwebel schärften uns genau ein, was wir tun mußten, wenn wir vor den Führer der Einheit traten.

"Männer. Ihr Kerle geht jetzt den Alten besuchen. Das Wichtigste ist, daß ihr nichts sagt. Ihr geht ganz einfach in sein Büro und sagt: 'Sir, Rekrut Jones meldet sich zum Rapport.' Dann grüßt ihr militärisch und wartet, bis er zurückgrüßt. *Bitte, sagt nichts. Laßt ihn reden.* Kapiert? Wenn er euch alles gefragt hat, was er wissen will, grüßt er euch, und das ist das Zeichen. Ihr erwidert den militärischen Gruß, Melendez, und rechtsum kehrt. Rechtsum kehrt, Plotkins, und dann verdrückt ihr euch durch die Schreibstube, militärisch. Versucht ja nicht, euch umzudrehen, um zu sehen, wer hinter euch herkommt und wie er sich anstellt. Zum Teufel, macht euch einfach raus und meldet euch in der Kaserne zurück für die GI-Party. Morgen früh machen wir dann Stubendurchgang.

Hört jetzt mal zu. Sagt nicht: 'Rekrut Jones meldet sich zum Dienst, Sir', so wie sie es in den Filmen tun. Ihr seid nicht John Wayne, und ihr seid keine Helden. Ist das klar! Ihr geht einfach hinein, grüßt in Hab-Acht-Stellung, seht über seinen Kopf weg und sagt: 'Sir, Rekrut Jones meldet sich zum Rapport.' Habt ihr das kapiert?"

Schlapp vor Erschöpfung, die Haare geschoren, murmelten wir mit blassen Gesichtern: "Jawohl."

"Was Jawohl!" brüllte er.

"Jawohl, Herr Feldwebel."

"Ich kann euch einfach nicht verstehen."

"Jawohl, Herr Feldwebel", blökten wir.

Da waren wir nun, fünf Züge, ausgerichtet in Reih und Glied, und warteten darauf hineinzugehen und dem Leutnant einen guten Morgen zu wünschen.

Als sich der Block Zentimeter um Zentimeter der geheimnisumwobenen Tür näherte, wurden die Leute zusehends nervöser. Die gesamte rechte Seite des Gliedes schien in Aufruhr, wir übten die Begrüßung und murmelten: "Sir, Rekrut Counar meldet sich zum Rapport." - "Sir, Rekrut Giordani meldet sich zum Rapport." - "Sir, Rekrut Marble meldet sich zum Rapport." - "Sir, Rekrut Reich meldet sich zum Rapport." - "Rekrut Tompkins meldet sich zum Rapport, Sir... Oh, Scheiße, falsch. Sir, Rekrut Tompkins meldet sich zum Rapport."

"He", brüllte jemand. "He, Jungs, wo, verdammt noch, glaubt ihr, hat der rechte Winkel zu sein, unter der Achselhöhle oder irgendwo an eurem Kopf?"

Als die ersten Ms hineingingen, hatte ich zu schwitzen angefangen und wiederholte pausenlos: "Sir, Rekrut Reich meldet sich zum Rapport, Sir, Rekrut Reich meldet sich zum Rapport."

Die ersten Ms kamen aus dem Schreibzimmer mit riesigen Schweißflecken unter ihren Achseln, fürchterlich blaß und ausgelaugt und schüttelten den Kopf.

Sir, Rekrut Reich meldet sich zum Rapport. Sir, Rekrut Reich meldet sich zum Rapport. Sir, Rekrut Reich meldet sich zum Rapport. Ich wiederholte es immer wieder, mein Arm machte es den Ps und dem restlichen Alphabet nach, das der Tür entgegenbangte.

Und plötzlich war ich drinnen. Der Leutnant zog die Stirn kraus, als Plotkin in die Schreibstube hinausstolperte.

Er saß auf seinem Stuhl, mit steinernem Gesicht und sah mich von oben bis unten an. Ich betrachtete ihn ein paar Sekunden lang und nahm Haltung an. Hacken zusammen, Zehen im Winkel von fünfundvierzig Grad, Daumen und Finger in einer Linie mit dem Unterarm, so schaute ich über seinen Kopf hinweg und grüßte schneidig.

"Sir, Hauptmann Reich meldet sich zum Rapport!"


*Als ich aufgewacht war, lief ich die Straße hinauf, um Tom zu treffen und mit ihm in der Stadt die Post zu holen. Die Schottersteine auf der Straße drückten sich schmerzhaft in meine bloßen Füße.*

*Als wir zurückkamen, fuhr ich mit zum Observatorium und winkte, als wir am Laboratorium vorbeikamen. Tom sagte, ich könne nicht hinaufgehen, weil Daddy gerade mit einigen der Doktoren spreche; ich wartete also unten und spielte mit dem Ring.*

*Ich ging in den Flügelteil des Gebäudes und öffnete die Kellertür. Der Keller riecht nach Dreck, denn er ist der unterste Teil des Observatoriums und zugleich die Hügelkuppe. Man kann es sehen, denn gleich neben dem Heizkessel, wo sich die Felswände aus dem Boden erheben, steht ein dicker Felsblock. Als ich die Tür schloß, war es dunkel und furchteinflößend, aber ich hatte nicht sonderlich*

*Angst, denn ich brauchte ja nur nach oben zu greifen und die Tür wieder aufzumachen. Der Sattelknopf glitt reibungslos zurück, und das Geheimfach begann zu leuchten. Es war aufregend. Ich konnte Ringe für alle bekommen und Botschaften schreiben. Das Fach leuchtete mich in gedämpftem Grün an. Ich wünschte, ich wüßte, wie man richtige Botschaften darauf schreiben konnte, statt es nur vorzutäuschen.*

*Die Tür ging auf, und Tom schaute herein.*

*"He, was machst du denn hier?"*

*Ich hielt den Ring hoch, damit Tom ihn sehen konnte.*

*"Ich arbeite mit meinem Leuchte-im-Dunkeln-Ring. Ich weiß bloß nicht, wie ich darauf schreiben soll. Schau mal."*

*Er drehte den Ring in der Hand hin und her.*

*"Mann-o-Mann. Weiß ich auch nicht. Vielleicht soll er auch bloß leuchten." Er gab ihn mir zurück. "Warum fragst du nicht deinen Pappi. Na, ich muß jedenfalls erstmal was am Heizkessel reparieren."*

*Der Ring trug meinen Finger in den Korridor und ein Stück die Treppe hinauf. Die Stimmen und Gespräche der Doktoren schwebten die Treppe herunter, und so ritt der Sattel in den großen Raum hinab, um zu warten.*

*Ich nannte diesen Raum den Ballsaal, weil er so groß war, daß ich meinte, man sollte Tanzabende darin veranstalten. Der Sattel ritt über die Lehnen der Stühle hinweg zum Kamin und dann zum großen Aussichtsfenster hinüber. Neben dem Fenster lag das Walkie-Talkie, das Daddy benutzte, wenn er mit den Leuten unten sprechen wollte.*

*Der Sattel ritt zur Orgel und galoppierte über die Register und Tasten zu den Fenstern, die zum Teich hinausgingen. Der See war silbrig-blau.*

*Stimmen kamen laut die Treppe herunter, und dann glitten Hände über das Geländer. Dr. Baker, Dr. Duval und Dr. Raphael stiegen die Treppe herab. Sie winkten mir zu und gingen zur Tür hinaus.*

*Der Sattel ritt durch den Ballsaal und glitt langsam das hölzerne Geländer hinauf. Ganz leise, wie ein Scout, kamen wir auf dem*

Treppenabsatz an und schlichen Zentimeter um Zentimeter die letzten paar Stufen hinauf, um Daddy bei der Arbeit zu beobachten. Nach einer Weile schaute er über den Rand seiner Brille und sah mich. Er lächelte. Er war nicht mehr wütend, und ich lief über den Teppich zu ihm hin.

"Daddy! Daddy! Schau! Ich hab diesen Cowboyring mit einem Geheimfach bekommen, genau wie der Lone Ranger! Schau!" Ich ging um den Schreibtisch herum und zeigte ihm den Ring.

Er nahm den Ring und betrachtete ihn. Er runzelte die Stirn.

"Wo ist das Geheimfach?" fragte er und steckte seinen Federhalter in den Ständer zurück.

Ich lehnte mich zu ihm hinüber und ließ den Sattelknopf zurückgleiten.

"Schau. Es soll im Dunkeln leuchten, und man kann Botschaften darauf schreiben. Hier, mach mit den Händen eine dunkle Höhle, dann siehst du's. Ich möchte damit Botschaften senden. Ist dir vielleicht klar, wie man darauf schreiben kann?"

Er sah sich den Sattel eine Weile lang an und schob den Knopf vor und zurück. Dann machte er eine Höhlung mit den Händen, aber sie war nicht dunkel genug.

"Hast du es im Dunkeln leuchten sehen?"

"Na klar. Ich war gerade im Keller unten, und da hat es richtig hell geleuchtet. Komm mit runter."

"Wo hast du es her?"

"Erinnerst du dich nicht? Vor langer Zeit war es auf der Rückseite einer Cheerios-Schachtel, und Mummy gab mir fünfzig Cents, damit ich sie mit dem Gutschein auf der Schachtel einschicken konnte. Erst gestern ist es mit der Post gekommen … ich hab's dir nur bis jetzt noch nicht zeigen können."

Er sah mich ernst an und hielt den Sattel so, daß seine Finger auf den aufgemalten Steigbügeln lagen. Der Sattel war wirklich hübsch. "Komm doch bitte mit ins Kämmerchen", sagte ich. "Du wirst sehen, es funktioniert tatsächlich."

"Peeps, es tut mir leid, aber du kannst ihn nicht behalten."

"Was?" Er ließ den Sattel in seine Handfläche fallen. "Aber ich habe ihn doch gerade erst bekommen. Ich will ihn für die Kavallerie benutzen, um Botschaften über die Indianer zu senden!"

"Es tut mir leid, du kannst den Sattel nicht behalten, und das ist mein letztes Wort."

"Aber Daddy, es tut mir leid wegen gestern abend. Ich wollte nicht albern sein und dich ärgern."

"Nicht deswegen, Peeps. Diese Leuchte-im-Dunkeln-Substanz kann dir schaden. Sie kann sehr gefährlich sein. Wir bereiten gerade ein Experiment vor, um diese Sachen besser verstehen zu können. Es tut mir leid. Ich weiß, als Spielzeug gefällt es dir, aber wir müssen es beseitigen. Ich werde Mister Ross bitte, es zu vergraben."

Er drückte den Knopf der Sprechanlage.

"Mister Ross? Mister Ross, bitte kommen Sie in mein Arbeitszimmer."

"Es vergraben? Daddy, warte doch. Vielleicht können wir das Leuchte-im-Dunkeln-Zeugs herausholen und den Ring behalten. Mir macht es nichts aus, wenn er nicht im Dunkeln leuchtet."

Tränen in meinen Augen ließen Daddy vor meinem Blick verschwimmen, und ich wischte mir mit dem Arm über das Gesicht.

Er schüttelte den Kopf. "Es tut mir sehr leid, mein Sohn, aber ich befürchte, der ganze Ring könnte verseucht sein."

"Das ist unfair. Ich hab ihn gerade erst bekommen. Er hat fünfzig Cent gekostet. Ich bin noch nicht mal dazu gekommen, eine Botschaft reinzuschreiben. Bitte, Daddy, laß ihn mich bitte behalten."

"Peter, es tut mir leid. Ich muß noch viel Arbeit erledigen, Vorträge vorbereiten, Artikel schreiben, und ich habe nicht genug Zeit, um dir alles genau zu erklären. Die Substanz in diesem Ring ist gefährlich. Ganz besonders, wenn wir unsere eigenen Experimente durchführen. Ich weiß nicht, wie dieses Material auf Orgon reagiert. Nun mußt du aber ein Einsehen haben und mit Mister Ross mitgehen .... Ah, Mister Ross."

Tom trat ins Zimmer und kam zum Schreibtisch herüber. "Ja, Doktor?"

"*Mister Ross, helfen Sie bitte Peter dabei, diesen Ring zu vergraben. Er enthält möglicherweise ein sehr gefährliches Material, und ich möchte nicht, daß er damit spielt. Vielleicht können Sie ihn dort vergraben, wo wir schon Teile unserer Ausrüstung vergraben haben.*"

*Er reichte Tom den Ring und sah mich an.*

"*In Ordnung, Peter. Ich muß jetzt arbeiten. Bitte, geh mit Mister Ross mit.*"

*Ich versuchte, ihn wütend anzuschauen, aber ich konnte ihn nicht einmal sehen, weil meine Augen so tränenüberströmt und wütend waren. Er wollte mich auch nicht ein kleines bißchen damit spielen lassen. Er dachte immer nur an seine Energie.*

*Nachdem wir den Ring eingegraben hatten, sagte Tom, ich könnte ihm im Schuppen Holz sägen helfen, aber ich hatte keine Lust. Er ging mit seiner Schaufel um die Ecke des Observatoriums, und ich machte den Spezialruf.*

*Toreano kam mit seinem Pony zwischen den Bäumen hervor und führte meines am Zügel. Wir ritten langsam den Hügel hinunter.*

Ich rannte den Hügel hinunter, rannte immer noch fort. Ich war am Grabmal gewesen, hatte mit meinem Vater geredet. Ich hatte neben der Büste auf der riesigen Granitplatte gesessen, hatte über die Wälder und Felder geschaut und lange, lange mit der Büste geredet. Es war schwer, manche Gefühle auszudrücken, zu benennen, die ich hatte. Makavejev war fort. Mein Vater war fort. Zum ersten Mal fühlte ich mich wirklich allein, *tabula rasa*, bereit für eine neue Realität, eine Realität, die besser sein würde als Phantasien. Und doch war ich noch immer von meinen Träumen umgeben. Der Soldatentraum, der so lange mein Panzer gewesen war, bröckelte in sich zusammen und weichte auf, und ich hatte Angst, denn ich war erst bei den obersten Schichten von Dingen angelangt, die schon zu lange im Verborgenen geruht hatten.

Während ich sprach, betastete ich die Büste, ließ meine Finger die Linien entlanggleiten, die sein Haar waren; oben lang, an den

Seiten und hinten kurz gestutzt. Er hatte einen Satz Haarschneider, und es machte ihm Spaß, sich selbst die Haare zu schneiden, wobei er sich ab und zu mit den Fingern durchs Haar fuhr, so daß es hinten locker stehen blieb, als bliese immer der Wind hindurch.

In der Nacht hatte es ein Gewitter gegeben, und in einem der Lidränder stand immer noch etwas Regenwasser. Es sah aus, als würde das Auge weinen. Mein Vater hatte ungeheure Angst vor Donner und Blitz. Er rannte dann aufgeschreckt umher, und ich mußte mich unter einem Tisch verstecken. Einmal schlug ein Blitz in einen Wolkenbrecher neben der Hütte ein. Durch das Haus schossen Blitzstrahlen und schlugen Funken aus dem Draht, den wir als Radioantenne benutzten. Mein Vater schritt verängstigt auf und ab. Ich dachte, er habe Angst, daß das Gewitter gegen ihn gerichtet sei, weil er es begriff, weil er damit spielen konnte. Und ich meine auch, ich habe nie ganz geglaubt, es sei nicht gegen ihn gerichtet gewesen, genauso, wie ich nie ganz sicher sein werde, daß nicht doch eine fliegende Untertasse kommt und mich fortholt. Ich weiß es einfach nicht. Vielleicht ist es der einfachere Ausweg, mit einem Fuß in der Traumwelt zu bleiben - aber es ist mehr als nur das, geht tiefer. Meine Kindheit ist der Traum. Er ist allgegenwärtig und wirklich.

Ich wischte die Träne weg. Mir gefiel es nicht, daß Iris und Pupille des Augapfels hohl waren. In der Mitte fiel der Augapfel plötzlich nach innen ein, und es war da ein konkaves Loch. Auch sein Kopf ist hohl. Außer einmal, als ein paar Hornissen ein großes Nest in seinem Kopf gebaut hatten. Ich glaube, Tom hat es beseitigt, weil die Hornissen laut summend herauskamen und Besucher umschwirrten, die das Grab sehen wollten. Das Grab eines Helden.

Ist es falsch, sich Helden zu suchen? Sind nicht Helden ein Teil des autoritären Mißverständnisses? Oder gibt es da eine eigenständige, tragische Kategorie? Sein Leben lang hat man ihn geplagt, weil er Dinge sagte, die nun allmählich doch akzeptiert werden. Keiner wagte bei ihm zu bleiben, um zu enthüllen, was am Ende seiner Gedanken lag. Nichts von dem, was er gesagt hatte, ist je widerlegt worden, nur abgetan. Die Leute greifen ihn aus persönlichen Gründen an ... und mich auch.

Ich bedaure, daß er mir eine Beziehung zu militärischer Autorität vermittelt hatte, die mit seiner Väterlichkeit in Einklang stand - und mit seinem Jahrhundert, denn in vieler Hinsicht war er ein Mensch des neunzehnten Jahrhunderts -, das aber nicht zu seiner Grundhaltung paßte. Ich nehme es ihm übel, daß er gegen Ende seines Lebens Anerkennung und Hilfe bei den höheren Rängen und Behörden gesucht hat, die ihn getötet haben.

Aber das ist mein persönlicher Groll. Vielleicht hatte er keine andere Wahl mehr. Und wie Eva gesagt hat, werden in hundert Jahren diese persönlichen Faktoren nicht mehr ins Gewicht fallen; wichtig sind vor allem das Verfahren und die wissenschaftlichen Prinzipien. Und solange ich nicht besser unterrichtet bin über das, was die Wissenschaft über die Lebensenergie nicht weiß, habe ich keine andere Wahl, als das zu glauben, was ich als Kind erlebt habe. Ich glaube, mein Vater hat vom Lebensprozeß mehr begriffen, als die meisten Leute emotional akzeptieren können. Mich selbst eingeschlossen. Ich muß noch viel aufarbeiten, aber ich laufe immer noch davor weg. Laufe weg, weg vom Grab und den Hügel hinab. Laufe so schnell ich kann durch die harten, jungen Blaubeerknospen am Hang des Hügels, über Toms Wiesen, die Straße zur Hütte hinunter und an der Hütte vorbei, die roten Pinselblumen und Margeriten peitschen mir gegen die Beine den ganzen Weg zum Anlegesteg hinunter.

Schweratmend und schwitzend legte ich die Kleider ab und setzte mich auf die hölzernen Bohlen, die über das auf und nieder tanzende Wasser ragen. Drüben, über den Baumwipfeln auf der anderen Seite des Sees, schien die Spätnachmittagssonne auf die Flanken des Saddleback. Wolken, die sich im Wasser spiegelten, wurden von den hüpfenden Wellen aufgespalten, und jedesmal, wenn es aussah, als würde das Spiegelbild einer Wolke den Steg erreichen, erhob sich eine Welle und zerbrach es. Es verwirrte mich, wie die Freiheit aussah - jedesmal, wenn ich meinte, ich sei von einer Sache frei, tauchte die nächste auf.

Wolkenfetzen, die sich in der Spätnachmittagssonne auflösten, verschwanden und kehrten wieder. Nackt in dieser stillen Bewegung, fühlte ich mich immer noch gefangen, ängstigte mich vor Seeungeheuern unter dem Wasserspiegel und vor fliegenden Untertassen aus dem Himmel; gefangen in der wirklichen Welt.

Und schuldig. Ich hatte mich selbst mit einem unglaublichen Soldatentraum gepanzert, der mich vor der Wirklichkeit, vor dem Erwachsenwerden beschirmte. Es war leichter, sich schuldig zu fühlen und Angst davor zu haben, den großen Kommandos, die durch alle meine Träume widerhallten, nicht zu gehorchen, als erwachsen zu werden. Was immer ich tat, ich schien dabei zu verlieren. Ich fühlte mich beim Gehorchen ebenso schuldig wie beim Nichtgehorchen. Wie ich es auch machte, ich konnte *Ihm* immer noch durch menschliches Versagen im Stich lassen. - Jedesmal, wenn ich darüber nachdachte, stellte es sich anders dar. Aber einige Dinge blieben gleich. An dem See hat mich stets verblüfft, daß die Wellen immer auf einen zukamen, wo man auch stand. Aber nach wie vor war er angsteinflößend. Das Gewässer war kalt und dunkel draußen in der Mitte, aber wenn man vom Anleger senkrecht nach unten ins Wasser schaute, war es braun, und eine flokkige, schaumige Schicht aus faulem Holz und organischer Materie stieg und fiel vollgesogen und schwer. Was geschieht, wenn man ohne Panzer schwimmt?

Lebendig sein heißt, Träume haben, aber ohne Panzer; die gleichen Dinge tun, aber aus anderen Gründen. Heißt, meinen Leib unverhärtet bewahren, weil ich es will, und nicht nur, weil er es von mir verlangt hat. Wie ich draußen auf dem Feld stand vor dreizehn Jahren, inmitten meiner Phantasie, und den Lichtern Zeichen gab, mich fortzuholen, da bildete ich mit den Händen das Energiefeld und betete, nicht weil ich auf einem anderen Planeten sein wollte, sondern weil ich Angst davor hatte, hier, auf der Erde zu bleiben. A. S. Neill hat mir einmal gesagt: "Ich habe keine Angst vor dem Sterben, ich habe Angst davor, nicht zu leben." Und ich war dem Leben noch nicht einmal nahe genug gekommen, um dies zu fühlen! Ich hatte mich selbst nicht leben lassen! Ich suchte nicht das Leben, ich mied es. Dreizehn Jahre lang war ich auf der Flucht, bis ich zufällig auf die sich trübende Projektion meiner Kindheit stieß, und hier, jetzt endlich, am See, betrachtete ich sie, nackt.

Die Wellen hypnotisierten mich. Es wäre leicht, einfach ins Wasser zu gleiten und langsam in den braunen Schlamm und die Schreckgespenster hinauszuschwimmen. Vielleicht würde mein Fuß an den Kadaver eines Rehs stoßen, der dicht unter dem Wasserspiegel trieb. Entsetzen würde mich packen, und ich würde sterben, Wasser atmend.

*Aaaaaaaaaaaaaaaahhh.*

Die ersten dreizehn Jahre meines Lebens waren mir immer höchst wirklich vorgekommen, wirklicher als alles, was danach geschehen ist. Und jetzt, plötzlich, da der kindliche Soldat im hellen Licht nach dem Film verblaßte, hatte ich Angst, mein Leben würde leer und verloren sein.

Die letzten dreizehn Jahre waren verloren und unglücklich. Das Kind in mir war in Angst eingefroren, unfähig zu leben. Ich stieß auf es in Annecy in einem umwölkten, narkoseumnebelten Traum, aber es ließ sich nicht fassen. Drei Jahre später, als ich mit jenen Freunden in Rangeley war, war das Kind immer noch ein guter Soldat, war die Abwehr stark. Es bedurfte eines Films, um meine Schale aufzubrechen, vielleicht weil Filme den Träumen so verwandt sind und ich meine Träume mehr liebte als die Wirklichkeit. Es hatte zuviel Traurigkeit gegeben, nicht genug Lachen.

Als unglücklicher junger Mann gehorchte ich eifrig der Playboy-Moral. Dicke Titten. Lieb sie und geh deiner Wege. Sex als Zeitvertreib, wie Sport. Ich bumste viel. Ich onanierte viel, nicht als Entladung von Energie, sondern weil sich die Phantasie leichter herbeiführen ließ als die Traumwelt, die in Filmen abgebildet ist. Es ging auch tiefer, wie der See, der nur immer dunkler wurde, denn eine reale Person zu sein und mir zu gestatten, eine Frau zu lieben, hätte bedeutet, all diese Angst zu teilen. Es hätte bedeutet, mit ihr zu teilen, wer ich bin, und dazu war ich meinem Vater zu sehr ergeben. Auf meine Weise wollte auch ich seinen Penis.

Eines Abends traf ich auf einer Party ein nettes Mädchen. Wir redeten eine Weile miteinander, und dann schwiegen wir. Sie war sehr hübsch, und ihre Augen waren sehr tief. Nachdem wir eine Zeitlang beisammen gesessen hatten, fragte ich sie, ob sie mit zu mir kommen wolle.

"Um dort die Nacht zu verbringen?" fragte sie.

Ich nickte.

Sie willigte ein. Wir begaben uns in mein Haus und gingen ins Schlafzimmer. In voller Kleidung fielen wir auf das Bett. Ich begann, sie zu berühren. Nach einigen Minuten sagte sie: "Ich will nicht mit dir schlafen."

"Warum?" fragte ich.

"Weil ich nicht weiß, wer du bist", sagte sie.

Ohne zu überlegen, antwortete ich ihr, und dann wußte ich, daß es falsch war. Ich fühlte den Schrei in mir hochsteigen, einen Schrei, der mich kreiseln und fallen ließ, allein, verloren im Raum.

"Ich bin der Sohn Wilhelm Reichs", sagte ich.

Aaaaaaaaaaahhh.

Und so schreie ich und schreie. Ich würge oder erbreche jeden Morgen. Manchmal schreie ich im Auto, wenn ich verloren im Gedröhn der Autobahn fahre, schreie, stoße es heraus, lasse die Scheiben vibrieren. Ich brauche es, es hilft mir, unverhärtet zu bleiben. Es läßt mich denken, das Leben sei ein Prozeß des sich Ausdehnens und Zusammenziehens. Es pulsiert. Es gibt gute Dinge und schlechte, aber es verlagert und wandelt sich dauernd, pulsiert. Freiheit, diese flüchtige, nicht faßbare Empfindung, ereignet sich nur in plötzlichen, spontanen Ausbrüchen, so wie der

Wind an jenem Nachmittag auf dem Anleger zu wehen begann, als ich zwischen Himmel und Wasser gefangen war. Plötzlich zog sie herauf, von Westen her, als die Sonne hinter den Bäumen stand und riesige Strahlen über das ganze Land ergoß. Ein weiches, grüngoldenes Leuchten breitete sich über die lieblichen Wiesen aus, die Tom so sorgfältig mähte, und am Himmel eilten alle Wolken davon, um ihn ganz blau zu machen für den Wind. Und der Wind ließ mich frösteln in meiner Nacktheit. Als die Sonne durch die Bäume brach, tauchte ich in den Wind und folgte den Sonnenstrahlen in die Dunkelheit. Als ich die Oberfläche durchstieß, wurde ich vom strahlendhellen Wasser geblendet, schwamm im Pfad der Sonne, badete im Licht.

*Einige der Doktoren sezierten eine Maus, und ich ging ganz nah heran, so daß ich ihr Fell sehen konnte, das mit Nadeln über das Sezierbrett gesteckt war, mit Nadeln in dem Tier und seinen purpurnen, starkriechenden Organen.*

*Einige Leute arbeiteten an den Mikroskopen, die in einer Reihe aufgestellt waren, und hielten Glasgefäße in die Luft. Mir fielen ein paar Späße ein, aber ich fühlte mich gar nicht danach, jemanden zum Lachen zu bringen. Hinten im Eck, wo ich den Zauberstab gefunden hatte, saß Mummy auf einem weißen Laborhocker und machte Glaspipetten. Ich setzte mich auf den Schemel neben ihr und beobachtete, wie sie die Röhren über eine kleine Flamme hielt, bis sie rot wurden, sie in die Länge zog und dann auseinanderbrach. Sie schaute mich fragend an.*

*"Hallo", sagte sie und legte die neugefertigten Pipetten ab.*

*Der Hocker drehte sich immer schneller, bis mir langsam schwindlig wurde, wie ich ihn so in die Höhe trieb. Als ich so hoch war wie der Tisch, schaute ich auf den kleinen Haufen Glaspipetten.*

*"Hast du geweint? Was ist geschehen?"*

*Sie streckte die Hand aus, um mir eine Träne von der Wange zu wischen. Ihre Finger waren warm von dem Glas, und ich mußte weinen. Sie zog mich näher zu sich heran und umarmte mich, während ich weinte. Sie fuhr mir durchs Haar mit ihrer warmen Hand.*

*"Ist doch schon gut, Peter ist doch schon gut. Es wird alles wieder gut. Nun sag mal, was ist denn passiert?"*

*Ich erzählte ihr, was Daddy gesagt und wie Tom mir geholfen hatte, den Ring einzugraben. Sie schaute mich stirnrunzelnd an und drückte mich fest an sich.*

*"Es gibt manche Dinge, die kannst du einfach nicht haben. Wir wußten nicht, daß es ein gefährlich Ring war, und wenn wir es gewußt hätten, dann hätten wir ihn nicht gekauft. Es war nicht deine Schuld. Und Daddy wird wohl recht haben. Der Ring könnte schädlich für dich sein."*

*"Aber noch nicht mal spielen hat er mich damit lassen."*

*"Das ist doch bloß eines von diesen Dingern. Vielleicht bekommst du ein Paar Cowboystiefel zu Weihnachten, und das würde doch den Ring wettmachen, oder?"*

*Sie hielt mir den Kopf zurück und wischte mir mit ihrem warmen Daumen die Tränen aus den Augen. Sie lächelte, und ich lächelte. Sie liebkoste mich wieder und sagte: "Alles klar? Ich muß noch ein paar Pipetten machen. Hilfst du mir dabei?"*

*Ich half ihr, kleine Watteknäuel in die offenen Enden der Pipetten zu stecken, und dann machten wir Tropfenzähler. Mummy nahm ein langes Glasröhrchen und erhitzte es in der Mitte. Als es rot wurde, zog sie es ganz langsam auseinander, bis es fast zerbrach, und nahm es dann aus der Flamme. Als es abkühlte, brach sie es auseinander und drehte es um. Sie erhitzte das Ende, und als es eben zu schmelzen anfing, nahm sie es aus der Flamme und drückte es gegen einen harten Gegenstand, um es ein wenig abzuflachen. Dann legte sie die fertige Pipette in die Reihe der übrigen. Am entgegengesetzten Ende der Reihe nahm ich die Pipetten auf und zog Gumminippel darüber.*

*Nippel war ein komisches Wort. Mummy hatte große. Sie erzählte mir, ich hätte als Baby daran genuckelt, um Milch herauszusaugen. Später versuchte ich noch ein zweites Mal, Milch herauszunuckeln, aber es war keine mehr drin. Ich habe nur ganz kleine. Daddys Nip-*

*pel sind größer als meine und haben Haare ringsherum und riechen nach seinem Hautöl. - Ich steckte einen von den Gumminippeln in den Mund und saugte daran, aber er schmeckte nicht gut.*

*"Was machst du denn da?" fragte Mummy.*

*"Ich hab bloß daran gesaugt. Du hast es Nippel genannt, und ich wollte daran nuckeln. Kann ich jemals wieder an deinen nuckeln?" Sie lächelte. "Ich glaube kaum."*

*Ich drehte den Hocker herunter, bis mir wieder schwindlig war, und ging dann durch das Laboratorium zurück. Ich ging in den großen Raum, wo der Film gezeigt worden war. Die Leute brachen jetzt alle zum Mittagessen auf, gingen zur Tür hinaus, unterhielten sich und lachten. Ich kam gerade an einem der kleinen Nebenräume vorbei, wo sie die Experimente machten, als jemand "Wartet auf mich" sagte und an mir vorbei zur Tür hinauslief. Er ließ die Tür zu seinem Zimmer offen, und so ging ich hinein.*

*Hinter mir schloß sich die Tür von selbst, und es wurde stockfinster im Raum. Es roch nach Metall, weil es nach Akkumulatoren roch. Da standen viele Akkumulatoren, große und kleine, und in der Dunkelheit rochen sie alle nach Stahlwolle. Einer der Akkumulatoren war ein zwanzigfacher und sehr stark.*

*Es war pechrabenschwarz in dem Raum, abgesehen von dem Geruch und einem leisen Summen. Nach einer Weile konnte ich vage Umrisse auf dem Labortisch erkennen, aber ich konnte nicht sehen, wo das Geräusch herkam. Ich tastete mich durch die Dunkelheit, bis ich zu einem kleinen Akkumulator kam, wo das Summen war. Er hatte ein kleines, rechteckiges Fenster. In dem rechteckigen Fenster war, ganz sanft knisternd, eine Vakuumröhre, und darin schwebte eine durchsichtige Wolke blauer Orgonenergie, die mich in der Finsternis anleuchtete.*


Die Moskitos stachen fürchterlich. Ich legte den verblichenen blauen Film auf den Abfallhaufen zurück, neben den kleinen Stapel Glaspipetten, und schaute sie an, wie sie sich von der kalten, dunklen, verrotteten Erde abhoben. Der Film ringelte sich sanft um den Haufen funkelnden Glases. Ich zog noch mehr Filmstreifen aus dem Erdboden, wo immer ich welche herausragen sah, und warf sie auf den Haufen und bedeckte dann alles mit Moos und Kiefernnadeln, Wurzeln und Glasscherben und ging durch die Bäume zurück auf die Felder von Orgonon.

Es war später Nachmittag, und ich schlenderte langsam durch das Gras und die Blumen und fühlte eine friedvolle Erleichterung. Ich hatte das Gefühl, alles würde in Ordnung kommen. Denn sieh doch, selbst nachdem Makavejev abgereist war, brachen die Blüten auf, und ich wanderte durch eine Masse wogender Farben über die Felder: rote Pinselblumen, Margeriten und, hinter ihrer blättrigen Tarnhülle verborgen, wilde Erdbeeren.

Als ich auf die Kuppe einer kleinen Anhöhe kam, konnte ich ganz Orgonon überblicken. Die unkrautüberwucherten Weiden, die sich bis zu Toms leuchtenden Wiesen um das Laboratorium hochzogen, und, kaum sichtbar durch die hochgewachsenen Bäume oben auf dem Hügel, das Observatorium. Und dann kam über den grünen Rasen vor dem Laboratorium Toms Laster rückwärts angefahren. Tom stellte den alten, roten Chevy-Lieferwagen mit der Rückfront dicht neben die Wolkenbrecherrampe, und ich ging hin, um zu sehen, was er machte.

Als ich ankam, hatte er die Ladeklappe herabgelassen und warf Holzbalken von der Rampe auf den Laster. Der Wolkenbrecher war schon lange weg, in einer großen Kiste im Schuppen stand er verpackt. Tom schob sich den Hut in die Stirn und erklärte, das Holz sei modrig, und Schaulustige, die nach Orgonon kamen, würden oft die "Gefahr"-Schilder mißachten und die morschen Sprossen hinaufsteigen und an dem Wolkenbrecher herumspielen.

Er schüttelte den Kopf und grinste. "Deshalb hat Bea letzten Sommer gemeint, ich solle doch hingehen und ihn anketten, genau, ich solle ihn anketten, weil die Leute angelatscht kämen und die ganze Zeit daran rumfummelten." Er lehnte sich vor und spie einen braunen Strahl Tabaksaft ins Gras. "Einmal kam da eine

Meute rauf und murkste fünf Tage lang daran herum und, alle Wetter, hatten wir doch eine ganze Woche jeden Tag Regen!"

Er zog wie Groucho Marx die Augenbrauen hoch und spuckte noch einmal.

Wir unterhielten uns eine Weile in der Spätnachmittagssonne, und dann stieg ich auf die alte Rampe und reichte Teile des morschen Gestells Tom herunter, der sie auf die Ladefläche des Lasters warf.

Im Licht der Spätnachmittagssonne standen wir neben dem alten Chevy, der im Leerlauf vor sich hin tuckerte und uns in blaue Qualmwolken einhüllte, und reichten ruhig und methodisch Holzstücke zum Laster hinüber, redeten nicht, arbeiteten nur zusammen. Wir arbeiteten reibungslos zusammen, so, als hätten wir es schon seit langem getan, und so, als wären die schwingenden Holzstücke schon da, und unsere Arme brauchen nur den Ort im Raum zu finden, wo sie waren.

Bald war der Laster fast vollgeladen, die Rampe fast abgebaut. Bald würde Gras dort wachsen, wo die Plattform gestanden hatte, aber nichts würde vergessen sein. Und als ich mich aufrichtete, um mir den Schweiß abzuwischen, sah ich, daß die langen, goldenen Sonnenstrahlen herniedergekommen waren und sich über die Baumwipfel ausstreckten, als die Sonne in die schimmernden Blätter herabsank, die sich hell gegen den Rand des Himmels abhoben. Einen Augenblick lang glaubte ich, ich könnte über diese dünne Linie hinwegschauen, die am Horizont leuchtete, und auf die andere Seite hindurchsehen. Ich schloß die Augen, und es war immer noch da, geschah immer wieder, und ich habe keine Angst mehr, dorthin zu gehen oder dort gewesen zu sein. Und als ich die Augen öffnete, war die Sonne schon untergegangen, und ich war schon da.

Auch Tom ruhte aus. Er zog seinen Tabak aus der Tasche und nahm einen Bissen, während wir zuschauten, wie sich die Dämmerung über Orgonon legte. Er bot mir den Priem an und grinste. Er sagte: "Probier mal, 's ist gut."

Simon+Leutner

Myron Sharaf
**Wilhelm Reich - Der heilige Zorn des Lebendigen**
Die Biografie
Aus dem Amerikanischen von Jürgen Fischer.

"...das Leidenschaftlichste und Spannendste, was man über Reich finden kann."
Die Zeit

„Wer war er wirklich, dieser Mensch Wilhelm Reich, dessen Leben von Kontroversen gezeichnet war, den die Leute liebten und haßten, der aus fünf Ländern fliehen mußte, der erst Freuds Liebling war und dann vom psychoanalytischen Establishment gehaßt und verstoßen wurde? Warum wurde er 1929 aus der SPD und 1934 aus der KPD ausgeschlossen, wo er zunächst soviel Ansehen genossen hatte? Warum wurde er 1939 gezwungen, Norwegen zu verlassen, trotz dessen Tradition bürgerlicher Freiheiten? Ist es Zeichen des Dilettantismus oder der Verrücktheit oder eines Genius nach Art der Renaissance, daß sein Werk so viele Bereiche umfaßt - Psychiatrie, Soziologie, Biologie, Physik bis hin zur Meteorologie? Und welche Kräfte - innerer oder äußerer Art oder beiderlei - führten zu seinem Tod in einem amerikanischen Gefängnis?" (Sharaf)
Sharaf beschreibt Reich als den Wissenschaftler des Lebendigen, der um das Lebendige in sich selbst immer ringen mußte, einen Menschen, dem kompromißlose Wahrhaftigkeit über alle anderen Werte ging und der sich selbst und seiner Erkenntnis bis zum einsamen Tod treu blieb.
Myron Sharaf lehrt heute an der Harvard Medical School Psychologie. Er hat zehn Jahre mit Reich in den USA zusammengearbeitet und weitere zehn Jahre an dieser Biografie geschrieben. Sie vermittelt eine einzigartige, objektive Einführung in das Werk - vor allem auch in das weithin unbekannte oder unverstandene bzw. umstrittene Spätwerk. Er schildert zudem detailliert Reichs ganz private Geschichte, ohne die das Werk kaum verständlich würde. Die umfangreichen Recherchen bei allen erreichbaren Zeitzeugen Reichs decken neben wichtigen neuen Details auch die vielen Konflikte auf, die sein ganzes Werden und Wesen begleiteten und die die ganze Widersprüchlichkeit seines Charakters und seiner Arbeit auf spannende Weise erhellen.
„M. Sharafs tiefes emotionales Engagement, das in ständigem Konflikt steht mit seinem Drang nach Objektivität, vermittelt auf eindrucksvolle Weise, wie das gewesen sein muß, Reich zu kennen, ihn und seine Arbeit persönlich zu erfahren. ... Eine bemerkenswerte und bewegende Biografie." (New York Times)

ISBN 2-922389-60-0, Hardcover mit Leinenrücken, 640 Seiten

Simon+Leutner

Jürgen Fischer
**Orgon und DOR**
Die Lebensenergie und ihre Gefährdung
Texte zu Wilhelm Reich und zur aktuellen Orgonomie

Orgon ist die von Wilhelm Reich entdeckte Lebensenergie. DOR ist tödliches Orgon, das z.B. durch technische Faktoren wie Atomkraftwerke oder Leuchtstoffröhren entsteht. Jürgen Fischer, der seit 1977 streng nach den Vorgaben Wilhelm Reichs orgonomische Geräte herstellt, bietet mit diesem Buch eine Weiterführung der Auseinandersetzung um das umstrittene Energiekonzept des Wissenschaftlers und Pioniers Wilhelm Reich. Texte von Heiko Lassek, Myron Sharaf, James DeMeo und Eva Reich geben ebenfalls interessante neue Einblicke.
Detaillierte theoretische Erläuterungen zur Orgon-Energie und ihrem Gegenspieler, dem tödlichen Orgon (DOR) finden sich in diesem Buch ebenso wie Anleitungen zur Herstellung orgonomischer Geräte und die Darstellung ihrer praktischen, medizinischen Anwendungsmöglichkeiten.

ISBN 3-922389-72-4, 200 Seiten, illustriert

Verein für Integrative Biodynamik (Hrsg.)
**Narzissmus - Körperpsychotherapie
zwischen Energie und Beziehung**

In diesem Buch wird erstmalig aus Sicht verschiedener körperpsychotherapeutischer Richtungen der narzißtische Persönlichkeitsstil diskutiert. Der Narzißmus - die Sucht nach Erfolg, Anerkennung und Image um den Preis von Beziehungsfähigkeit und Einsamkeit - ist sowohl eine gesellschaftliche Erscheinung als auch eine weitverbreitete Persönlichkeitsproblematik in der heutigen psychotherapeutischen Praxis.
Der Körper und seine dialektische Beziehung zur Psyche gewinnt in der Psychotherapie zunehmend an Bedeutung, da die rein verbalen Therapien insbesondere bei frühen Kindheitsstörungen an ihre Grenzen gestoßen sind. Psychisches drückt sich auch physisch aus und umgekehrt. Diese grundlegende Erkenntnis geht zurück auf den (westlichen) Pionier der Körperpsychotherapie Wilhelm Reich.
Die Beiträge beschäftigen sich mit Aspekten der narzißtischen Gesellschaft, der kulturhistorischen Entstehung des Narzißmus in der Romantik, der Darlegung der körperpsychotherapeutischen Ansätze und mit dem Verhältnis von Beziehungs- und Energiearbeit, dem Problem der Übertragung und Gegenübertragung, der Vorstellung erster empirischer Forschungsergebnisse u.a.m.

240 Seiten, ISBN 3-922389-77-5

Bernhard Mack
**Der Liebe einen Sinn geben**
Wege zur Liebe-Wege zum Kern

Bernhard Mack stellt eine körperorientierte, ganzheitliche Sichtweise auf den Menschen vor und beschreibt verschiedene Wege, mit Hilfe derer man einen persönlichen Zugang zu sich selbst gewinnen und auf systematische und intuitive Weise von den Randschichten der eigenen Persönlichkeit schrittweise zum Kern (Core), zum Herzens- oder Wesensbereich seiner selbst vordringen kann. Im Mittelpunkt des Buches steht die „Paardynamik", die Potentiale von Paaren - entweder die Dynamik eines realen Paares oder einer ersehnten Paarkonstellation.

Ein umfassendes, übersichtliches, allgemeinverständliches Grundlagenbuch zum psychologischen Verständnis der Paardynamik in Liebesbeziehungen. Für ein allgemein an Psychologie und Therapie interessiertes Publikum, aber auch für persönlich oder beruflich speziell interessierte Leser, die auch neuen Ansätzen gegenüber (z.B. körperorientierten Therapien) aufgeschlossen sind.

256 Seiten Broschur, illustriert, ISBN 3-922389-69-4

Karsten Ritschl
**Der Geist des NLP**
Neuro-linguistisches Programmieren
zum Kennenlernen

NLP existiert nun schon seit Jahren auf dem Weiterbildungsmarkt und findet immer mehr begeisterte Anwender. Doch was verbirgt sich hinter den drei Buchstaben NLP? Was sind die Grundgedanken?

Bis jetzt fehlte immer ein fundiertes und allgemein verständliches Einführungsbuch, das auf diese Fragen zufriedenstellende Antworten hätte geben können.Das Buch von Karsten Ritschl schließt diese Lücke in der bisherigen NLP-Literatur.

„Der Geist des NLP" bietet nicht nur eine grundlegende Einführung an, indem er auf die vielen (Fremd-)Wortschöpfungen der versierten NLPler verzichtet. Der Autor läßt auch - ganz unaufdringlich in den Text eingebunden - einfache Übungen einfließen, die dem Leser und der Leserin die Möglichkeit geben, verschiedene Methoden des NLP an sich selbst kennenzulernen und dabei persönliche Ziele herauszuarbeiten. Karsten Ritschl klärt auf über Entwicklung, Grenzen und Anwendungsmöglichkeiten des NLP beispielsweise im Gesundheitswesen, im Erziehungs- und Wirtschaftsbereich.

160 Seiten, Broschur, illustriert, ISBN 3-922389-73-2